Dark Fantasy Collection 10

髑髏

フィリップ・K・ディック● 仁賀克雄 訳

The Skull **Philip K. Dick**

論 創 社

Dark Fantasy Collection 10

The Skull **Philip K. Dick**

目 次

これまで『幻想と怪奇』三巻（ハヤカワ文庫）や『海外シリーズ』三五巻（ソノラマ文庫）で、海外のホラー、ファンタジー、ＳＦ、ミステリの長短編の翻訳紹介に当たってきた。

今般、その系統を継ぎ、さらに発展させるものとして、英米のホラーを中心にファンタジー、ＳＦ、ミステリなどの異色中短編集やアンソロジーを〈ダーク・ファンタジー・コレクション〉の名称のもとに、一期一〇巻を選抜し、翻訳出版することにした。

具体的には、ウィアード・テールズ誌の掲載作やアーカム・ハウス派の作品集、英国ホラーのアンソロジー、ミステリやＳＦで活躍した有名作家の中短編集など、未訳で残されたままの傑作を次々と発掘していきたい。

また、日本には未紹介の作家やその作品集、雑誌に訳されたままで埋もれてしまった佳作も、今後新たに訳して刊行していくので、大いに期待して欲しい。

二〇〇六年八月　仁賀克雄

髑　髏

The Skull

「機会を与えてくれるのか?」コンガーは尋ねた。「先を続けてくれ。興味がある」

部屋じゅうが沈黙していた。どの顔もコンガーを見つめている――彼はまだ灰褐色の囚人服を着ていた。議長はゆっくり身を乗り出した。

「おまえは刑務所に行くまでは商売はうまくいっていた――すべて非合法だが――かなり儲かっていた。それがいまは無一文で、これから独房であと六年を過ごすだけだ」

コンガーは顔をしかめた。

「この評議会にとって非常に重要なある状況で、おまえの特殊な才能を必要としている。それはおまえにも興味ある状況だ。ハンターだったな? これまで夜になると、狩りのために何度となく罠を仕掛けたり、藪に隠れたり、待ちぶせしたりしてきたな? ハンティングはおまえにとって満足の源のはずだ。追跡、徘徊――」

コンガーはため息をついた。唇が歪んだ。「分かった。結構だ。要するに誰かを殺せというのだな?」

議長は笑った。「順序を踏んでな」彼は静かにいった。

車はスリップして停まった。夜である。大通り沿いのどこにも明かりはなかった。コンガーは眼を凝らした。「ここはどこだ？　この場所は何だ？」

護衛の手が彼の腕に置かれた。「さあ、そのドアを通るんだ」

コンガーは濡れた歩道に下りた。護衛がすばやく後につき、それから議長。コンガーは冷たい空気を深呼吸した。前にそびえる建物のぼんやりした外郭を頭に入れる。

「この場所は知っている。前に見たことがある」彼は眼を細め暗闇に馴らした。いきなり用心深くなった。「これは――」

「そうとも。第一教会だ」議長は階段の方に歩いて行った。「予想どおりだ」

「予想どおり？　ここが？」

「そうだ」議長は階段を上った。「われわれはかれらの教会に立入禁止なのを知っているだろう。特に銃器を持っていてはな！」彼は立ち止まった。二人の武装した兵士が前方の両側に浮かび上がる。

「問題ないか？」議長はかれらを見上げた。二人とも頷いた。教会のドアは開かれている。コンガーは内部に兵士たちが立哨（りっしょう）しているのを見た。大きな眼をした若い兵士はイコンや聖像を見つめていた。

「なるほど」彼はいった。

「やむを得ないことだ。知ってのとおり、第一教会とわれわれとの関係は過去に極めて不幸なものだった」議長はいった。

「それはどうにもならないだろう」

「しかしそれはそれなりに意義がある。おまえにもそのうち分かる」

かれらは廊下を通り中央の部屋に入った。そこには祭壇や礼拝所がある。議長は祭壇に眼もくれず通り過ぎた。小さな脇戸を開くとコンガーを手招きした。

「この中だ。急ぐのだ。信者たちが間もなく押し寄せてくる」

コンガーは入ってから眼をしばたたいた。天井の低い小さな部屋で、古く黒い板壁に囲まれている。部屋中に灰と香木を焚いた匂いがした。彼は鼻をくんくんさせた。「何だ？　この匂いは」

「壁の杯状飾りからだ。何だか知らん」議長はせかせかと奥に行った。「われわれの得た情報では、これまでここに隠されて――」

コンガーは部屋を見回した。書物、書類、神聖な記号と画像。不思議な微かな震えが身体を貫いた。

「おれの仕事は教会の人間を巻き込むのか？　もしそうなら――」

議長は驚いて振り返った。「おまえは教祖を信じられるのか？　ハンターでも、殺し屋でも――」

「いや。そんなことはない。その宗旨は死への諦観（ていかん）や非暴力で――」

「それでは、この有様は何だ？」

コンガーは肩をすくめた。「おれはもっと純粋なものだと教えられてきた。信者は常人とは異なるものを持っている。あんたはかれらと理詰めで話ができないんだ」

議長はコンガーをじっと観察した。「おまえは誤解している。ここにはわれわれが受け入れるようなものは何もない。ただ信者を殺すのは信者を増やすだけだと分かった」

「それではどうしてここに？　帰ろう」

「だめだ。重要なものがあるので来たのだ。おまえが目指す男の身元を確認するためにも必要なものだ。それがなければその男を見つけられない」議長の顔に薄笑いが掠（かす）めた。「おまえに別人を殺させたくない。それは極めて重要なことだ」

「失敗することはない」コンガーは胸を張った。「いいか、議長――」

「これは通常の状況下ではない。おまえはある人間を追うんだ。その男を見つけるためにおまえを送り込むんだ。彼はここにあるものしか残していない。それは痕跡に過ぎないが身元確認の唯一の手段だ。それがなくては――」

「それとは何だ？」

彼は議長に詰め寄った。議長は退いた。「見ろ」彼は引き戸を開け、暗い四角な穴を見せた。

「そこにある」

コンガーは屈んで覗き込み眉をひそめた。「頭蓋骨！　髑髏（どくろ）か！」

「おまえの捜す男は二世紀前に死んだ。これは彼の唯一の形見だ。これだけが彼を捜す手がかりなのだ」

しばらくコンガーは無言だった。壁龕（へきがん）にぼんやり見える髑髏を見下ろした。数世紀前に死んだ男を殺すことが出来るか？　追跡し仕留めることが可能か？

コンガーは好きなところで気ままに暮らしてきたハンターだ。自分の艇に乗り、ハイスピードで地方を飛び回り、獣の毛皮や生皮を獲り、地球のあちこちの顧客に売っては生計を立てていた。

月の大山脈で狩りをしたこともある。ひとけのない火星の都市を歩き回ったこともある。彼は探険をし尽くして――

議長は兵士に命じた。「おい、この髑髏を車に運べ。壊すなよ」

兵士は穴倉に入り、屈んで慎重に手を伸ばした。

「おまえの忠誠心をこの場で見せて欲しいね」議長は穏やかにコンガーにいった。「市民にとって自分を取り戻し、社会への貢献を示す方法は常にある。おまえのためには絶好のチャンスだ。これ以上の機会はあるまい。その努力はもちろん社会復帰に値する」

二人の男は睨み合った。コンガーはぼさぼさ髪の痩身、議長はしみひとつない制服姿だった。

「分かった。いまがチャンスだということがな。だが、二世紀前に死んだ男をどうして――」

「それは後で説明する。先を急ごう」兵士は毛布に包んだ髑髏を慎重に持って出てきた。議長は戸口へ歩きながらいった。「ここに侵入したことは、もうかれらには分かっているはずだ。間もなくやって来る」

かれらは湿った階段を下りて、待機している車に向かった。すぐさま運転手は車を空中へ、屋上より高く飛ばせた。

議長はシートにもたれていた。「第一教会は興味深い過去を持っている。おまえもそれについては詳しいはずだ。だからわれわれに関連あるいくつかの事柄を話しておきたい。その活動がはじまったのは周期的に戦争のあった二十世紀のことだ。戦争が終わる見通しのないままに、更に大きな戦争を育てている現実と絶望感に食い込み、野火のように広がっていった。そしてその活動は問題に単純な回答を示した。軍備——兵器——さえなければ戦争はない。機械設備や複雑な科学技術がなければ兵器も存在しない。戦争を阻止出来なかったのは、そうした考えを実現できなかったからだと活動は説いた。人間は機械と科学に負けつつある。そこから離れないと人間は更に大きな戦争に巻き込まれる。そうした社会、工場、科学を失くせと、やつらは叫んだ。あと何回か戦争があれば世界の大部分は破滅するだろうと。

その教祖はアメリカ中西部の小さな町出身の無名の男だった。名前さえ分かっていない。分かっているのは、ある日忽然と現われ、非暴力、無抵抗、非闘争の教義を説いたことだ。兵器に税金を払うな、医薬以外の研究はやめろということだった。平和な生活を守り、庭の手入れをし、公務から遠ざかれ、私事に没頭せよ。人目につかず、無名に徹し、貧しくあれ。財産を捨て、町を離れよ。いずれにしろ彼が人々にこう説いたところから活動が発展したんだ」

車は降下し屋上に着陸した。

「教祖はこうした教義を説いた。信者たちがそれに枝葉末節をつけ加えた。地元の当局者はすぐさま彼を捕らえた。はっきりと彼の意図するものをつかんでいたのだ。彼は釈放されることはなく死刑になり、死体は密かに埋葬された。そこで教団は終息したように見えた。ところが弟子の幾人かは死後も彼を見たと証言した。噂は広まった。彼は死を征服し神となった。教団は根づき発展した。そしてわれわれは今日この第一教会と共存している。教会は社会の進歩を妨害し、社会を破壊し、虚無主義の種をまき――」

「しかし戦争はどうなんだ?」コンガーはいった。

「戦争か? もう戦争はない。戦争をなくしたことは大規模な非暴力運動の結果だった。だが今日われわれは戦争に対してもっと客観的な見方をしている。どうしてそれほど恐れるのか? 戦争には深い選別価値がある。ダーウィン、メンデルなどの教えと完全に一致している。戦争がなければ、役立たずの多数の人間、教育も知性もない連中が野放図に増えるだけだ。戦争は暴風、地震、旱魃みたいに人間の数を減らした。不適当な人間を排除するのは自然の法則だ。

戦争がなければ下層階級はバランスを失って増え続ける。科学知識と教育があり、社会を指導する少数の人間を圧迫する。下層民は理性に基づく科学や科学的社会に目を向けない。この運動はそういう連中を狙って唆した。科学者は完全に支配下に置いた時だけ――」

彼は時計を見た。そして車のドアを蹴り開けた。「残りは歩きながら話そう」

かれらは暗い屋上を横切った。「その髑髏が誰のものか分かったろう。われわれの追い求めている男のだ。彼は死んでちょうど二世紀になる。中西部から出てきたこの無教養な男、教祖だ。悲劇はその時代の権力者による処置が遅すぎたことだ。彼に演説させ、啓示を与えるのを許したことだ。説教も教団をはじめることも認められた。いったんこのようなことが進行すると誰にも止められない。

だが、彼が説教する前に死んだとしたらどうだ？　その教義が語られることがなかったとしたら？　教義を話したのはほんの僅かな時間だったのを知っている。一度だけ、たった一度だけ喋った。当局者がやってきて彼を連行したのは、折しもその時のことだった。彼は無抵抗を教義にしていたので、その出来事は大きくならなかった」

議長はコンガーと向かい合った。

「些細な事件だった。だが今日その結果を刈り取っているんだ」

かれらは建物の中に入った。内部では兵士がすでに髑髏をテーブルに据えていた。兵士たちはその周囲に立ち、若い顔に緊張をみなぎらせている。

コンガーはテーブルに進み兵士を押し退けた。彼は屈むと髑髏を見つめた。「それでこれが彼の遺物か、教祖の。教会は二世紀の間これを隠していたんだな」

「そのとおりだ。しかしいまはここにある。ホールに行こう」

かれらは部屋を横切ってドアに向かった。議長はそれを押し開ける。技術者たちが振り返った。コンガーは機械が振動し、回転しているのを見た。作業台と蒸留器。部屋の中央に輝くクリスタルの籠（ケージ）があった。

議長はスレム銃をコンガーに渡した。「これは重要だから憶えておけ。髑髏は大事に守り持ち帰るのだ。比較と証明のためだ。この銃で低く――やつの胸を狙うんだ」

コンガーは手で銃の重みを計った。「ちょうどいい。この銃は知っている――前に見たことがある。使ったことはないが」

議長はうなずいた。「銃とケージの使い方は教える。手元にある教祖出現の時間と場所のデータはすべて与える。正確な場所はハドスン・フィールドと呼ばれている。一九六〇年頃のコロラド州デンヴァー郊外の小さな町だ。忘れるなよ――おまえの待つ相手を見分ける唯一の手段は、その髑髏だ。前歯に特徴がある――特に左の門歯が――」

コンガーはぼんやり聞いていた。ビニール・バッグに頭蓋骨を注意深く包んでいる二人の男を見つめていた。かれらはそれをしっかり縛ると、クリスタル・ケージの中に入れた。「万一おれが失敗したら？」

「人違いをしたらか？　その時はやり直す。教祖に出会うまで戻ってくるな。演説がはじまるまで待つな。それは絶対避けることだ！　先手を打つんだ。チャンスをつかみ、彼を見つけたと思ったら、直ちに撃て。やつはどこか異質だ。おそらくそのあたりでは見慣れぬ存在だ。みんなに知られていないことは確かだ」

コンガーにはあまり耳に入らなかった。

「覚悟はいいか？」議長は尋ねた。

「いいとも」コンガーはクリスタル・ケージに入って腰を下ろし、ハンドルを握った。

「幸運を祈る。成果を待っているぞ。過去を変えることが出来るかどうか理論的に疑問はある。これはその疑問への最終的な回答となるはずだ」

コンガーはケージの制御装置をまさぐった。

「ところで、仕事上予期しない目的に、このケージを使うなよ。こちらは絶えず追跡しているからな。回収したい時にはそう出来るようになっている。元気でな」

コンガーは無言だった。ケージは閉められた。彼は指を上げるとハンドルに触れた。そして慎重に回した。

外側の部屋が消えても、彼はまだビニール・バッグを見つめていた。

長いこと何も起こらなかった。ケージのクリスタル・メッシュの向こうには何もなかった。コンガーの混乱した脳裏をさまざまな考えが駆け抜ける。どうやってその男を見分けるか？ まちがいなく先手を打てるか？ どんな格好をしているか？ 名前は何というのか？ 話す前にどう行動するのか？ 普通の男か、それとも奇妙な変わり者か？

コンガーはスレム銃を取り上げ頬に当てた。銃の金属部分は冷たく滑らかだった。照準をつけてみる。美しい銃だ。夢中になりそうな種類の銃だった。火星の砂漠でこんな銃を持っていたらな――寒さで手足を震わせ縮こまり横になっていた長い夜、暗闇を動くものを待っていたっけ――

彼は銃を置くとケージのメーター目盛りを調整した。うず巻く霧が濃くなり、落ち着きはじめている。いきなり物のかたちが周囲で揺れ震えた。

色彩、音響、動きが、クリスタル・ワイヤーを通して浸透してくる。彼は制御装置をオフにし立ち上がった。

小さな町を見下ろす山の尾根にいた。真昼だった。大気は身の引き締まるほど冷たいが明るかった。自動車が数台、道を走っている。向こうには平原が広がっていた。コンガーはケージのドアに行き外に出る。空気を嗅ぐ。それからケージに戻った。

棚上の鏡の前に立ち、身なりを改めた。髭をあたり——それまで髭を剃らせてもらえなかった——髪を整えた。服装は二十世紀半ばの奇妙な襟の上着、獣皮の靴を履いていた。ポケットにはその時代の現金がある。これは大事だった。これにまさる必需品はない。自分の手腕以外に特別の才能もない。しかしこれまでもこんなことで手腕を発揮したことはなかった。

彼は町に向かって道路を歩きだした。

最初に気づいたのはニューズ・スタンドの新聞である。一九六一年四月五日付だった。それほど離れた日付ではなかった。周囲を見回した。ガソリンスタンド、自動車修理工場、スナック、十セントストア。通り沿いに食料雑貨店や公共建築物。

数分後、彼は小さな図書館の階段を上り、ドアを通って暖かな館内に入った。

図書館員は顔を上げ微笑んだ。「こんにちは」

彼も微笑み返したが喋らなかった。言葉遣いが妙だろうし、おそらくアクセントもおかしいだろう。テーブルに行き雑誌の山のそばに座る。しばらくそれを見つめていた。それから立ち上がり、ホールを横切って壁際の新聞掛けに行った。心臓がどきどきしはじめている。

新聞は数週間分あった。その一綴りを取るとテーブルに広げ、急いで眼を通した。印刷は奇妙で文字は見慣れなかった。いくつかの言葉は意味不明だった。

彼はその新聞を脇に置き、更に次の新聞を調べる。とうとう目指す記事を見つけた。その『チェリーウッド・ガゼット』紙の綴りをテーブルに持って行き、最初の頁を開いた。そこに出ていたのだ。

囚人縊死（いし）
犯罪的サンディカリズム（ゼネストなどにより生産・分配をめざす労働運動）の容疑で、郡保安官事務所に拘留された身元不明の男は、今朝死体で発見されたが――

彼はその記事を読んだ。漠然としていてよく分からない。もっと情報が欲しい。彼はガゼット紙を新聞掛けに戻し、それからしばしためらったあと司書に近づいた。

「もっと古い新聞はありませんか?」

彼女は眉をひそめた。「どのくらい前のかしら?　何新聞ですか?」

「数か月か、それより前です」

「ガゼット紙ですか?　ここにあるだけですが。何をお望みですか?　何をお捜しですの?　お手伝いしましょうか?」

彼は沈黙した。

「ガゼット新聞支局ならバックナンバーが揃っているかもしれません」彼女はメガネを外しながらいった。「そこに行かれたらどうですか？　お話下さればご協力しますが？」

彼は図書館を出た。

ガゼット新聞支局は脇道を入ったところにあった。歩道には割れ目が走っている。彼は中に入った。ヒーターが狭いオフィスの隅に輝いている。大柄な男が立ち上がるとゆっくりカウンターにやって来た。

「ご用件は何ですか？」

「バックナンバーが見たい。一か月か、それより前の」

「お買いになるのですか？」

「そうだ」彼は持っているお金を出した。男はじっと見つめていた。

「そうですか。お待ち下さい」彼は急いで部屋を出て行った。しばらくすると真っ赤な顔をして新聞の束を抱え戻ってきた。

「ここにあるはずです。見つけたら取って下さい。一年分あります。もっと古いのが必要なら――」

コンガーは新聞を外に持ち出した。道路脇に座って調べはじめた。

彼が捜していたのは四か月前の十二月の記事だった。小さな記事であまりに細かくて見逃すところだった。それを真剣に見ていると古代用語の小辞典を使う手が震える。

無届けデモの男逮捕
ダフ保安官によれば、クーパー・クリークで逮捕された身元不明の男は、氏名を明かすことを拒んでいる。この男は最近この地区に現われ、継続的に監視されていた由。それは――

クーパー・クリーク、一九六〇年十二月。心臓が高鳴った。それが知りたかったことだ。彼は立ち上がると身体を震わせ、冷たい大地に足踏みした。太陽はすでに大空を横切り、丘陵の端に沈んでいる。彼は微笑した。すでに正確な時間と場所は分かっている。いまは帰るだけだ。おそらくまだ十一月のクーパー・クリークへと。

彼は町の中心部を抜け、図書館や食料雑貨店を通り過ぎた。もう難しいことはない。すでに難関は突破した。そこに行き部屋を借り、その男が現われるまで待つ準備をするだけだ。

彼は角を曲がった。一人の女性が荷物を持って戸口から出てくる。コンガーは彼女を通させようと脇に寄った。女性は彼を見つめる。突然顔色が蒼白になった。彼女は口を開けたまま眼を見張っていた。

コンガーは急いで通りすぎた。振り返ってみる。どこがおかしかったんだろう？　女性はまだ見つめている。彼女は荷物を地面に落としていた。彼は足を速める。もうひとつの角を曲がり、脇道を歩いて行った。再び振り返ると、その女性は通りの入口まで来ており、彼のあとを追っていた。一人の男が加わり一緒になって彼の方に走ってくる。

かれらをまき町を出た彼は、急ぎ町はずれの丘陵に達した。ケージに着くと立ち止まる。何があったんだろうか？　自分の身なりがおかしかったのか？　衣服だろうか？

彼は思案した。それから太陽が沈むとケージの中に入った。

コンガーはハンドルの前に座った。しばらく待ってから手をそっと制御装置に置いた。やがて制御装置の目盛りを注意深く読みながら、ハンドルをほんの少し回した。

灰色の闇が周囲に立ちこめた。

しかしそれほど長いことではなかった。


その男は疑い深い眼で彼を見つめた。「お入りなさい。外は寒い」

「ありがとう」コンガーは感謝して、開いているドアから居間に入った。部屋は隅のガソリン・ストーヴの熱で暖かかった。だぶだぶで型くずれした花模様のドレスを着た女が台所から出てくる。彼女とその男はコンガーをしげしげと眺め回した。

「いい部屋よ。わたしはミセス・アップルトン。暖かいでしょ。一年のこの時期は暖房が必要なの」

「そうですね」彼はあたりを見回しながら頷いた。

「食事を一緒にいかが？」

「何ですって？」

「一緒に食事をしないかね？」男は眉をひそめた。「あんたは外国人じゃないだろうね？」

「いいえ。この国の生まれです。ずっと西の方ですが」

「カリフォルニア？」

「いえ」彼はためらった。「オレゴンです」

「そこはどんな様子なのかしら？」ミセス・アップルトンは尋ねた。「緑に溢れていると聞いたけど。ここは草木がまるでないわ。わたしはシカゴからきたのよ」

「中西部だよ。外国人ではない」男は女にいった。

「オレゴンは外国じゃありません。合衆国の一部です」コンガーはいった。

男は上の空でうなずいた。コンガーの衣服から眼を離さない。「変わった服を着ているね。どこで手に入れたの？」

コンガーはうろたえもぞもぞ身体を動かした。「たいしたものじゃありません。お邪魔なら失礼しましょうか」

二人とも手で押しとどめた。女はほほえみかけた。「アカを摘発しているんだよ。政府は常に連中を警戒しているからね」

「アカを？」彼は面食らった。

「政府にいわせればやつらはどこにでもいる。妙なことや普通でないことがあったり、そぶりの怪しい人間を見かけたら報告しなければならないんだ」

「わたしみたいな？」

かれらは当惑した。「そうね、あんたはアカには見えないよ。でも用心するに、こしたことはないからな。トリビューン紙だって――」

コンガーは上の空だった。想像していたよりうまくいっている。教祖が現われればすぐにはっきりと分かる。ここの住民は変わったことには敏感で、噂をしゃべったり広めたりしている。自分の役目はおそらく雑貨店でじっと聞き耳を立てている程度のことだろう。さもなければこのミセス・アップルトンの下宿にいるくらいだ。

「部屋を見せてもらえますか?」

「ええ」ミセス・アップルトンは階段に行った。「さあどうぞ」

二人は階段を上がった。階段は寒かった。それでも外よりましだった。火星砂漠の夜ほど寒くはない。彼は満足だった。

彼は店の中をゆっくりと歩きながら、野菜の缶詰、冷凍品販売カウンターにきれいに並べられている魚や肉を見ていた。

エド・デイヴィスがこちらにやって来た。「お買物ですか?」

その男は小柄で奇妙な服を着て髭を生やしている。エドの笑顔がこわばった。

「いや」おかしな声で男は答えた。「見るだけだ」

「どうぞ」エドはカウンターのうしろに歩いて行った。ミセス・ハケットがカートを押してくる。

「あれは何者?」彼女はささやいた。角張った顔がこちらを向くと、何か嗅いでいるかのように鼻をぴくぴくさせた。「初めて見る顔だわ」

「わたしもです」

「うさん臭いわね。どうして髭を生やしているのかしら？　髭なんか生やしている男はいないのに。問題じゃないかしら」

「髭が好きなんでしょう。わたしの叔父だって――」

「待って」ミセス・ハケットはくんくん嗅いだ。「あのね、ほら、何といったかしら？　アカの年寄り。髭を生やしてなかった？　そう、マルクス。確か生やしていたわ」

エドは笑った。「彼はマルクスじゃない。前に写真で見たことはあるけど」

ミセス・ハケットは彼を見つめていた。「ほんとうに？」

「ええ」彼は顔を紅潮させた。「どうしたというんですか？」

「彼についてもっと知りたいわ。自分たちのために当然のことよね」


「おーい、おじさん！　乗らないか？」

コンガーは急いで振り返り手をベルトにやった。彼はほっとする。車に乗った若い男女だった。二人に笑顔を見せた。「乗せてくれるのかい？　頼むよ」

コンガーは車に乗り込むとドアを閉めた。ビル・ウイレットがエンジンをかけると、車は唸りを上げてハイウェイに跳び出した。

「拾ってくれて嬉しいよ」コンガーは用心深くいった。「向こうの町まで歩いて行こうとしたんだが、思ったより遠いな」

「どこからきたの?」ローラ・ハントが訊いた。彼女は小柄で色黒だが可愛らしく、黄色いセーターと青いスカートをつけている。

「クーパー・クリークから」

「クーパー・クリーク?」ビルは眉をひそめた。「そいつはおかしい。おれはあんたを見かけたことないぜ」

「そうかね。きみはそこの出身なの?」

「そこの生まれさ。みんなを知っているよ」

「わたしはオレゴンからきたんだ」

「オレゴンから? オレゴン人に訛(なま)りがあるなんて、知らなかった」

「わたしに訛りがあるかい?」

「話し方が変だよ」

「どんなふうに?」

「分からないけど、なあ、ローラ?」

「言葉が不明瞭なのよ」ローラは笑った。「もっと話して。方言に興味があるわ」彼女は白い歯をあらわにしてコンガーを見つめた。彼は心臓が締めつけられる気がした。

「わたしは言語障害があってね」

「あら、ごめんなさい」彼女は驚いていた。

車は唸りを上げ、二人は不思議そうに彼を見ていた。コンガーとしては何とか妙に思われないように、かれらに質問するにはどうしたらよいか思案にくれていた。「町から出て行く連中も、ここにはそれほど来ないようだけど。外来者は多いの？」

「ううん」ビルは首を振った。「それほどいない」

「わたしはきっと久しぶりのよそ者だな」

「そう思うよ」

コンガーはためらったが思い切っていった。「わたしの友達なんだが、ここに来るかも知れないんだ。彼に出会うにはどこにいたら――」そこで言葉を途切らせた。「彼を知っている人間がいたら尋ねたいんだ。彼がやって来たら見逃さないようにね」

かれらは面食らっていた。「眼をしっかり開けておくことだね。クーパー・クリークは大きな町じゃない」

「それもそうだ」

かれらは黙ってドライヴを続けた。コンガーはこの少女の印象を考えてみた。おそらく少年の恋人だろう。臨時ワイフかも知れない。あるいは試験結婚を発展させたのか？　彼には思いつかなかった。しかしこれほど魅力的な娘なら誰かの愛人になるのも当然だ。外見からして、まだ十六、七歳だろう。もし再会したらそのうち尋ねてみよう。

翌日、コンガーはクーパー・クリークの中心街を歩いていた。雑貨店と二つのガソリン・スタンド、それに郵便局を通り過ぎた。ソーダ・スタンドがあった。

彼は立ち止まった。ローラが店の中に座り店員と話をしている。彼女は笑いながら身体を前後に揺すっていた。

コンガーはドアを押し開けた。暖かい空気が押し寄せてくる。ローラはホイップ・クリームをかけたホット・チョコレートを飲んでいた。コンガーが隣の席に滑り込んできたので驚いて見上げた。

「失礼。邪魔かな?」

「いいえ」彼女は首を振った。その眼は黒くて大きい。「構わないわ」

店員がやって来た。「ご注文は?」

コンガーはチョコレートを指さした。「彼女と同じやつを」

ローラは腕を組み肘をカウンターに乗せて、コンガーを見つめにっこり笑った。「ところで、わたしの名前をまだ知らないでしょう。ローラ・ハントよ」

彼女は手を差し出した。彼はどうしたらよいか分からないのでおずおずその手を握った。

「コンガーがわたしの名前だ」彼は小声でいった。

「コンガー? それ姓なの、名前なの?」

「姓か名前かだって?」彼はためらった。「姓だ。オマール・コンガーというんだ」

「オマールですって?」彼女は笑いだした。「まるで詩人オマール・カイヤムみたいね」

「そんな男は知らない。詩人などほとんど知らない。芸術作品はあまり復元出来なかったんだ。一般には教会だけしか興味をもたれていないし――」彼は絶句した。彼女はじっと見つめている。彼は赤面した。「わたしの故郷ではね」と話を終えた。

「教会ですって？　あなたのいう教会ってどちらの？」

「教会は教会だ」彼は混乱した。チョコレートが来て、彼は満足そうにすすりはじめた。ローラは依然として見つめていた。

「あなたは変わった人ね。ビルは嫌いらしいわ。でも彼は何でも変わったものが好きじゃないの。そう、平凡なのよ。人間って齢を取ればものの見方の広い人になるわよね？」

コンガーはうなずいた。

「外国人は自分の国にいればいい。ここには来るなっていうんだから。あなたはそれほどよそ者ではないわ。彼がいうのは東洋人のことよ。ご存じでしょう」

コンガーはうなずいた。

網戸が背後で開いた。ビルが店に入ってきた。二人を見ると「やあ」といった。

コンガーも振り返って「ハロー」といった。

ビルは座った。「これはこれは、ローラ」彼はコンガーを睨んだ。「あんたがここにいるとは思わなかった」

コンガーは緊張した。少年の憎しみを感じていた。「いると悪いかね」

「いや、悪くない」

沈黙が続いた。いきなりビルがローラにいった。「こいよ。出よう」

「出る？」彼女は驚いた。「どうして？」

「行くんだ！」彼はローラの手をつかんだ。「さあ、車が待っている」

「なぜなのよ、ビル。あんた妬いているのね！」

「この男は何者だ？　おまえは知っているのか？　見ろ、あの髭——」

彼女は顔を紅潮させた。「それが何だっていうの？　彼はパッカードも運転しないし、クーパー・ハイにも行かないだけじゃない！」

コンガーは少年の身体つきを測った。大きくたくましい。おそらく何か民間の組織に属しているのだろう。「すまない。わたしが出て行くよ」

「町で何の商売をしているんだ？」ビルが尋ねた。「ここで何を企んでいる？　どうしてローラの回りをうろついているんだ？」

コンガーは少女を見て肩をすくめた。「別に理由はない。また会おう」

彼は顔をそむけた。そして凍りついた。ビルはもう行動を開始している。コンガーの指はベルトにかかった。圧力は半分でいい。彼はひとりごとをいった。これ限りだ。

彼は圧力を加えた。周囲で店が急に変動した。自分だけは服の裏地のプラスチック防御壁で守られていた。

「まあ——」ローラは手を振り上げた。コンガーは悪態をついた。彼女のためにやったのではない。しかしそれも徐々に納まった。ほんの半アンペアで、ひりひり痛む。

うずき麻痺した。

彼は振り返りもせずドアを出た。ビルがゆっくり出てきて、酔いどれみたいに壁につかまった時、コンガーはもう角を曲がろうとしていた。彼はそのまま歩きつづけた。

コンガーは休みなく歩き続けているうちに夜になった。ひとつの人影が目の前にぼんやりと現われる。彼は立ち止まり息を殺した。

「何者だ?」男の声だった。コンガーは緊張して待った。

「何者だ?」男は再びいった。手の中でかちっと音がする。明かりがついた。コンガーは動いた。

「わたしだ」コンガーはいった。

「わたしとは誰だ?」

「コンガーだ。アップルトンの下宿にいる。あんたは誰だ?」

男はゆっくりと彼に近づいてきた。革のジャケットを着て腰に銃を下げている。

「ダフ保安官だ。一度話したいと思っていた。今日三時頃ブルームにいたな」

「ブルーム?」

「あのスタンドだ。ガキのうろついている」ダフはコンガーのそばにきて、顔を明かりで照らした。コンガーは眼をしばたたいた。

「まぶしいな」彼はいった。

しばらくして「わかった」といい、明かりは地面に向けられた。「そこにいた時、おまえとウイレットのガキがトラブルを起こした。間違いないな。ガキの女に手を出したろう」

「話をしていただけだ」コンガーは用心していった。

「その時何があった?」

「どうして訊くんだ?」

「ちょっとばかり興味があってね。おまえが何かしたといっている」

「何かした?　何を?」

「知らん。それはこっちが訊きたい。閃光が起こり、何かが生じた。みんな一時的に意識を失った。身動きできなかった」

「いまはどうしている?」

「もうなんでもない」

沈黙があった。

「さてと、それは何だ?　爆弾か?」

「爆弾?」コンガーは笑った。「とんでもない。ライターで火をつけたんだ。ガスが漏れガソリンに引火したんだ」

「どうしてみんな意識を失ったんだ?」

「ガスのせいだ」

沈黙。コンガーは位置を変え身構える。その指はゆっくりベルトに動いた。保安官はちらっと見てぶつぶついった。

「そういうならそうなんだろう。とにかく実害はなかったんだから」彼はコンガーから離れた。「あのウイレットは、すぐもめごとを起こすやつだ」

「それでは、失礼する」コンガーはそういうと保安官から離れて歩き出した。

「ひとつだけ確認したい、ミスター・コンガー。差し支えなかったら身元証明書を見せてくれ」

「ああ。構いませんよ」コンガーはポケットに手を伸ばし札入れを取り出した。保安官はそれを手に取ると懐中電灯で照らして見た。コンガーは呼吸を荒くして見つめていた。彼が持ってきた財布や身分証は、その時代の歴史や遺物を調べ、念入りに偽造したものだった。

ダフはそれを返して寄越した。「問題ない。じゃまして悪かったな」明かりが消えた。

コンガーが帰宅すると、アップルトン一家はテレビの回りに座っている。彼が入ってきたのに眼を上げようともしなかった。彼は戸口でぐずぐずしていた。

「訊きたいことがあるんだが？」彼がそういうと、ミセス・アップルトンがゆっくりと振り向いた。「今日は幾日でしたっけ？」

「幾日？」彼女はじっと見つめた。「十二月一日よ」

「十二月一日！　どうして？　まだ十一月なのに」

家族が一斉に彼を見つめた。突然思い出した。二十世紀にはまだ古い十二カ月暦を使っていたんだ。十一月はすぐ十二月になるのだ。その間にクォーテンバーはないのだ。

彼は息をのんだ。それではあれは明日なのか！　十二月二日！　明日だ！

「ありがとう。ありがとう」彼は繰り返した。

彼は階段を上がっていった。それを忘れるなんて、何たる馬鹿だ。新聞の記事では、教祖は十二月二日には囚われの身となっていた。明日、わずか十二時間後に、教祖は民衆の前に演説に現われ、それから捕まって曳かれていくのだ。

その日は暖かく好天だった。コンガーの靴は溶けかけた雪をざくざく踏んでいた。雪で重くなった木々の間を歩きつづける。丘を登り、滑りながら向こう側に下りた。

彼は立ち止まって付近を見回した。あたり一帯静かだった。人影もない。腰から細い鞭を取り出すと柄を握る。しばらく何も起こらなかった。それから空中にきらきら光るものが現われた。クリスタル・ケージが現われ、ゆっくりと降りてきた。コンガーはため息をついた。再び眼にするのは嬉しかった。結局、そこは彼の戻れる唯一の場所だった。

彼は尾根に上がった。腰に手を当て満足げにあたりを見回す。ハドスン・フィールドがずっと町はずれまで広がっている。薄く積もった雪で覆われた大地は平らで木も生えていない。ここに教祖がやって来るのだ。ここで民衆に演説するのだ。そしてここで当局が彼を捕らえる。民衆の来る前に彼が死ぬことになるだけだ。演説のはじまらないうちにあの世に行くのだ。

コンガーはクリスタル・ケージに戻った。ドアを押し開けると中に足を踏み入れる。棚からスレム銃を取り出しセットした。これで出かける準備、暗殺の用意ができた。しばらく考える。あれを持って行こうか?

いいや。教祖が来るまでまだ数時間ある。その間に誰かが彼に近づいてきたら？　教祖がフィールドにやって来るのが見えた時、銃を持ち出かければよい。

コンガーは棚を見た。そこにはきれいな包みがあった。それを降ろすと開けた。

彼は髑髏を持つとひっくり返した。思わず悪寒が身体を走り抜ける。これはあの男の頭蓋骨だ。まだ生きており、今日ここにやって来て、五十フィートと離れていないフィールドに立つ教祖の髑髏だ。

彼は黄ばんで腐食した自分の髑髏を見られるだろうか？　二百年経っている。彼はまだ話し続けるだろうか？　この時代がかったあざ笑う髑髏を見て説教できるだろうか？　彼にとってそこで民衆に話すべき何があるだろうか？　どんなメッセージを持ってくるだろうか？

歳月を経て黄ばんだ自分の髑髏を見たら、誰しもどんな行動もむなしくなるのではないか？楽しめるうちに、ひとときの生命を楽しんでおいた方がいいのではないか。

手中に自身の髑髏を抱いた男は、ほとんど大義や運動は信じていないのではないか。むしろ反対の説教をして——

物音がした。コンガーは髑髏を棚に戻し、銃を取り上げた。外で何かが動いている。急いでドアに行くと心臓が激しく鼓動する。彼か？　教祖が冷たい戸外をさまよって説教場所を捜しているのか？　言葉を探し、語句を選んでいるのか？

コンガーが持っているものを見たらどうするか！

彼はドアを押し開け銃を構えた。

ローラ！

彼女を見つめた。ウールのジャケットを着て、ブーツを履き、ポケットに手を突っ込んでいた。口や鼻から湯気が出ている。胸が激しく起伏していた。

黙って二人は見つめ合った。やがてコンガーは銃を降ろした。

「どうしたんだ？　ここで何している？」

彼女は指さしている。声が出てこないようだ。彼は眉をしかめた。どうしたんだろう？

「どうしたんだ？　何をしたいんだ？」彼は彼女の指さす方を見た。「何も見えないじゃないか」

「かれらはやって来るわ」

「かれら？　何者だ？　誰がやって来るんだ？」

「警察よ。夜の間に保安官は州警察に車を手配させたわ。周辺は包囲されているの。道路はどこも封鎖されているわ。六十名くらいの警察官がやって来るのよ。町とその近隣からね」彼女は言葉を切って息をのんだ。「警察の話では——警察の話ではね——」

「何だ？」

「あなたは一種の共産主義者だといっているわ。その言い分だと——」

コンガーはケージに入った。彼は銃を棚に置き、出てくる。飛び降りると少女のそばにやって来た。

「ありがとう。それを知らせに来てくれたんだね。そんな話を本気にしているのかい？」

「わからないわ」

「一人できたの？」

「ううん。ジョーがトラックで連れてきてくれたの、町から」

「ジョー？　それ誰だい？」

「ジョー・フレンチよ、配管工の。パパのお友だち」

「行こう」二人は雪の中を横切り、尾根を越えて平野に出た。小型のパネル・トラックが平野の中ほどに停まっている。がっちりした小柄な男が運転席に座り、煙草をふかしていた。二人が近づくと立ち上がった。

「あんたは一人か？」男はコンガーにいった。

「そうだ。警告をありがとう」

配管工は肩をすくめた。「おれは何にも知らんがね。ローラはあんたが正しいというんだ」彼は振り返った。「やつらがやって来るのを知らせたのは、あんたに興味があるからだ。別に警告したいわけじゃない――ただの好奇心さ」

「ずいぶん大勢だな？」コンガーは町の方を見た。黒い人の群れは雪道を選んでやってくる。

「町の連中だ。こんなことには黙っちゃいない。町の中だけじゃない。みんな警察無線を聞いている。ローラのしたことも同様に知っている。誰かが漏らし町中に広まった――」

人の群れはだんだんと近づいてくる。コンガーには二人だけわかった。ビル・ウイレットが高校の友人たちといた。アップルトンはうしろで尻込みしながらついてくる。

「エド・デイヴィスもか」コンガーは小声でいった。

小売商は町からきた三、四人の仲間と野原をせっせとやって来る。

「まったくおかしな話さ」フレンチがいった。「町に帰ろうかな。トラックを蜂の巣にされたくないからな。おいで、ローラ」

彼女は大きな眼でコンガーを見上げている。

「行こう」フレンチは催促した。「とてもここにはいられないぞ」

「どうして？」

「撃ち合いになるかもしれない。総動員でやって来るんだぞ。わかるだろう、コンガー？」

「ああ」

「銃を持っているか？　一人で大丈夫か？」フレンチはちょっと笑った。「警察はこれまで大勢の人間を捕まえてきた。あんただけじゃない」

彼は十分注意した。ここに、この野原に留まっていなければならない。連行されるのはまずい。いつ教祖が現われてこの野原に足を踏み入れるかわからない。彼は町民の一人としてこの野原に静かに立ち、待ち、見つめているのか？

教祖はジョー・フレンチかもしれない。あるいは警官の可能性もある。群衆の一人が教祖として説教することもあり得る。今日話されるほんのわずかな言葉が、その後ずっと重要なものとなる。

コンガーはそこにいる必要があった。最初の言葉が発せられる瞬間を待たなければならない。

「わたしのことは心配するな。町に帰った方がいい。彼女を連れて行ってくれ」

ローラはジョー・フレンチのそばで固くなっていた。配管工はエンジンをスタートさせた。

るんだ」
「そこに立って連中をよく見てろよ。禿鷲みたいに誰かが殺されるのを見ようと待ち構えてい
トラックは走り去り、ローラは驚いたまま固くなって黙って座っていた。コンガーはしばら
く見つめていた。それから急いで林の中に駆け込むと尾根に向かった。
彼は立ち去ることはできた。常に逃げたい誘惑にかられている。それにはクリスタル・ケー
ジに飛び込み、ハンドルを回すだけでよかった。しかし彼には仕事が、重要な任務があった。
この場にいなくてはならなかった。この場所に、この時間にである。
彼はケージに着くとドアを開けた。中に入ると棚から銃を取り上げた。このスレム銃ならや
つらを始末することはできる。出力を最大にした。その連鎖反応で警官、好奇心あふれる残忍
な民衆を打ちのめせるだろう。
これで安心だ！　自分を撃つ前に全員が死んでいる。彼は逃げられる。その気なら今日中に
皆殺しだ。そして彼は――
彼は髑髏を見た。
いきなり銃を下げた。髑髏を取り上げひっくり返した。そして歯を見た。それから鏡に向か
った。
髑髏を取り上げ鏡に映してから頰に押しつける。自分の顔のそばで歯をむき出した髑髏が見
つめている。頰に押しつけたされこうべが。

彼は歯をむき出した。そして知った。

彼の持っているのは自分の髑髏だった。彼はこれから死ぬことになっている男だった。自分が教祖だったのだ。

すぐに彼は髑髏を置いた。しばらくの間操縦席に立ち機器を弄んだ。外で自動車の音が聞こえ、くぐもった人の声がする。議長が待っている元の世界に帰るべきか？　脱出することはもちろんできるが——脱出？

彼は髑髏の方を向いた。そこには年月を経て黄ばんだ自分の頭蓋骨があった。逃亡？　脱出にはそれを持って行くか？

仮に一か月、一年、十年、五十年でも延ばせばどうなるか？　時間は無意味だ。彼は百五十年も過去の少女とホット・チョコレートを飲んだ。脱出？　おそらくほんのしばらくの間だ。だが実際には脱出できなかった。今まで脱出しようとした者も、これからそうしようとする者も同じだ。

ただ彼は手にそれを持っていた。自分自身の骨を、自分の死んだ頭を。

やつらにはそれがなかった。

彼は武器を持たずドアを出て野原を横切った。そのあたりには民衆が取り囲むようにして待っていた。騒動を期待していた。彼が何か武器を持っているのを知っていた。ソーダ・スタンドで起こした事件も耳にしていた。

そこには大勢の警官もいた——銃や催涙ガスを装備して、丘陵や尾根、林間からじりじりと迫っている。それはこの世紀の昔話となるはずだ。

その一人が彼に向かって何かを投げた。それは彼の足下の雪に落ちる。見ると石だった。彼は笑った。

「さあ、こい！」かれらの一人が叫んだ。「爆弾はもう持っていないのか？」

「爆弾を投げてみろ！　この髭男め！　投げてみろ！」

「やっつけろ！」

「原子爆弾を二、三個投げてみろ！」

かれらは笑いだした。彼も笑い、腰に手を当てた。かれらは突然静かになり、彼がしゃべろうとするのを見ようとした。

「すまん」彼は簡単にいった。「爆弾など持っていない。そちらの誤解だ」

慌てたようなざわめきが起こった。

「銃は持っている」彼は続けた。「性能のいい銃だ。きみらよりはるかに進んだ科学の成果だ。だがそれを使おうとは思わない」

かれらは戸惑った。

「どうしてだ？」誰かが叫んだ。グループの端で中年女が見つめている。彼はいきなりショックを受けた。前に見たことがある。どこで？

彼は思い出した。あの日の図書館だ。隅を振り向いた時に彼女を見たのだ。彼女も彼に気づいており驚いている。あの時彼はどうしてだか理由がわからなかった。

コンガーはにやりとした。そう、彼は死を逃れたかった。しかしその昔の自分だった男はたったいま進んで死を受け入れようとしている。かれらは嘲笑している。銃を持ちながら使わない男をあざ笑っていた。しかし時間の奇妙なねじれで彼は再び現われるだろう。牢獄の床下に骨を埋めてから数か月後に。

とにかく彼は永遠の死を免れるのだ。一旦は死ぬだろう。それから数か月おいて、ある午後に短い期間だが甦るだろう。

その午後、民衆は彼を見てまだ生きていることを理解し、どういうわけでか彼が甦ったのを知るのに充分な時間がある。

それから最後に彼はもう一度姿を現わすだろう。このときから二百年後、二世紀後であるが。彼は再び生まれるだろう。実際に火星の小さな交易の村に誕生するのだ。そして成長し、狩りや商売を憶え——

パトカーが野原の端にきて停まった。群衆は少し退く。コンガーは両手を上げた。

「きみたちのために奇妙な逆説を教えよう。生ある者は滅し、殺す者も死は免れない。しかし自ら生命を捨てる者は再び甦るのだ！」

民衆はわずかに不安そうに笑った。警官は車を降りると彼に歩み寄ってくる。彼は微笑した。話したいことはすべて済んだ。それは彼が作り出した小さなすばらしい逆説だった。民衆はそれに頭を悩まし、記憶し続けているだろう。

微笑しながらコンガーは運命づけられた死を待つのだった。

奇妙なエデン

Strange Eden

キャプテン・ジョンスンは宇宙艇から降り立った最初の人間だった。この星の大きな起伏のある森をじっと見つめる。何マイルも続く緑が眼に痛い。頭上の空は透き通るような青さだった。森の向こうは海辺を波が洗っている。空と同じ色をしているが、鮮やかな海草でいっぱいの泡立つ表面は紫に近い濃紺だ。

彼は操縦席から四歩ほどで自動ハッチに行き、そこから昇降板を下り、着陸時のジェット噴射で抉(えぐ)れた柔らかい黒土に足を降ろした。土は至るところに撒き散らされ、まだ湯気が立っている。金色の太陽に手を翳(かざ)した。すぐにメガネを外すと袖で磨いた。彼は痩せて血色の悪い顔をした小男だった。メガネを外したまま眼をしばたたくと、すぐにまた掛け直した。暖かい大気を深く吸いこむと肺に溜め、体内組織に送り込み、やがてゆっくりと吐き出した。

「悪くないな」

ブレントが開いたハッチから低い声でいった。

「ここが地球に近かったら、たちまちビールの空缶やポリ容器の山になる。森林は伐採され、海には古いモーターボートが浮かび、砂浜は悪臭が鼻を突く。地球の開発会社は何百万というプラスチック住宅をそこいら中に建てるだろうな」

ブレントは無頓着に何かぶつぶつ言いながら跳び降りた。彼は胸板の厚い男で、袖をまくり上げると、腕は黒く毛深かった。

「あの辺に何かありますね？　何かの跡ですか？」

キャプテン・ジョンスンは落ちつかなげに星図を開き調べた。

「この星域を報告した宇宙船はないな。われわれが初めてだ。この星図によれば全域無人だ」

ブレントは笑った。

「ここには昔文明があったかもしれないと思わないんですか？　地球以外の？」

キャプテン・ジョンスンは銃をもてあそんだ。これまで銃を使ったことがなかった。銀河系パトロール星域外の探索を命じられたのは、これが初めてだった。

「確かめるべきかもしれん。だが実際にはここの星図を作る必要はないんだ。もう三つも大きな星の地図を作った。これは命令に入っていないんだ」

ブレントは湿った地面を大股で歩き、何かの跡の方に行った。屈み込んで折れた草に指を走らせた。

「この上を何かが通った。土が窪んでいる」

彼は驚いたような嘆声を上げた。

「足跡だ！」

「人間のか？」とキャプテン。

「動物のようです。大きな――ネコ科の動物かも知れない」

ブレントは立ち上がるとごつい顔で考え込んだ。

「まるで新しいゲームみたいだ。そうでなくとも気晴らしにはなりますね」

キャプテン・ジョンスンは神経質そうに身を震わせた。

「その獣からどうやって身を守る？　安全を考え艇内にいる方がいい。空中からも調査出来る。このちっぽけな星なら通常のやり方で十分だ。こんなところにいつまでもいるのは嫌だ。身の毛がよだつよ」

「ぞっとしますか？」

ブレントはあくびと伸びをした。それから足跡を辿り、数マイル続く起伏ある緑の森の方に歩きだした。

「ぼくはここが好きですね。標準的な国立公園みたいだ――野性味が溢れている。キャプテンは艇にいて下さい。ちょっと楽しんで来ますから」

ブレントは片手に銃を持ち、慎重に暗い森に入って行った。彼はベテランの調査員だった。これまでに数多く極地を探索し、身の処し方を十分に心得ている。時々立ち止まると足跡を調べ土を手に取った。大きな足跡は入り交じりながら続いている。獣の群れがこの道を通ったのだ。何種類もの獣でみんな大きい。おそらく水源に集まったのだ。川か池にだ。
彼は坂を登って行ったが――その時急いで身を伏せる。自分の前に動物が一頭、平らな石に寝そべっていた。目を閉じて明らかに眠っている。ブレントは大きく円を描いて歩きながらじっと動物を見た。まぎれもなく猫だった。しかし見たこともない猫だった。ライオンみたいで、もっと大きかった。地球のサイぐらいある。長い黄褐色の毛、大きな四肢、ねじれたロープのような尻尾。脇腹をハエが這っている。筋肉が波打つとハエは逃げて行った。口は少し開いている。光沢のある牙は日光に濡れて光っていた。大きなピンクの舌。ゆっくりと荒い息遣い、いびきをかきながらまどろんでいる。

ブレントは光線銃をもてあそんだ。スポーツマンとしては寝ている獣は撃ちたくない。石を放って起こしてやろうかと思った。しかし体重は自分の二倍はある。心臓を撃ち抜いてから、宇宙艇まで引きずって行こうかという思いにかられた。その頭は格好よいし、毛皮も悪くない。仕留めて持ち帰れば自慢話のタネになる――樹から飛びかかってきたことにするか、それとも密林から咆哮(ほうこう)と共に飛び出してきたことにしようか。

彼は地面に膝をつき、右肘を右膝に置き、左手で光線銃をしっかり握り、片目を閉じて慎重に狙いを定める。深呼吸し銃を固定すると安全装置をはずした。

引金を引き絞ったところに、もう二頭の大山猫が彼の背後から悠然と現われて通りすぎ、眠っている仲間をちょっと嗅ぐと茂みの中に消えた。

気をそがれてブレントは銃を降ろした。二頭とも彼を無視している。一頭はこちらをちらっと見たが全く関心を示さなかった。彼はふらふらと立ち上がると額からどっと冷汗が流れる。やれやれ、その気なら八つ裂きにされるところだった。背中を向けて屈んでいるところを襲いかかられていたら――

油断出来なかった。一カ所に立ち止まるのも休むのも危ない。歩き続けるか、宇宙艇に戻るかだ。戻る気はなかった。ジョンスンを驚かすものを手に入れたかった。あのちびのキャプテンは多分操縦席で落ちつかず、ブレントはどうなったかと考えているだろう。ブレントは注意深く茂みを抜け、眠っている大山猫を遠回りして元の足跡に戻った。彼はさらに探索を続け、持ち帰る価値のあるものを見つけるか、安全な場所に野営しようと思った。携帯食糧は持っているし、緊急の場合には交信器でジョンスンに連絡出来る。

彼は平坦な牧草地に出た。至るところに黄、赤、紫色の花が咲き乱れている。急ぎ足でそこを通りすぎた。この星は処女地だった――まだ未開の段階にある。人跡未踏の地だ。ジョンスンがいったように、やがてはポリ容器やビールの空缶、腐ったごみの山になることだろう。自分がこの星の賃借契約を取得することも出来る。会社を設立しあらゆる権利を確保する。それから時間をかけて上流階級向けに土地を分譲する。商業地化しないことを約束し、最高級の住宅だけとする。充分に余暇のある金持ちの地球人を相手に、庭園つき静養地を建設する。魚釣り、狩り、かれらの望むあらゆる遊び。思うがままである。人間にとってはもの珍しい。

その空想に彼はほくそ笑んだ。牧草地を抜け深い森の中に入りながら、最初の投資金を集めるのにはどうしたらよいか考えていた。他人を誘い込まなければならない。沢山のコネを持っている人間なら見返りがあるだろう。それに販売促進と宣伝が必要だ。実際にうまく計画を推し進めることだ。未開の星は少なくなってきている。これが最後かも知れない。もし失敗すれば、運に見放されることになる……

そこで彼の空想は終わりを告げた。計画はあっさり瓦解した。重苦しい不快さに息が詰まる。

彼はいきなり立ち止まった。

道は前方で広がっていた。樹木は少なくなり、明るい日光がシダ、茂み、草花の静かな暗がりに射し込んでいる。小さな丘の上には建物があった。石造りの家で階段と玄関がついており、大理石のような堅い白壁で出来ている。周囲を庭が取り囲んでいた。窓、小径、背後に小さな建物がある。すべて小綺麗で――とびきり現代風だった。小さな泉が青い水を溜池に注いでいる。数羽の鳥が砂利道のあちこちを突ついていた。

この星は住人がいたのだ。

ブレントは用心深く近づいた。灰色の煙が一筋、石造りの煙突から立ち上っている。家の裏には鶏小屋があり、日陰の水桶のそばで牛に似た獣がまどろんでいた。他には犬や羊みたいな群れもいる。小農場があったが――彼にはこれまで見たこともない農場だった。建物は大理石か、その類の石で出来ていた。動物たちは一種の力場に囲われているようだ。すべてが清潔だった。片隅では下水処理管が廃水やごみを吸い取り、半埋没タンクに注いでいた。

彼は裏口の階段までやって来た。少し考えてから階段を上って行った。特に恐れもしなかった。あたりはひっそりとし、秩序立った静寂が漂っている。そこから危害を加えるようなものが出てくるとは思えなかった。彼は戸口まで来るとためらい、ドアのノブを捜した。

ノブなどなかった。触れただけでドアが開いた。拍子抜けして彼は中に入った。豪華な玄関である。壁龕の明かりが厚い絨緞をブーツで踏むごとにまたたく。窓は輝く長いドレイプで覆われている。重量感のある家具調度――部屋の中を覗いてみた。奇妙な機械や備品類。壁には絵画。四隅に彫刻。角を曲がるといきなり大広間に出た。誰もいなかった。

小馬くらいある動物が戸口から出てきて、彼を興味ありげに嗅ぐと、手首をなめて去った。彼はびっくりしながらそれを見送った。

よく馴れている。すべての動物が馴れている。どんな人間がこの家を建てたのか？　彼は急にパニックに襲われた。人間ではないかも知れない。他の種族、銀河系の彼方から来たエイリアンかも。エイリアン帝国のフロンティア、前哨基地ということも考えられる。

そう思いながら、この家を飛び出して艇に逃げ帰り、オリオンⅪの宇宙艇基地に連絡しようか迷っていると、背後に微かなきぬずれの音がした。彼は銃を手にすばやく振り返った。

「誰だ――」彼は喘いだ。そして凍りついた。

一人の娘が立っていた。落ち着いた顔つきで、眼は大きく黒々としている。背丈は彼と同じくらい、ほぼ六フィートあった。黒髪が肩から腰まで垂れている。奇妙な金属製の光る部屋着をまとっていた。無数の切子面に頭上の光が当たって反射し、きらきら輝いている。唇は深紅色でぽっちゃりしていた。胸の下で腕を組み、呼吸するごとに乳房が微かに揺れる。彼女の隣には、さきほどブレントを嗅いで去った小馬のような動物がいた。

「ようこそ。ミスター・ブレント」

彼女はそういってにっこり笑うと、小さな白い歯が光った。その声は優しく軽やかで驚くほど澄んでいる。突然身をひるがえすと、戸口を抜けて次の間に向かう、彼女の部屋着がはためく。

「こちらにどうぞ。お待ちしてましたわ」

ブレントは注意深く部屋に入った。長いテーブルの向こう端では一人の男が、明らかな不快感を示しながら彼を見つめている。六フィート以上ある大男で、上着のボタンを留める広い肩と太い腕が細かく震えていた。彼は立ち上がると戸口に行った。テーブルは料理の皿や鉢がいっぱい並べられている。ロボットの召使が静かに料理を片づけていた。今まで彼女と男が食事をしていたようだ。

「あれはわたしの弟よ」

彼女は色の黒い大男を指していった。彼はブレントに軽く会釈し、聞き慣れない流暢な言葉で姉と二言三言交わすと、足早にその場を去った。彼の足音は玄関に消えた。

「これは失礼した。食事の邪魔をするつもりはなかったのだが」とブレントは小声でいった。

「いいのよ。もう行ってしまったから。本当のところわたしたちはうまくいっていなかったの」

彼女はドレイプを開け、広い窓から森が見えるようにした。

「ここから弟が出て行くのが見えるわ。あそこに彼の宇宙艇が停めてあるの。見えるでしょう？」

その宇宙艇を見つけるまでにしばらくかかった。それはあたりの景色に溶けこんでいる。宇宙艇が九〇度の角度で上昇した時、初めてそこにあったことを知った。そこまでは数ヤードの距離だった。

「それなりの男でしょう」

彼女はそういうと、またドレイプを元に戻した。

「お腹は空いていらっしゃらない？　ここにお座りになって、一緒にお食事はどう。アイーテスが行ってしまったので、わたしは独りきりなの」

ブレントは慎重に腰を下ろした。料理はすばらしく見える。食器類は半透明の金属製らしい。ロボットは彼の前にナイフ、フォーク、スプーンを置き、命令を待っている。彼女は淀みのない奇妙な口調で命令した。ロボットは直ちにいわれた通り、ブレントに料理を出すと退出した。

彼と娘だけになった。ブレントはがつがつ食べたが、料理はおいしかった。彼は鶏のような鳥の手羽を裂き巧みにかじった。深紅のワインをタンブラー一杯飲み干し、袖で口を拭うと熟れた果物に取りかかった。野菜、スパイス入りの肉、魚介類、暖かいパン——彼はわくわくしながら貪った。彼女は上品に少し口をつけただけだった。彼をじっと見つめていたが、やがて彼がすっかり平らげると、皿は片づけられた。

「キャプテンはどこかしら？　来ないの？」

「ジョンスンのことかい？　彼は宇宙艇に戻っている」

ブレントは大きなげっぷをした。

「どうして地球語が話せるの？　きみの星の言葉じゃないだろう？　ぼくのほかに誰かいるのをどうして知った？」

娘は鈴を振るような声で笑った。彼女はナプキンでたおやかな手を拭うと、深紅のグラスを飲み干した。

「スキャナーで観察してきたの。もの好きなの。こんな遠くまでやって来たのは、あなたの宇宙艇が最初よ。目的は何かしら」

「われわれの宇宙艇をスキャナーで観察して、地球語を学んだのか」

「いいえ、人類から直接言葉を習ったの。ずっと昔にね。忘れない限り話せるわ」

ブレントは当惑した。

「しかしここに来たのは、われわれの艇が最初だといったね」

娘は笑いだした。

「そうよ。でもわたしたちは時々あなたの小さな世界を訪れていたのよ。だからすっかり知っているわ。地球は中継地点なの――わたしたちが目的地に向かう途中のね。わたしは何度も行ったわ――かなりの期間滞在したの。旅をしたのはずっと昔の話だけど」

ブレントは異様なさむけに襲われた。

「きみらは何者だい？　どこから来たの？」

「源はどこか知らないわ。わたしたちの文明は現在では宇宙に行き渡っているの。おそらく伝説の時代に一カ所からはじまったのよ。今ではほとんど至るところにあるわ」

「どうしてこれまできみたちと出くわさなかったんだろう？」

娘は微笑みながら食べ続けた。

「さきほどいったでしょう。あなた方はしばしばわたしたちと出会っているのよ。地球人をここに連れて来たこともあるわ。一度ははっきりと憶えているわ。数千年前のことだけど——」

「きみたちの年数でいうとどのくらい？」

「わたしたちには年月などないわ」

彼女の黒い瞳が楽しげにきらきらしながらじっと見つめた。

「地球の年でいっているのよ」

彼は一瞬かなりの衝撃を感じた。

「数千年か。きみは千年も生きているの？」

「二万二千年よ」

彼女はあっさり答え顎をしゃくると、ロボットは食器を片づけた。彼女は椅子に寄りかかるとあくびをし、しなやかな小猫みたいに伸びをする。それからいきなり立ち上がった。

「いらっしゃい。食事は終わりよ。わたしの家の中を見せるわ」

彼は慌てて彼女の後を追った。自信は崩れていた。

「きみたちは不死なのか？」

彼は彼女とドアの間に入り、早い息遣いで顔を紅潮させた。

「きみたちは齢を取らないのか？」

「齢ですって？　ええ、取らないわ」

ブレントは言葉を探すのに苦労した。

「きみたちは神か？」

彼女はブレントを見て笑い、黒い瞳を楽しげに輝かせた。

「そうではないわ。あなたたちはわたしたちとほぼ同等のものを持っているわ――知識、科学、文化をね。その結果わたしたちに追いついた。わたしたちは古い種族なの。数百万年前、わたしたちの科学者は衰退の過程を遅くすることに成功したわ。それ以来わたしたちは死ななくなったの」

「それではきみたちの種族はいつも変わらないのか。死にもしなければ生まれもしない」

彼女はブレントを押しのけると戸口を通り広間に出た。

「あら、いつでも生まれているわ。わたしたちの種族は成長し発展しているのよ」

彼女は戸口で立ち止まった。

「楽しみを手放すことはないわ」

彼女は思案顔でブレントを見た。その肩、腕、黒髪、ごつい顔。

「永遠性を除けばあなたと同じよ。あなたにもいつか分かるでしょうよ」

「きみたちはわれわれの間を動き回っていたのか?」

ブレントはそういって理解しはじめた。

「それでは古い神話伝説はみんな本当だったんだな。神も奇跡も。きみたちはわれわれと接触し、いろいろなものを与えてくれたし、さまざまのことをしてくれた」

彼は驚きを交えて部屋に入った。

「そうよ。その通りよ。いくたの経験を重ねながらね」

彼女は部屋を回りながら厚いドレイプを降ろした。カウチ、書棚、彫刻は薄闇に包まれた。

「チェスでもしない?」

「チェスだって?」

「わたしたちの代表的ゲームよ。それをあなた方の先祖のインテリに教えたの」

彼女の鋭い目鼻立ちの小さな顔に失望の色が浮かんだ。

「あなたは出来ないの? だめね。何が出来るの? あなたのお友だちは? あなたより知性がありそうに見えたけれど。彼はチェスが出来る? あなたの代わりに来てもらおうかしら」

「無理だね」

ブレントはそういうと彼女ににじり寄った。

「知る限りではやらないよ」

彼は手を伸ばし彼女の腕を捕らえた。彼女は驚いて振り放した。ブレントは太い腕の中に彼女を抱きしっかりと引き寄せた。

「あんなやつほっとけ」

彼はくちづけをした。その赤い唇は暖かく甘かった。彼女は喘ぎ激しく抵抗した。そのスリムな肉体が身もだえするのを感じた。黒髪から芳香が湧いてくる。尖った爪で引っかき、胸が波打った。彼が離すと彼女は逃れ、用心深く目を光らせ、息遣いも荒く身体をこわばらせ、輝く部屋着をかき合わせた。

「変なことをすると命を失うわよ」

彼女は小声で言いながら宝石をちりばめたベルトに触れた。

「分かっているの？」

ブレントは前に出た。

「そうかもな。でもそうはしない方に賭けるよ」

彼女は後ずさった。

「ばかにしないでよ」

彼女の唇は歪み微かな笑いが洩れた。

「あなたは勇敢よ。でもスマートじゃないわ。ともかく男としては悪い組み合わせではないわ。愚かで勇敢なところはね」

すばやく彼女は逃れ、彼の手から届かないところに身を置いた。

「あなたもいい体型をしているわ。あの小さな宇宙船のなかで、どうやってそれを保つの？」

「年四回フィットネス・コースに通っているんだ」

ブレントはそう答えると、彼女とドアの間に身を置いた。

「こんなところできみ独りじゃ全く退屈しただろう。これまでの数千年間と同様、今後も変わることはあるまい」

「耐えられる方法は見つけたわ。だからわたしに近寄らないで。あなたの大胆さに舌を巻いているので、警告するのがフェアだと——」

ブレントは彼女を捕まえた。彼女は激しく抵抗した。彼は片手で彼女の両腕を背中に回して抑えつけ、身体を弓なりに反らせて、半ば開いた唇にキスした。彼女は白い小さな歯を彼の口に潜らせた。彼はもぐもぐ言い唇を離した。彼女は争いながらも笑い、その眼は踊っている。罠にかかった獣みたいに息遣いが荒くなり、頬が紅潮し、はみ出た乳房が震え、身体がよじれた。ブレントは彼女の腰に腕を回すと抱き上げた。

圧力波が彼を直撃した。

ブレントは彼女を取り落とした。彼女はしなやかに床に立つと、踊るような足取りで退いた。ブレントは身体を折り曲げ、苦悶で顔が灰色になった。冷汗が首や手から流れる。長椅子に横たわると眼を閉じた。筋肉がしこり、身体が苦痛でねじれた。

「ごめんなさいね」

彼女はそういいながら、彼を無視して部屋を歩き回った。

「あなたのせいよ――気をつけなさいといったでしょう。ここから出て行くことね。あの小さな艇にお帰りなさい。これ以上苦しめたくないわ。地球人を殺すのはわたしたちの主義に反するの」

「あれは――何だ?」

「大したものじゃないわ。斥力(せきりょく)の一種よ。このベルトはわたしたちの産業星の一つで作られたの。わたしを守るものだけど作用原理は知らないわ」

ブレントはやっとのことで立ち上がった。

「きみは小娘にしてはかなりしたたかだな」

「小娘ですって？　わたしは相当な大年増よ。あなたの生まれる前、ロケットが発明される前に、もうかなりの齢だった。あなた方が衣服を織ったり、考えを文字で記すようになる前からよ。人類が成長しては野蛮に戻り、また進歩して行くのを見ていた。数え切れない国家や帝国の興亡。エジプト人が初めて小アジアに進出しはじめた時も生きていた。ティグリス渓谷の都市建設者たちが煉瓦作りの家を建てるのも見た。アッシリア戦争で戦闘用馬車が走るのも目の当たりにした。わたしは友だちとギリシャ、ローマ、ミノス、リディア、赤銅色の皮膚をしたインド人の大帝国を訪問した。わたしたちは古代人にとっては神であり、キリスト教徒にとっては聖人だった。何度も行き来したわ。人類が成長するにつれ、その回数も減った。わたしたちは他にも中継地があるわ。あなたの星だけではないのよ」

ブレントは黙りこんだ。その顔に血の気が戻って来た。彼女は柔らかな長椅子に身を投げだしている。枕に寄りかかると静かに彼を見つめ片手を伸ばした。もう一方の手を膝の上に当てる。その長い脚を折ってたくし込み、小さな足を尻に敷いた。喧嘩のあと満足して休んでいる子猫みたいに見えた。その話はなかなか信じられなかった。しかし彼の身体はまだ痛む。彼女の力場の一端に痛めつけられ、危なく殺されるところだったのだ。考えさせるものがあった。

「ねえ？」やがて彼女はいった。「どうするつもり？　遅くなるわよ。艇に戻るべきだと思うけど。キャプテンはあなたの身に何か起こったと考えるわよ」

ブレントは窓際に行きドレイプを開いた。太陽は沈んでいた。暗闇が森の外を覆っている。星々がまたたきはじめ、濃紫の夜空を背景に小さな白い点々となっている。彼方の丘陵の輪郭が黒くまがまがしく突き出ていた。

「彼とは連絡出来るよ」

ブレントはそういって首筋を軽く叩いた。

「緊急の場合には、ぼくは大丈夫だと伝える」

「大丈夫ですって？　あなたはここにいるべきでないわ。何をしているのか分かっているの？　わたしを自由に出来ると考えているんでしょう」

彼女はわずかに身を起こすと、長い黒髪を肩の上に投げかけた。

「あなたが何を考えているか分かるわよ。わたしをあなたと寝た娘のように考えているのね。あなたの指をよく包んでくれた若いブルーネット娘――彼女を仲間に自慢していたでしょう」

ブレントは赤くなった。

「きみはテレパシー能力があるのか。それを先にいってくれればいいのに」

「大したものじゃないわ。自分に必要なことだけよ。タバコをくれない。わたしたちにはないものだわ」

ブレントはポケットを探り、タバコ箱を取りだすと彼女に投げた。彼女は火をつけると優雅に吸い込んだ。グレイの煙が周囲に流れ、部屋の暗がりとまじり合う。部屋の隅は闇に溶けていた。彼女も長椅子に丸くなったおぼろげな形になり、深紅の唇の間のタバコが輝く。

「心配はしていない」とブレント。

「そうね。心配することないわ。あなたは臆病者じゃないもの。勇気があってスマートだったら――信じられないけど。あなたの勇気、それが愚かさであっても感心するわ。男は勇敢なものよ。それが無知を基にしている場合でも感動的だわ」

そこで彼女は言葉をとぎらせ、またいった。

「ここにいらっしゃい。お座りにならない」


「何を心配すべきかな?」

ブレントはしばらくしていった。

「きみがベルトに触れなければ大丈夫だ」

暗闇の中で彼女は身じろぎした。

「そんなことじゃないわ」

彼女は少し身を起こすと、髪を直し、頭の下の枕を引っ張った。

「わたしとあなたは全く別の種族よ。わたしたちとの接触は――密着は――致命的だわ。わたしたちにとってではなく、もちろん、あなたたちにとってよ。わたしと一緒になれば、人間として残れないのよ」

「どういう意味だ?」

「あなたは変貌を経験するわ。進化論的変化を。わたしたちはある力を使うの。その力を十分蓄えてあるので、わたしたちと密着すると、その影響があなたの身体の細胞に及ぶわよ。外に動物がいたでしょう。かれらは少しずつ変化したのよ。もはや野生動物ではないわ。簡単な命令を理解し、やさしい仕事なら出来るわ。まだ言葉は持たないけど。あのような低級動物にも長い話があるの。かれらとの接触は実は密接ではないわ。でもあなたは――」

「わかった」

「わたしたちは人間をそばに置きたいとは思わない。だからアイーテスはここを出て行った。わたしは怠惰だから出て行かないけど――特に構わないから。わたしは分別盛りじゃないし、責任もないから平気よ」彼女はちょっと笑った。「わたしの接触の仕方は仲間よりも少し密着し過ぎているけど」

ブレントは暗闇の中でも彼女のすらりとした身体がよく見えた。枕に横たわり唇を開き、乳房の下で腕を組み、頭を反らしている。彼女は美しかった。これまで出会ったこともない美女だった。すぐさま彼は身体を寄せる。今度は彼女も動かなかった。彼は優しくキスすると、腕を伸ばしてたおやかな身体を抱き、しっかり引き寄せる。彼女の部屋着がきぬずれの音を立てた。ふんわりとした髪が彼を撫で、暖かさと芳香が漂った。

「すばらしい」

「ほんとう？　一度足を踏み入れたら後戻り出来ないわよ。お分かり？　もう人間ではなくなるのよ。進化はするけど、種の系統に沿って人間になるには、今から数百万年かかるわ。あなたは除け者になるのよ。未来の人類の先祖としてね。友だちもなく」

「構わないさ」

ブレントは彼女の頬、髪、首筋を愛撫した。その柔らかな皮膚の下に熱い血の鼓動を感じる。

喉のくぼみがごくりと鳴った。息遣いが早くなり、密着した乳房が上下した。

「きみさえよければ」

「ええいいわ。わたしは平気よ。あなたが本気なら。でもわたしのせいにしないでね」

半分まじめ、半分いたずらっぽい笑みが、彼女の鋭い目鼻立ちをかすめた。その黒い眼が輝く。

「わたしを責めないことを約束してね。そうなってしまってから非難する人って嫌い。後悔先に立たずよ。たとえどうであっても」

「前にもあったのかい？」

彼女は優しく笑って彼の耳元に近づいた。暖かいキスを浴びせるとしっかりと抱き寄せた。そして囁いた。

「一万一千年のうちにはよくあったわ」


キャプテン・ジョンスンにとってはさんざんな夜だった。緊急呼び出しをブレントにかけたが応答はなかった。微かな空電と、オリオンⅪからのテレビ番組のジャズ音楽と、歯の浮くようなコマーシャルだけだった。

文明の音響を聞いて、自分たちが行動を続けなければいけないことを思いだした。二十四時間がその星域でも最小のこの星に、いつも割りふられている。

「ちくしょう」彼は呟いた。コーヒーポットを置くと腕時計を見る。それから宇宙艇を出て、早朝の陽光を浴びながらぶらぶらと歩き回った。太陽は昇りはじめている。あたりは濃紫から灰色に変わっていく。かなり寒かった。身体が震え足踏みし、数羽の小鳥もどきが舞い降り、藪を突ついているのを見ていた。

彼がオリオンXIに連絡しようかと考えているところに女が現れた。

彼女は早足で宇宙艇に歩み寄った。長身ですらりとして、大きな毛皮のジャケットを着ており、両手を厚い毛皮に埋めている。ジョンスンはその場に釘づけになりまごついた。あまりの驚きに銃をつかむのも忘れていた。ぼんやり口を開けていると、彼女は途中で立ち止まり、黒髪をうしろに投げ、銀色の吐息を彼に吹きかけていった。

「さんざんな夜でごめんなさい。わたしのせいよ。彼をすぐ返してやればよかった」

キャプテン・ジョンスンは口をぱくぱくさせた。

「何者だ?」

彼はやっとのことでそういった。恐怖に囚われていた。

「ブレントはどこだ? 何があったんだ?」

「あとから来るわ」

彼女は森の方を向いて合図した。

「いますぐ発った方がいいわ。彼はここに留まりたいそうよ。それがベストですって——彼は変わったのよ。わたしの森で他の——人間たちと幸せに暮らすわ。あなたたち全ての人間がどれも似通っているのは奇妙なことだわ。人類は変わった道を歩んでいるのね。あなた方をしばらく観察したことは、そのうち役に立つかも知れない。その低い審美眼をどうにかするものが必ずあるはずよ。生まれながらの趣味の悪さに、結局あなたがたは支配されているのね」

森の中から奇妙な形をしたものが出て来た。しばらくキャプテン・ジョンスンはわが眼を疑った。眼をしばたたき細め、それから信じられないものにうなった。この遠く離れた星で——しかし間違いではなかった。彼女の背後の森の中からゆっくりと哀れっぽく現れたのは、まぎれもなく巨大な猫のような動物だった。

彼女は背を向け、それから立ち止まると獣に手を振った。獣は艇の周囲で哀れっぽく鼻を鳴らした。

ジョンスンは獣を見つめていると、突然恐怖を感じた。本能的にブレントはもう艇には戻ってこないのを知った。この奇妙な星で何かが起こったのだ——あの女は……

ジョンスンはエアロックを閉め、急いで操縦席に着いた。最短の基地に戻って報告しなくてはならない。これは念入りな調査が必要だ。

ロケットが発進すると、ジョンスンは画面を見つめた。そこには去りゆく艇に向かって、大きな前肢をむなしく振っている獣の姿が映っているではないか。

ジョンスンは身を震わせた。それはあまりにも人間の怒りの身ぶりに似ていた……

火星人襲来

Martians Come in Clouds

テッド・バーンズは顔中をしかめ、震えながら帰ってきた。上着と新聞を椅子に投げ捨てる。「またやって来た。やつらの大群だ！　その一匹がジョンスンの屋根にいたんだ。そいつは長い棒のようなもので、群衆に追い回されていた」

レナは奥から出てくると上着をクロゼットにかけた。「急いで帰宅できてよかったわ」

「やつらの一匹を見た時には震えたよ」テッドは長椅子に身を投げると、ポケットの煙草を探った。「本当に危なく捕まるところだった」

彼は煙草に火をつけると、まわりに灰色の煙を吐いた。手の震えが鎮まりかけていた。上唇の汗を拭い、ネクタイをゆるめた。「夕食のおかずはなんだい？」

「ハムよ」レナは身体を曲げて彼にキスした。

「どうした？　何かあったのか？」

「いいえ」レナは台所のドアの方に行った。「義母（かあ）さんがくれたオランダ製の缶詰ハムよ。それを賞味しようと思って」

テッドは台所に消えて行く妻の後ろ姿を見送った。明るいプリントのエプロンをつけた妻はほっそりして魅力的だった。彼はため息をつくと、身体を楽にして椅子に寄りかかった。静かな居間、台所にレナ、隅のテレビはつけっ放しになっている。それらを見ていると、心が少しなごんだ。

靴を脱ぐと蹴飛ばした。あの出来事はわずか数分間のことだった。しかしもっと長かったように思える。まるで永久に歩道に根を生やして立ち、ジョンソン家の屋根を見つめていたみたいだ。叫ぶ群衆、長い棒。そして……

……そいつ、屋根の頂上にだらりと垂れ、形の定まらない灰色の束みたいなものが、群衆の長い棒の先を逃れようとしていた。こちらに這いながら、追い払う手から遠ざかろうとする。

テッドは身体が震えた。胃がひっくり返った。その場に立ちつくし、眼を逸らすことができなかった。結局誰かが走り抜けようとして彼の足を踏んだので、呪縛が解け身体が自由になった。彼は急いで出来る限りその場を離れると、ほっとして震えがきた。ちくしょ……！

裏口のドアがバタンと鳴った。ジミーがポケットに手を突っ込んだまま居間に入ってきた。

「やあ、パパ」彼は洗面所の前で立ち止まると父を振り返った。「どうしたの？　何だか変だよ」

「ジミー、こっちに来なさい」テッドは煙草をもみ消した。「話があるんだ」

「夕食だから手を洗うんだ」

「いいから、ここに来て座りなさい。夕食は後だ」

ジミーはやって来ると長椅子に滑り込んだ。「どうしたの？　何の用？」

テッドは息子をじっと見た。丸い小さな顔、眼まで垂れたくしゃくしゃの髪の毛。片頬の汚れ。ジミーは十一歳だ。もう話してもいい頃だろう。テッドは肚を決めた。いまがチャンスだ――印象が強い間に。「ジミー、火星人がジョンスンの屋根にやって来た。それをバス停から帰宅途中に見たんだ」

ジミーは眼を丸くした。「火星人が？」

「長い棒で追い回されていた。あたりにその一群がいた。かれらは数年ごとに大群を成してやってくる」手がまた震えはじめた。もう一本煙草に火をつけた。「二、三年ごとだ。昔みたいにしばしばではない。やつらは火星から群れを成して漂ってくる。世界中至るところに――枯葉のように」彼は震えた。「吹き飛ばされて落ちた枯葉みたいにな」

「くそっ！」ジミーはそういうと長椅子から下りて立った。「まだそこにいるの？」

「いや。群衆が叩き落とした」彼は息子に身を寄せた。「いいか――これを話しておけば、おまえもかれらに寄りつかないだろう。もしその一匹に出会ったら、おまえは身をひるがえし一所懸命に走るんだ。聞いているか？　そばに寄らないんだ――離れているんだぞ。決して――」

彼はためらった。「興味を持つんじゃない。身をひるがえして逃げるんだ。誰かを捜して、出会った最初の人にわけを話し、ついて来てもらうんだ。わかったな？」

ジミーはうなずいた。

「やつらの格好は知っているな。学校で写真を見たろう。おまえは絶対に――」

レナは台所のドアに来ていった。「夕食の用意が出来たわよ。ジミー、手を洗った？」

「わたしが止めたんだ」テッドは長椅子から身を起こすといった。「話があってね」

「お父さんの話を忘れちゃだめよ。火星人のことは――よく憶えておくのよ。さもないと、ひどいお仕置きをするわよ」

ジミーは洗面所に駆けて行った。「手を洗ってくる」彼は背後のドアをバタンと閉めて中に消えた。

テッドはレナと顔を見合わせた。「すぐに片づけて欲しいものだ。外に出るのさえ嫌になる」

「そうするはずよ。テレビで聞いたところでは、火星人たちはこの前よりも組織化されているそうよ」レナは頭の中で数えた。「これで五回目だわ。だんだんと先鋭化しているようね。前ほどしばしばじゃないけど。最初は一九五八年のことよ。その次は五九年。どこで終わりになるのかしら」

ジミーは急いで洗面所から飛び出して来た。「さあ食べよう！」

「よし」テッドはいった。「食事だ」

至るところ夕焼けの照り返しで明るい夕方だった。ジミー・バーンズは校庭を飛び出すと、門を抜け歩道に出る。胸が興奮で高鳴っていた。駆け足でメイプル・ストリートを横切り、シダー・ストリートに出る。

ジョンスンの庭では数人の男がまだ地面を突き回していた——警察官と好奇心に駆られた男たち。庭の中央には大きな穴が開いていた。草が引きちぎられ地面が裂けている。家の周囲の花は踏みにじられていた。しかしどこにも火星人の痕跡はなかった。

それを見つめていると、マイク・エドワーズがやって来て彼の腕を叩いた。「どうしたい、バーンズ？」

「やあ、あれを見たかい?」

「火星人か? 見なかった」

「パパは仕事の帰りに見たって」

「うそだ!」

「ほんとさ。そいつを棒で捕まえようとしていたってさ」

ラルフ・ドレイクはバイクに乗ってやってきた。「そいつはどこにいる? もう終わったの?」

「もう引き裂いてしまったよ」マイクはいった。「バーンズのおやじが昨夜帰宅途中見たってさ」

「それは長い棒で突かれていたって。屋根に上がろうとしていたんだ」

「みんな干からびて縮んじゃうんだ。まるでガレージに吊るされた洗濯物みたいにな」

「どうして知っているの?」ラルフが訊く。

「一度見たからさ」

「そう。間違いないよ」

かれらは歩道を歩き出した。ラルフはバイクを引きずりながらそれを声高に話していた。ヴァーモント・ストリートを曲がると、広い空き地を横切った。

「テレビのアナウンサーはやつらの大部分はもう捕まったといっていた。今度はそれほど多くはなかった」とラルフ。

ジミーは石を蹴飛ばした。「全部捕まる前に一度見たいな」

「ぼくは捕まえたいんだ」とマイク。

ラルフはあざ笑った。「それに出会ったら急いで逃げるさ。太陽が沈むまで止まらないよ」

「えっ、ほんと？」

「馬鹿みたいに逃げるよ」

「へっ。老いぼれ火星人なんて石で叩きのめしてやる」

「そしてブリキ缶に入れて家に持って帰るか？」

マイクは怒ってラルフを追いかけ回し隅に追いつめた。その口論は町を越え、線路の向こうに行くまで休みなく続いた。歩きながらインク工場や西部丸太会社の積み出し場を過ぎた。太陽は沈みかけている。だんだんと夕暮れが迫っていた。冷たい風が起こり、ハートリー建設会社の敷地の外れの棕櫚（しゅろ）の木を吹き過ぎた。

「あばよ」ラルフはそういうと、バイクに跳び乗り走り去った。マイクとジミーは歩いて町に戻った。シダー・ストリートで二人は別れた。

「火星人に会ったら電話をくれよ」マイクはいった。

「いいとも」ジミーはポケットに手を突っ込んでシダー・ストリートを歩いて行った。太陽は沈み、夕風は寒かった。暗闇が迫っている。

彼は下を向いてゆっくり歩いて行った。街灯が点いた。通りを走る車も少ない。家々のカーテンの後ろには明るい電灯、暖かい台所や居間があった。テレビの音が暗闇に響いてくる。彼はポメロイ不動産の煉瓦壁に沿って行った。壁は鉄のフェンスに変わった。フェンスの上には大きな常緑樹が、夕闇の中に黒々と不動に聳えていた。

しばらくジミーは立ち止まると、屈んで靴の紐を結び直した。寒風が周囲を吹き常緑樹をかすかに動かした。遠くで汽車の汽笛が闇の中に陰気な鳴き声を響かせる。彼は夕食を考えた。パパは靴を脱ぎ、新聞を読んでいるだろう。ママは台所にいる——テレビは隅でつけっ放しだ——暖かく明るい居間。

ジミーは立ち上がった。頭上の常緑樹の中で何かが動いた。彼は眼を上げ、いきなり身体を固くした。暗い枝の間に何かがいて、風と一緒に揺れている。彼は息を呑み、その場に釘づけになった。

火星人だ。樹間に静かにうずくまり、待ち、見つめている。

老いぼれだ。彼はそれを一度だけ見たことがある。それは干からびていて老いと塵埃の臭いがした。古ぼけた灰色のかたちをし、じっと動かず常緑樹の間にうずくまっている。蜘蛛の巣の塊、樹のまわりに張り巡らされた埃まみれの撚糸と網。つかみどころのないほっそりした生き物に、彼のうなじの毛が逆立った。

そいつは動きはじめたが、あまりゆっくりすぎて、彼の眼では分からないほどだった。先を確かめながらほんの少しずつ枝を滑り降りて来る。まるで眼が見えないみたいだった。一インチずつそろそろと降りてくる、蜘蛛の巣と埃まみれの眼の見えない灰色の塊。

ジミーはフェンスから遠ざかった。そこは完全な闇だった。頭上の空は真っ暗だった。遠くに星が火の粉のように輝きはじめた。通りの向こうをバスが走り、角を曲がった。

火星人は――彼の頭上の木にしがみついている。ジミーは何とかして逃れようとした。心臓が痛いほどドキドキし息が詰まる。ほとんど息ができなかった。視界がぼやけ、薄れ、遠くなって行く。火星人は彼のすぐそば、わずか頭上一ヤードのところにいた。

助けて――彼は救いを求めた。あの火星人を叩き落とす棒を持った男たちがすぐに来てくれるようにと。眼を閉じフェンスから離れる。まるで大洋の大潮の中にいて、引きずり込まれ呑み込まれ、火星人のいるところに連れ込まれそうだった。それから逃げることはできなかった。彼は捕まってしまった。金縛りに遭い、押し戻そうとした。一歩……また一歩……更に一歩――

そしてその時、彼はそれが聞こえた。

あるいはむしろ感じた。はっきりした物音ではなかった。ドラムのような潮騒みたいな音が頭の中でする。その音は彼の心を打ち周囲に優しく鳴った。彼は立ち止まる。そのささやきは柔らかでリズミカルだった。しかし、しつこく――急いでいる。それは分かれはじめ、かたちを作った。溢れて全く異なる感覚、かたち、光景に分解した。

別世界の光景だった。火星の風景。火星人は彼に話しかけ、その世界を語り、不安げな性急さで、次々にその光景を説明した。

「行っちまえ」ジミーはしゃがれ声でつぶやいた。

しかしその光景は忙しく執拗に彼の心を打っていた。

平原——果てのない広大な砂漠だった。赤黒くひび割れた渓谷がある。遠くに埃に覆われ腐食したなだらかな丘の稜線。右手のはずれに大盆地。白い塩が縁についた大きなからっぽのパイ焼き皿みたいだ。かつては水が打ち寄せていた灰の堆積地。

「あっちへ行け!」ジミーは再びつぶやいて一歩退いた。

その光景ははっきりしてきた。死んだような空、砂の粒子が激しく叩き、果てしなく運ばれて行った。砂の層、砂と埃の雲の大きなうねり、この星のひび割れた大地を永遠に吹き抜けて行く。まばらな痩せこけた草が岩のそばに生えている。山陰には数世紀前に張られ、埃にまみれた蜘蛛の巣に大きな蜘蛛の群れ。死んだ蜘蛛が割れ目に転がっていた。

光景が広がった。人工のパイプが赤く灼けた大地から突き出している。地下居住区の通気孔だ。光景が変わる。彼はこの星の地底、中心部を見ていた——幾層もの砕けた岩石。生命も、火も、水もなくて萎縮した星。その皮膚はひび割れし、体内は干上がり、砂埃が吹き上がる。はるか地下の中心部にはタンク——居住室が沈められている。

彼はタンクの中にいた。火星人はいたる所にいて動き回っている。機械や奇怪な装置、建物、植物の群落、ゼネレーター類、住宅、部屋。

タンクの区域は閉鎖され——閂(かんぬき)で閉じられている。錆びだらけの金属扉——機械類は腐食の中に沈み——ヴァルブ類は閉じ、パイプ類は錆つき——ダイヤル類は壊れている。線条はもつれ——ギアから歯車は失くなり——いくつもの区域は閉じられていた。火星人はほんの一握りだった。

光景は変わった。地球がはるかに離れて見え――遠い緑の球体はゆっくりと回転し、雲に覆われている。広い海、何マイルもの青い海――豊富な水。毎年火星人たちは虚空を漂い、ゆっくりと地球に流れて行く。苦悶に満ちた緩慢さで、暗い荒野をあてもない漂流。場面は地球に変わった。この光景は見慣れている。海の表面、泡立つ深い水、空にはかもめ、遠くに浜辺。海、地球の海。空を漂う雲。

水の表面を平べったい球体が漂う。巨大な金属ディスク。人工的に作られた浮かぶ居住区は周囲が数百フィートある。火星人たちはディスクの上で静かに休み、下の海から水分やミネラル分を吸収している。

火星人はそれらについて何かを語ろうとした。水に浮くディスク――かれらは水を使いたい、水の上に生きたいのだ。かれらでいっぱいの巨大なディスクの表面――かれらは彼がそれを知り、ディスクを、水に浮かぶディスクを見て欲しかったのだ。

火星人たちは陸地でなく海で生活したかった。水だけのために彼の許可を求めていた。かれらは水を使いたかった。彼に話しかけたのはそのためだった――大陸の間にある海の表面を利用したかったのだ。いまかれらはそれを求め切望していた。彼に回答を、許可を求めていたのだ。それを聞いてもらい、哀願するために待っていたのだ……

その光景は彼の心から一瞬にして消えた。ジミーはよろめき縁石に倒れる。彼は跳び上がり、手から濡れた草を払った。溝の中に立っている。常緑樹の枝に腰かけている火星人がまだ見える。それは見えにくかった。彼にはほとんど見分けられなかった。

ドラムの音はすでに遠くなり、彼の心から消えた。火星人は引き下がっていった。

ジミーは身をひるがえして逃げた。息を切らして大通りを横切り向こう側に走った。角を曲がりダグラス・ストリートに出る。バス停には弁当箱を下げた大柄な男がいた。

ジミーはその男に向かって駆けていった。「火星人が。あそこの木に」彼は息を切らしていった。「あの大きな木に」

男はぶつぶついった。「逃げな、坊や」

「火星人だよ！」ジミーの声はパニックに駆られ甲高かった。「あの木に火星人が！」

二人の男が暗闇からぬっと現われた。「何？　火星人？」

「どこに？」

人々が集まってきた。「どこにいる？」

ジミーは指さした。「ポメロイの空き地だ。フェンスのそばの木に」彼は喘ぎながら手を振った。

警官が現われた。「何があったんだ？」

「この子が火星野郎を見つけたんです。棒を持ってこい」

「どこにいるのか教えるんだ」警官はそういうとジミーの腕を摑んだ。「一緒に来い」

ジミーはかれらを連れて通りを戻り煉瓦塀に行った。そこで尻込みしフェンスから遠ざかろうとした。「あそこの上だ」

「どっちの木だ？」

「あっちの——じゃなかったかな」

懐中電灯が閃き、常緑樹の間を照らし出した。ポメロイ邸の明かりもついた。入口のドアが開く。

「何をしているんだ?」ミスター・ポメロイの声が怒りをこめて響いた。

「火星野郎だ。離れていろ」

ポメロイ家のドアが急いでバタンと閉まった。

「あそこだ!」ジミーは指さした。「あの木だ」心臓が止まるかと思った。「あそこだ。その上の方」

「どこだ?」

「わかった」警官は下がるとピストルを抜き出した。

「撃つな。弾丸は貫通するだけだ」

「棒を持って来い」

「棒ぐらいじゃ届かない」

「松明だ」

「松明を持って来い!」

二人の男が走り去った。車が数台止まった。パトカーが滑り込み、サイレンを静寂の中に響かせた。家々のドアが開き男たちが走り出てくる。サーチライトが閃き、みんな眩しそうだった。火星人を照らし出し、逃げられないようにした。

火星人は動かず常緑樹の大枝にしがみついていた。眩しい光の中で、そいつは産み落とされた場所にしがみついている巨大な繭みたいだった。火星人はおそるおそる動き出し、幹を這って行く。その触手を伸ばして支えにしている。

「松明だ、ちくしょうめ！　松明を持って来い！」

一人の男が塀から薪にする板を剝がしてきた。その木の根本に丸く積み重ねる。新聞紙にガソリンを撒いた。根本から燃え上がり、はじめは弱かったが、だんだんと勢いが強くなった。

「ガソリンをもっとかけろ！」

白い制服の男がガソリン容器を引きずってきた。それを全部木にかける。すばやく炎となって燃え上がった。枝は焦げパチパチと音を立て激しく焼けていった。

かれらの頭上はるかで火星人は活動をはじめた。火星人はおぼつかなげに高い枝に登り、逃げようとしている。炎は近くに迫った。火星人はペースを早める。身体をくねらせ次の高い枝に移ろうとした。高く高く登りつめた。

「逃げるぞ」

「逃げられないさ。もう頂上だ」

ガソリンがまた撒かれた。炎が更に高くなる。群衆が塀のそばに集まってきた。警官がかれらを退がらせた。

「あそこだ」火星人が見えるようにライトを動かした。

「木の頂上だ」

火星人は頂上に達した。それは枝に跨がって休み、身体を前後に揺らした。炎は枝から枝へと飛び、しだいに火星人に迫って行く。火星人もためらいながらも、やみくもに支えを求めた。触手を伸ばし感覚を確かめようとする。炎の先端が火星人に達した。

火星人はパチパチと音を立て、煙が上がった。

「火がついたぞ！」興奮に満ちた囁きが群衆に広がった。「もうおしまいだ」

火星人は火に包まれていた。ぎこちなく身体を動かしながら逃れようとしている。いきなり棒立ちになると下の枝に落ちた。ほんのしばらく枝につかまっていたが、パチパチと音を立て煙を上げる。その時、枝が裂けた。

火星人は地面に、新聞紙とガソリンの間に落ちた。

群衆はどよめいた。木の方に騒然と流れて行った。

「踏みつぶせ！」

「やっちまえ！」

「あんちくしょうを踏んづけろ！」

ブーツが何度も何度も踏みつけ、火星人を押し潰した。男が一人倒れ起き上がったが、耳からメガネが吊り下がっていた。揉み合う群衆の集団が互いに殴り合いをはじめ、押し合いながら木に向かっていた。燃えていた枝が落ちてくる。群衆の一部が退いた。

「やっつけたぞ！」

「離れろ！」

また枝が落ちて音を立てる。群衆が解散し、人の流れが笑いながら押し合い戻ってきた。ジミーは警官に腕をつかまれているのに気づいた。太い指が腕を押した。「終わりだ、坊や。もうおしまいだよ」

「やっつけたの？」

「間違いない。きみの名は？」

「ぼくの名前？」ジミーが警官に名前を告げようとした時、二人の男が乱闘をはじめ、警官はそっちに駆けつけて行った。

ジミーはしばらく見つめたまま立っていた。夜は寒かった。冷たい風が吹きつけ、洋服を通して身体が冷える。急に夕食のことが頭に浮かんだ。パパは長椅子に身体を伸ばし新聞を読んでいる。ママは台所で夕食の支度をしている。優しく黄色い灯の家庭の暖かさ。

彼は身をひるがえすと、人込みを縫って通りの角に出た。背後で焦げた木が黒々と立ち、夜空に煙を上げている。まだ木の根本には火が残り、踏み消されていた。火星人は死んだ。それで終わりだ。もう見るものもなかった。

ジミーは火星人にでも追いかけられているように急いで家に向かった。

「なんていったんだ？」テッド・バーンズはテーブルから椅子を下げ、足を組んで座り尋ねた。カフェテリアは騒音と食物の匂いに満ちている。人々は目の前に並んだトレイと皿を取った。

「おまえの子供が本当にあれを見つけたんだって?」ボブ・ウォルターズは彼の前で好奇心をあからさまにして尋ねた。

「おれたちを騙すんじゃあるまいな?」フランク・ヘンドリックスはしばらく読んでいた新聞を下げ訊いた。

「うそじゃない。ポメロイ不動産にやってきたんだ——おれもその話をしたんだが。紛れもなくうちの子供が見つけたんだ」

「そのとおりだ」ジャック・グリーンも認めた。「新聞でも最初に見つけ、警官に知らせたのは子供だと書いている」

「それがおれの息子だ」テッドは胸を張っていった。「おまえたちはそれをどう思う?」

「息子は怪我をしたか?」ボブ・ウォルターズは知りたがった。

「とんでもない!」テッド・バーンズが強く否定した。

「それは賭けてもいい」ミズーリ生まれのフランク・ヘンドリックスがいった。

「間違いないさ。警官を見つけ、現場に連れて行ったんだ——昨夜な。家族は夕食のテーブルに座っていて、息子はどこに行ったんだろうと思っていた。おれもいささか心配していた」

テッド・バーンズはまだ誇り高き親だった。

ジャック・グリーンは立ち上がり時計を見た。「もうオフィスに戻る時間だ」

フランクとボブも立ち上がった。「じゃあな、テッド」

グリーンはテッドの背中を突いた。「いい息子を持ったな、バーンズ。父親生き写しだ」

テッドは微笑んだ。「やつは勇気がある」友人たちがカフェテリアから、人通りの多い真昼の通りに出て行くのを見つめた。すぐにコーヒーの残りを飲み干すと、顎を拭いゆっくり立ち上がった。「何も恐れない——勇気あるやつだ」

彼はランチ代金を払い、表に出た。胸を反らしていた。彼はオフィスに戻りながら、誇らしげに通行人に微笑みかけていた。

「何も恐れるものはない」彼はプライドいっぱい、大きな輝くプライドを持ってつぶやいた。

「少しも怖くないんだ！」

消耗品

Expendable

男は玄関のポーチに出るとその日の様子を確かめた。空は明るく晴れ上り——芝生には露が降りている。彼は上着のボタンを掛け、ポケットに手を突っ込んだ。

男が石段を降りて行くと、郵便箱のそばで蛾の幼虫が二匹待ちかまえており、興味ありげに身体をうずうずさせていた。

「ほら出てきたぞ」一匹がいった。「報告するんだ」

もう一匹が翅(はね)を動かすと、男は立ち止まりいきなり振り向いた。

「聞こえたぞ」彼はいった。そして石塀から土足で幼虫を引き剝がすと、コンクリートの上で踏み潰した。

それから小道を急ぎ足で歩道に降りて行った。歩きながらも周囲に眼を配っている。桜の木には鳥が一羽、飛び回りながら、目をぱちぱちさせ、さくらんぼをついばんでいる。男はそれにじっと目を注いだ。大丈夫だろうか？　あるいは……。鳥は飛び去っていった。鳥なら安心だ。何の害も及ぼさない。

彼は歩き続けた。曲がり角で、藪から電柱に張られた蜘蛛の巣を払い落した。心臓がドキドキする。空中に手を振り回し巣をめちゃめちゃにした。歩きながら肩越しに振り返ると、蜘蛛はゆっくりと藪から降りてきて、巣の破れ具合を点検した。

蜘蛛についてはよくわからなかった。考えも中々及ばない。もっと確たる事実が必要なのだが——まだ接触はない。

彼はバスを待ちながら足を暖めようと地団駄踏んでいた。

バスがきて乗った。急に嬉しさがこみ上げてくる。無関心そうに前方を見つめている乗客たちは無言だが暖かみが感じられる。彼は何ともいえぬ安堵感に包まれた。

思わず顔がほころび身体がゆったりとした。これは久しぶりのことだった。

バスは街を走って行った。

ティルマスは興奮して触角を振った。

「それでは投票で決めようじゃないか」彼は急いで仲間をかき分けると塚の上に登った。「行動に移る前に、昨日いったことをもう一度喋らせてくれ」

「よくわかっているよ」ララは苛立たしげにいった。「もう行動に移す時だ。計画は充分練り上げた。どうして待たなくてはならないんだ?」

「話したい理由がまだ他にもある」ティルマスは集まったゴッドたちを見回した。「全蟻塚は問題の巨人に対して進撃する用意を固めている。なぜか?　やつが仲間に連絡できないことを知っているからだ——これは疑問の余地がない。かれらの発音や言語のタイプからして、抱いている考えを仲間に伝えることは不可能で——」

「冗談じゃない」ララも塚に登ってきた。「巨人たちは充分に連絡を取り合っている」

「おれたちについての情報を知らせようとした巨人が一人でもいるという記録はない」

軍団は休みなく動いていた。

「やってみるがいい」ティルマスはいった。「無駄な努力だぞ。やつは無害だ――除外するんだ。どうして時間をかけて――」

「無害だって?」ララは彼を睨みつけた。「わかっちゃいないな? やつは知っているんだぞ!」

ティルマスは塚から降りた。「おれは不必要な暴力には反対だ。力を貯えておくべきだ。必要となる日のためにな」

投票が行われた。予想通り、軍団は巨人に向って進撃することになった。ティルマスはため息をつき地面に作戦図を描きはじめた。「ここがやつの占めている位置だ。最後にはそこに現われるはずだ。さて、状況は見てきたように――」

彼は柔らかい地面に図を描き続けた。

ゴッドの一匹はもう一匹の方に首を傾け、触角を寄せ合った。

「この巨人、こいつは勝ち目がないな。とにかく可哀そうなやつよ。どうしてやつは手出しをする気になったんだろう?」

「偶然さ」もう一匹は笑った。「さてこれからやつらはやつらなりに暴れ回るぞ」

「いずれにしろやつは気の毒だな」

夜のとばりが降りた。通りは暗くひとけがない。歩道沿いに男が新聞を小脇に抱えてやってくる。急ぎ足で周囲に眼を配っていた。縁石のそばに立つ大木をぐるりと回ると、すばやく車道にとび降りる。道路を横切り向い側に渡った。角を曲がると、藪から電柱に張りめぐらされた蜘蛛の巣に引っかかった。無意識に手を上げ、それを払いのける。糸が破れると針金のような金属音がかすかに聞えた。

「……待て!」

彼は足を停めた。

「……注意しろ……家の中だ……待っている……」

彼の顎が引きしまる。最後の糸が手中で切れ、彼はそのまま歩き去った。背後から蜘蛛は破れた巣の中を動き、見送っている。男は振り返った。

「ちくしょう」彼はいった。「すんでのところで、立ったまま巻かれておだぶつになるところだった」

彼は歩道沿いに自宅へと歩き続ける。暗い藪を避け、小道を斜めに跳んだ。ポーチで鍵を見つけ、錠に差し込んだ。

そこで一息入れた。家の中か? 外よりは安全だ。特に夜であれば。夜は危険だ。藪の陰にはうごめくものがいる。危い。ドアを開けると中に踏みこんだ。目の前にはじゅうたんが拡がっている。黒いよどみだ。向う側にランプがおぼろげに見える。

ランプまでは四歩。足を上げかけて停まった。

あの蜘蛛は何といったか？　待っている？　そのまま耳をすました。静かだった。

ライターを取り出すと火を点けた。

蟻のじゅうたんが盛り上り、洪水のごとく押し寄せてくる。彼は脇にとびのくとポーチに走り出た。蟻の群れは薄明かりの床を突進し、襲いかかってくる。

彼は地面にとび降り家の横手に回った。蟻の最前線がポーチに溢れる頃には、彼はホースを取り上げ、水道の栓を捻っていた。

水しぶきが蟻群をはね上げ、四散させ、流しとばした。ノズルを調節し、霧状の噴射を通して様子を見る。それから前に出ると隅から隅まで激しい放水を浴びせた。

「ちくしょう！」そういうと歯をくいしばった。「家の中で待ち伏せていたんだな――」

彼は驚愕していた。家の中まで――こんなことは初めてだ！　夜なのに顔から冷汗が吹き出した。家の中まで。いままではそこまで侵入したことはなかった。たかだか蛾が一、二匹、それに蝿もいたが。それらは無害で、ただバタバタと飛び回り、やかましかっただけで――

蟻のじゅうたんとは！

容赦なく放水で追い立てると、やがて蟻の群れは算を乱し、芝生や藪の中、床下に逃げこんだ。

彼はホースを握ったまま小道に坐って、頭の天辺（てっぺん）から爪先までを震わせた。

やつらは本気だ。怒りに任せたり、衝動的な襲撃とはちがう。充分に計画され、準備された攻撃だ。やつらは彼を待ちかまえていたのだ。もう一歩踏みこんでいたら――

蜘蛛に感謝した。

やがて水道の栓を止めると立ち上がった。もう物音ひとつせず、あたりは静寂に戻っていた。藪が不意にがさごそ物音を立てた。甲虫か？　何か黒いものがちょこちょこと出てきた――足で踏みつける。おそらく斥候だ。足の速いランナーだ。彼は慎重を期して暗い家の中に入ると、ライターを点して奥をうかがった。


しばらくして彼は頑丈な鋼鉄と銅の机に坐っていた。手元にはスプレー。濡れた机面に指を走らせる。

午後七時、背後のラジオが静かに鳴り出した。手を伸ばして机上ランプを動かし、机の脇の床面を照らした。

煙草に火を点け、便箋と万年筆を出すとしばらく考えこんだ。

やつらは本気で自分を狙っている。充分に計画を練っての上のことだ。激しい絶望感が背筋を走り抜ける。どうしたらよいか？　どこに助けを求めるか？　だれに打ち明けたらよいか？

彼は拳を固め、背筋を伸ばした。

蜘蛛が彼の脇を通り机上に滑り降りてきた。「すまんが、詩にもあるように驚かないでほしい」

男は目を見張った。

「おまえはあの蜘蛛か？　あの曲がり角に巣を作っていた？　おれに警告してくれた蜘蛛

か?」

「いや、あれは別の仲間だ。糸の紡ぎ屋(スピナー)だ。おれは嚙み潰し屋(クランチャー)だ。顎を見てくれ」蜘蛛は口を開けたり閉じたりした。「これでやつらに嚙みつくんだ」

男は笑った。「そいつはいい」

「そうとも。ところでわれわれは、ここの――ええと――一エーカーの土地にどのくらい住んでいるか知っているかね?」

「千匹」

「とんでもない。二百五十万匹だ。あらゆる種類の仲間がいる。嚙み潰し屋(クランチャー)、糸の紡ぎ屋(スピナー)、突き刺し屋(スティンガー)」

「突き刺し屋?」

「最も強いやつだ。たとえばあんた方が黒後家蜘蛛(ブラックウィドウ)と呼んでいるやつ。こいつはすごいもんだ」彼は一呼吸おいて「ただひとつだけ」

「何だ?」

「ただひとつだけ問題がある。ゴッドが――」

「神(ゴッド)だって!」

「あんた方は蟻と呼んでいるやつ。指導者だ。やつらはわれわれの手に余る。全く残念なことだ。あの連中はひどい味で――喰うと胸くそ悪くなる。鳥たちに任せないとだめだ」

男は立ち上がった。「鳥だって、それは――」

「そう、われわれには序列があった。それは太古からずっと続いている。そのことを話しておこう。まだ時間はある」

男の心臓がぎゅっと引きしまった。「まだ時間がある？　どういう意味だ？」

「別に。これからちょっとした騒ぎが起こるということだ。その背景を説明しておこう。それを承知の上とは思えないのでね」

「よかろう。聞いてやる」彼はあたりを行ったり来たりした。

「やつらは約十億年前には地球をわがもの顔で支配していた。そこに知っての通り、人類が他の惑星からやってきた。どの星かって？　そいつは知らん。ともかく人類は地球に着陸し、この星が開拓するのに最適であるのを知った。そこで戦争が起こったんだ」

「そうか、おれたちは侵略者（インベーダー）だったのか」男は呟いた。

「そうなんだ。戦争のために両者とも野蛮な状態まで逆戻りしてしまった。やつらもあんた方も。あんた方は戦う方法を忘れ、やつらは閉鎖的な社会組織に退行し、蟻や白蟻は――」

「わかった」

「その一部始終を知っていたあんた方、人類の生き残りがわれわれを使いはじめたのだ。われわれは飼育された」蜘蛛は特有のくすくす笑いをした。「この価値ある目的のために重要な位置を占めるように飼育された。われわれは上手にやつらを抑えつけてきた。連中がわれわれを何と呼んでいるか知っているかね？　いかもの喰い（イーターズ）とね。不愉快じゃないか」

新たに二匹の蜘蛛が糸を伝って降り、机上の明るいところにやってきた。三匹の蜘蛛は寄り集まった。

「考えていたよりも事態は深刻だ」嚙み潰し屋が軽くいった。「この早耳も知らないこともある。ここの突き刺し屋は——」

黒後家蜘蛛は机の端にやってきた。「巨人よ」金属的な咽喉声でいった。「あんたとお話ししたいわ」

「どうぞ」男はいった。

「ここで面倒なことが起こりかけているの。やつらは移動を開始したわ。まもなく大軍が押し寄せてくるわ。わたしたちはしばらくあなたとここにいた方がいいと思うのよ。共同戦線を張るの」

「わかった」男はうなずいた。唇を舐め、慄える指で髪をかき上げた。「おまえたちに——そう、勝ち目はあるのか?」

「勝ち目ね?」突き刺し屋は考え深げに身をゆすった。「それよ。わたしたちは長いことこの仕事にたずさわってきたわ。ほぼ百万年になる。退却する代りにやつらを圧倒してやろうと思っているの。鳥たちや蛙たちとも相談してね」

「あんた方を救うことはできる」嚙み潰し屋はうれしげに言葉をはさんだ。「実をいえば、こんな事態になることは予期していたんだ」

床板の下から少し離れた所で引っ掻くような物音がした。無数の小さな爪や翅のかさこそいう音が遠くかすかに響く。男はそれを聞くと全身ががっくりと沈んだ。

「本当に大丈夫か？　おまえたちだけで片づけられるのか？」

彼は唇から汗を拭い、スプレーを取り上げると耳をすました。

物音はかれらの足下、床下からだんだんと大きくなってきた。家の外の藪ががさごそ音を立て、二、三匹の蛾が窓にぶつかってくる。物音は家の向いから、下から、至るところから盛り上ってきた。怒りと決意の合唱が起こった。男はきょろきょろした。

「本当におまえたちだけで大丈夫なのか？」彼は呟いた。「おれを助けてくれるのか？」

「ええ」突き刺し屋は当惑したように答えた。「そういう意味でいったんじゃないわ。種、種族という意味よ。個人としてのあんたのことじゃない」

男は呆然として蜘蛛を見つめた。三匹のいかもの喰いは落ちつかず位置を変えた。ますます増えた蛾が窓にぶつかる。かれらの足下で床が揺れて持ち上ってきた。

「わかったよ」男はいった。「おまえたちを誤解していて済まなかったな」

トニーとかぶと虫

Tony and the Beetles

赤みがかった黄色い陽光が、厚い石英の窓を通して寝室に差し込んできた。トニー・ロッシは伸びをし、もぞもぞ身体を動かすと、黒い眼を開け急いで飛び起きた。一気に上掛けを投げ出すと、暖かい金属床に下りる。目覚し時計のベルを切り、すぐさま洋服ダンスに向かった。

今日も天気がよさそうだ。外の景色は風や砂埃で乱されていない。少年の心は興奮で高鳴っている。ズボンを履くと、補強したメッシュのジッパーを引き上げ、厚いキャンヴァス・シャツと格闘し、ベッドの端に座ってブーツを履いた。服とブーツの合わせ目を閉じ、手袋も同じようにする。次に空気ポンプの圧力を調整し、肩甲骨の間に装着した。ドレッサーからヘルメットを取り出し、今日一日の支度を終えた。

ダイニング・ルームでは父母が朝食を終えていた。彼が階段をガタガタ下りて行くと、二人の声が聞こえてくる。わけありげな小声。彼は立ち止まって聞き耳を立てた。何を話しているのだろう？　また自分が何か悪いことでもしたのだろうか？

その時それが耳に入ってきた。両親の声の背後から別の声がする。空電と雑音。リゲルⅣから全星系へのオーディオ・シグナルだ。それを音響化して聞いていた。モニターの声が鈍い雷鳴みたいに大きく響く。戦争。いつも戦争だ。彼はため息をつき、食堂に入って行った。

「おはよう」父が小声でいった。

「おはよう、トニー」母がぼんやりと答えた。母はそっぽを向いて座っており、額に縦皺を寄せている。その薄い唇は不安で固く結ばれていた。父は汚れた食器を押し戻し、煙草を吸っている。テーブルに肘を突き、黒く毛深い腕をむき出しにしていた。しかめ面をして、流しの上のスピーカーから聞こえてくる混乱したわめき声に聞き耳を立てている。

「どうしたの?」トニーは尋ねた。彼は椅子に滑り込むと、無意識に人工のグレープフルーツに手を伸ばした。「オリオン星から何かニュースが入ったの?」

どちらも返事しなかった。彼の言葉を聞いていなかった。彼はグレープフルーツを食べはじめた。金属とプラスティック製の小さな住宅の外は生活の騒音に満ちている。大声やくぐもった大音響。田舎の商人たちと、そのトラックがガタガタと音を立て、ハイウェイをカーネットに向かっていた。赤っぽい陽光が溢れている。ベテルギュース星が静かに荘厳に昇りつつあった。

「いい天気だな」トニーは独りごとをいった。「風もない。ちょっとまた原住民地区に行ってみたいな。原住民の友達と、きれいな宇宙空港を作っているんだ。もちろん模型だけど。滑走路作りに必要な材料は手に入れたし——」

怒声とともに父が手を伸ばし、オーディオ装置を叩いた。オーディオの声は直ちに消えた。「分かっていたんだ!」父は立ち上がると憤然としてテーブルから離れた。「おれがいったとおりのことが起こった。すぐに動くべきではなかったんだ。まずAクラスの補給基地を造るべきだった」

「味方の主力艦隊はベラトリックスから支配権を奪っていないの？」トニーの母は不安気に身を震わせた。「昨夜の大ざっぱな説明では事態は更に悪くなり、オリオンⅣとⅩは放棄されるだろうということよ」

ジョゼフ・ロッシは耳障りな笑い声を立てた。「昨夜の説明なんぞくそ喰らえだ。そんなことは誰でも知っている」

「何があったの？」トニーはグレープフルーツを脇に押しやり訊き返した。そしてドライ・オートミールをスプーンで掬い出した。「ぼくたちは戦争に負けるの？」

「そうとも！」父は唇をかみしめた。「地球人はかぶと虫野郎に負けている。だからいったのに。待てなかった。ちくしょう、この星系に残されてからもう十年経つ。どうして攻め込まれるままなんだ？　オリオンがしぶといのは誰でも知っている。あのいまいましいかぶと虫艦隊はそこいらじゅうにいる。いつまでおれたちを待たせるんだ。すぐにでも反撃しなくては」

「かぶと虫が戦うとは誰も思わなかったわ」リー・ロッシはやんわりと反論した。「かれらはわずかばかり熱線を放射するだけだと、それに――」

「やつらは戦うさ！　オリオンは最後の決戦場だ。やつらはここで戦わなくて、いったいどこで戦うんだ？」ロッシは怒って主張した。「もちろんやつらは戦う。われわれはオリオン星座以外はやつらの星を押さえているし――オリオンはそれほど重要じゃない。しかし筋は通さなくてはな。強力な供給基地さえ作っていれば、かぶと虫艦隊など蹴散らし、こてんぱんにやっつけていたはずだ」

「かぶと虫なんて呼ばないでよ」トニーはオートミールを食べ終えると小声でいった。「かれらはここではパス＝ウデチだよ。かぶと虫という言葉はベテルギュースから来たんだ。ぼくらが作ったアラビア語の言葉はパス＝ウデチだ」

ジョー・ロッシは口をぱくぱくさせた。「おまえは何だ、あのかぶと虫野郎が好きなのか?」

「あなた」リーはたしなめた。「お願い、やめて」

ロッシはドアの方に歩いて行った。「おれが十歳若かったら、あそこに行ってたよ。ピカピカした殻を被った昆虫どもに人間の力を見せてやりたい。やつらとその使い古しのボロ宇宙船にな。あんなもの改造した貨物宇宙船じゃないか!」その目は光っていた。「やつらが地球の若者の乗ったクルーザーを撃墜するのを考えると――」

「オリオンはかれらの星系だよ」トニーは呟いた。

「やつらの星系だと! おまえいつから宇宙法規の権威になったんだ? おれは当然――」彼は怒りで絶句した。「トニー、もう一言でも喋ってみろ。一週間は痛い目をみる一発を喰らわすぞ」

トニーは椅子を引いた。「今日はこの辺にいないよ。ロボットとカーネットに行ってくる」

「ふん、かぶと虫と遊ぶためか!」

トニーは無言だった。ヘルメットを被ると止め金をしっかり締めた。裏口を押し開けると仕切り膜に入り、酸素弁をゆるめタンク・フィルターを稼働させた。異星系の植民地で生活する人間にとっては無意識の習性だった。

微風が彼を捉え、ブーツに黄赤色の埃を吹き寄せた。陽光が家族住宅の金属屋根から輝いている。砂地の斜面にずんぐりした箱型住宅が長く一列に並び、地平線を背にした一連の鉱石精錬装置で守られている。彼はもどかしげに合図を送り、収納倉庫から自分のロボットをそっと出した。ロボットのクロム外装に陽光が当たる。

「これからカーネットへ行くぞ」トニーはいつの間にかパスの方言で喋っていた。「急げ！」

ロボットは彼の後に従った。彼は斜面を素早く駆け降りると、流砂を越え道路に向かった。今日はかなりの商人が町に出ている。市場にはよい日和だった。この星では一年の四分の一しか外出に適していなかった。ベテルギュース星は風変わりな当てにならない太陽で、地球の太陽とは全く異なっている（これは一週六日、一日四時間学習のトニーの教育テープによる――彼は地球の太陽を見たことがなかった）。

　彼がやかましい道路に出ると、至るところにパス＝ウデチがいた。かれらはみんな幼稚な燃焼エンジンの壊れかけた汚いトラックに乗っている。そのモーターは抗議するような音で軋る。トニーは自分を追い抜いて行くトラックに手を振った。すぐにその一台が停まった。灰色の野菜チスの束が満載されている。これを乾燥させて料理する。パス＝ウデチの主食である。ハンドルの後ろでは黒い顔の年老いたパスがぐったりし、片手を開いた窓から出し、巻いた葉を唇で噛んでいた。彼はパスの典型といってよい。脆い莢（さや）に包まれたほっそりした堅い殻を生涯つけている。

「乗るかい？」パスは小声で訊いた。徒歩の地球人に出会った時の必要な外交辞令だ。

「ぼくのロボットの乗る場所ある？」

パスは爪を無神経に動かした。「無理だな」その醜い顔に悪魔的な喜びがかすめる。「カーネットに行くなら、そのロボットをスクラップで売ってやる。コンデンサーやリレー管は使える。電子機器の保守部品が足りないんだ」

「知ってるよ」トニーはトラックの助手席に乗り込みながらしかめ面でいった。「みんなオリオンの大修理基地に送られるんだな。あんたたちの艦隊用にね」

革みたいな顔から喜びが消える。「そう、艦隊用さ」彼は振り向くとトラックをまた発車させた。トニーのロボットはチスの上によじ登り、その磁力線で心もとなくつかまっていた。

トニーはパス＝ウデチの表情の急変に気づき当惑した。彼に話しかけようとして、自分の前後や他のトラックにいるパス＝ウデチたちの不自然なだんまりに気づいた。もちろん戦争のせいだ。百年前この星系は平定され、この連中は置き去りにされたのだ。いますべての眼がオリオンに向けられている。地球艦隊とパス＝ウデチの武装貨物宇宙船隊との戦闘に。「あんたたちが勝っているのは本当だろう？」トニーは遠慮深く尋ねた。

年老いたパス＝ウデチはぶつぶついった。「そういう噂は聞いている」

トニーは考えた。「地球はあまりに早く前進しすぎたとパパはいっている。もっと足下を固めるべきだと。充分な供給基地でさえ作っていない。パパは若い頃将校だった。艦隊に二年いたんだ」

パスは一瞬黙っていた。「坊やたちは故郷から大分離れているのだから、供給が大問題なのは当然だ」やっと彼は口を開いた。「一方わしらも供給基地は持っていない。それを補うほどの距離じゃないし」

「戦っている人に知り合いはいるの？」

「わしには遠い親戚はおらん」その答は漠然としていた。パスがそのことについて話したくないのは明らかだった。

「あんたたちの艦隊を見たことある？」

「いま存在しているものは見たことないね。この星系が敗北した時、わしらの部隊はほとんど消え失せた。残りはやっとオリオンに逃れて、オリオン艦隊と合流したんだ」

「あんたの親戚はその残りにいるの？」

「いる」

「それではこの星が占領された時に、あんたは生きていたわけだ？」

「どうしてそんなことを訊くんだね？」老いたパスは激しく身体を震わせた。「それは坊やと関係あるのかい？」

トニーは身を乗り出すと、前にそびえるカーネットの外壁と建物を見つめた。カーネットは古い都市だった。そこには数千年の歴史がある。パス＝ウデチの文明は安定したものだった。すでに科学技術発達のある段階に達しており横ばい状態だった。パスは星間連絡ロケットを持ち、地球連邦以前に人民や貨物を運んでいた。かれらはすでに燃焼駆動車、オーディオ・フォーン、磁力線のパワー・ネットワークを持っていた。設備工事の技術は満足のいくものであり、薬品は高品質だった。情緒的で刺激的な芸術もあった。つかまえどころのない宗教もある。

「戦争に勝てると思う人がいるかい？」トニーは尋ねた。

「分からん」老パスは突然ガクンとトラックを停めた。「ここまでが限界だね。降りてロボットを連れて行ってくれ」

トニーは驚きでたじろいだ。「でも乗せてやるって——」

「ここまでだ！」

トニーはドアを開けた。何となく不安だった。革みたいな顔には厳しい断固とした表情が浮かんでいる。老人の声は今まで聞いたこともないほどささくれ立ったものだった。「ありがとう」彼は呟いた。赤い塵の上にとび下りるとロボットに合図した。ロボットが磁力線を解除すると、トラックはすぐに唸りを上げ、町の中に入って行った。

トニーはそれを見送り、まだ呆然としていた。熱い塵埃が踝（くるぶし）にかぶさる。彼は無意識に足を動かしズボンを払った。トラックが警笛を鳴らし、ロボットは急いでトニーを道路から歩道に連れて行った。パス＝ウデチの群れが往来している。田舎に住む人々が果てしない行列を成し、日々の仕事でカーネットへ急いでいた。巨大なバスが門のそばに停まっており、乗客を降ろしている。パスの男女や子供たち。かれらは笑い、わめき、その声は町の低い騒音と混じり合っていた。

「入るの？」パス＝ウデチの鋭い声がすぐ後ろでした。「早く歩いて——じゃまよ」

それは若い女性のパスで、爪で一抱えもある荷物を持っていた。トニーは当惑した。女性パスにはテレパシーとセックス・アピールがある。地球人のそばにいると、それは効果的だった。

「ねえ、手を貸して」

トニーがうなずくと、ロボットは女性の重い手荷物を引き受けた。「ぼくは町に行くんだ」門へ向かって群衆と歩きながらトニーはいった。「ずっと車に乗ってきたのに、運転手にここで降ろされたんだ」

「あなたは居留地から来たの？」

「うん」

彼女は皮肉な目で彼を見た。「この星に住んでいるの？」

「ここで生まれたんだ。家族はぼくが生まれる四年前に地球から来た。パパは艦隊の士官だった。植民優先権を持っていた」

「それであなたは自分の星を見たこともないのね。いくつ？」

「十歳」

「運転手にあまり訊くべきでなかったわ」

かれらは汚染除去シールドを通り抜け町に入った。情報広場が目の前に浮かび上がる。パスの男女がそのあたりに群らがっていた。輸送管や運搬車が至るところで轟音を立てている。建物、傾斜路、戸外機械装置。町は防塵気嚢（きのう）に覆われていた。トニーはヘルメットを外すとベルトに留めた。空気は人工的な澱んだ臭いがしたが、呼吸はできた。

「わけを話してよ」彼女は傾斜路をトニーと登りながら慎重にいった。「今日はカーネットに来るのに、あなたにとってよい日かしら。いつもならお友達と一緒にここにくるんでしょう。今日は自宅に、居留地にいた方がよかったんじゃない」

「どうして?」

「今日はみんなが動揺しているわ」

「知っている。パパもママもだ。リゲル星系のぼくらの基地からのニュースに耳を傾けているんだ」

「あなたの家族だけじゃないわ。ほかの人たちもよ。ここにいる人みんな。わたしたちも」

「分かったよ。みんな動揺している」トニーは認めた。「だけどぼくはいつでもここに来ているんだ。居留地で遊ぶ者はいない。とにかくぼくたちは計画に取り組んでいるんだ」

「宇宙空港の模型ね」

「そうなんだ」トニーはうらやましそうだった。「テレパシーがあればなあ。もっと面白いんだけど」

パス娘は沈黙し、じっと考えていた。「あなたの家族がここを去って地球に帰るとしたら、どうなるのかしら?」

「そんなことないよ。地球にはぼくたちの居場所なんかない。二十世紀にコバルト爆弾でアジアと北アメリカの大部分が破壊されてしまったんだ」

「もし戻ることになったら?」

トニーは理解出来なかった。「出来ないってば。地球で人間の住める場所は満員なんだ。他の星系に地球人の住める場所を見つけるのが先さ」彼はつけ加えた。「とにかく特に地球へ行きたいとは思わない。ここが住み慣れているし、友達もみんなここにいるから」

「荷物を持っているから、この道を行って第三階層の傾斜路で下りるわ」

トニーはロボットに顎をしゃくると、ロボットは荷物を娘の爪に戻した。彼女はしばらく適当な言葉を捜しあぐねていた。

「うまくいくように祈るわ」

「何が?」

彼女は皮肉っぽく微笑した。「あなたの宇宙空港の模型が。あなたやお友達が完成させますように」

「もちろん完成させるさ」トニーは驚いていった。「もうあらまし出来ているよ」彼女はどういう意味でいったんだろうか?

パス＝ウデチの女性はトニーが尋ねる前に急ぎ足で去った。トニーは面喰らい心配になり、更に疑いでいっぱいになった。彼は町の居住区に通じる小道をゆっくり歩いていった。商店や工場を過ぎ、友達の住んでいる場所へ。

彼のやって来るのを、パス＝ウデチの子供のグループが黙って見ていた。かれらは巨大なベンゲロの木陰で遊んでいた。その古い枝は町にポンプで送り込まれる空気の流れでゆるみ、反り返っている。いま子供たちは動かず座っていた。

「今日は来ないと思っていたよ」その一人ブプリスは感情のこもらない声でいった。

トニーはおずおず立ち止まると、ロボットもそうした。「元気かい？」トニーは小声でいった。

「ああ」

「途中で車に乗せてもらったんだ」

「そう」

トニーは木陰に屈んだ。パスの子供たちは誰も動かなかった。かれらは地球の子供より小さい。かれらの身体の外殻はまだ固くなく、黒ずんでくすんでもなく、角質みたいに透明だった。そのせいで柔らかく無定形な姿をしていたが、同時にかれらの重荷を軽くしている。かれらは老人よりも機敏に動いた。まだ跳びはねることも出来る。しかしいまは、それもしていなかった。

「どうしたの？　まずいことでもあるのかい？」トニーは尋ねた。

誰も答えなかった。

「空港の模型はどこ？　きみたちはそこで遊んでいなかったの？」彼は重ねて訊いた。

しばらくしてライレがわずかにうなずいた。

トニーにやるせない怒りが込み上げてきた。「何とかいったらどうだ！　どうしたんだ？みんな怒っているのか？」

「怒る？」ブプリスはおうむ返しにいった。「怒ってなんかいない」

トニーは手持ちぶさたで砂の中を引っ搔いていた。彼はその理由を知っている。また戦争だ。オリオンの近くで戦闘が続いている。彼の怒りが爆発した。「戦争なんか忘れろ。昨日は、戦闘のはじまる前は、仲良くしていたじゃないか」

「そう。仲良かったな」とライレ。

トニーは険のある声でいった。「戦争は百年前からのことじゃないか。ぼくの責任じゃないよ」

「うん」とブプリス。

「ここはぼくの故郷じゃないか？　他のみんなと同じようにここにいる権利がある。ぼくはここで生まれたんだ」

「うん」ライレはぼそっといった。

トニーはやけくそでかれらに訴えた。「こんな仕打ちをするのか？　昨日と違うじゃないか。ぼくは昨日ここにいた——みんなもここにいた。それが今日はどうしたんだ？」

「戦闘だ」とブプリス。

「それがどうしたというんだ？　どうして手のひらを返すんだ？　いつも戦争だった。憶えている限り戦闘は続いていた。今度のとどこが違うんだ？」

ブプリスは強い爪で砂の塊を砕いた。そしてそれを投げ捨てると、ゆっくりと立ち上がった。

「それはね、おれたちの放送で聞くと、こっちの艦隊が勝ちそうなんだ、今度はね」

「そうとも」トニーは分からなかったが認めた。「パパは充分な供給基地を作らなかったせいだといっていた。おそらく退却することに……」その時はっと思い当たった。「そうか、百年間で初めて――」

「そうとも」ライレはまた立ち上がった。他の子供も立ち上がった。かれらはトニーから離れると、近くの家の方に行った。「おれたちは勝っているんだ。三十分前に地球軍の側面を突いた。おまえたちの右翼は完全に包囲されたんだ」

トニーはびっくりした。「それは大変だ。きみたちみんなの大問題だ」

「大問題だとも！」ブプリスは立ち止まると突然怒りをぶちまけた。「本当に大変なことなんだぞ！　百年間で――初めてだ。おまえたちをやっつけるのは生まれて初めてだ。おまえは逃がしてやるよ。この――」彼は言葉を詰まらせ吐き出すようにいった。「この白蛆（うじ）め！」

かれらは家の中に消えた。トニーは座ったまま呆然と地面を見つめ、意味もなく腕をぶらぶらさせていた。その言葉は前に聞いたことがあった。居留地近くの塀や砂の中の落書で見たことがある。白蛆。地球人に対するパスの嘲りの言葉だ。地球人の身体が軟らかく白いためだ。堅い殻がない。ぐにゃぐにゃした青白い皮膚。しかしこれまではそんなことを大声で喋ることなどなかった。地球人に面と向かって。

彼のそばでロボットは休みなく動いていた。その複雑な無線メカニズムはあたりの敵意を感じていた。自動継電装置は引っ込み、回路は閉じたり、開いたりしていた。

「分かったよ」トニーは呟くとゆっくりと立ち上がった。「帰った方がよさそうだ」

彼はおぼつかなげに傾斜路に向かったが、全身が震えていた。ロボットは静かに前を歩き、その金属顔は無表情で自信に満ち、何も感じず沈黙している。トニーの頭はひどく混乱していた。頭を振ってもめまいは変わらなかった。気持ちを落ち着けることも、抑えることも出来なかった。

「待て」声がした。ブプリスの声が開いた戸口から聞こえた。冷たく内気な親しみのない声だ。

「何だ?」

ブプリスが彼の方にやって来る。爪を背中に回す、初対面の他人に使うパス＝ウデチの礼儀だった。「今日はここに来ない方がよかった」

「分かったよ」とトニー。

ブプリスはチスの茎を引っこ抜くと丸めはじめた。彼はそれに気を取られているふりをした。

「ねえ、きみはここにいても当然だといったろう。だけどいられないよ」

「ぼくは——」トニーは呟いた。

「なぜいられないかわかるか?　それは自分のせいじゃないといった。ぼくもそうじゃないと思う。だけどぼくのせいでもない。おそらく誰のせいでもないんだ。長いつき合いだったけどね」

「五年だ。地球年で」

ブプリスは茎をねじると投げ捨てた。「昨日は一緒に遊んだ。宇宙空港の模型も一緒に作った。だけど今日はもう一緒に遊べない。もうきみにここに来て欲しくないと、うちの家族がいうんだ」彼はためらいトニーの顔を見ないようにした。「とにかく話しておきたかったんだ。家族にいわれる前にね」

「ああ」とトニー。

「みんな今日起こったことなんだ。戦闘、ぼくらの艦隊の反撃。ぼくらは知らなかった。希望も持っていなかった。だって百年戦争だもの。まずこの星系、それからリゲル星系すべての星を巻き込んだ。やがて別のオリオン星座の星も。ぼくらはあちこちで戦った。そして戦いが広がった。逃げていた連中も加わった。ぼくらはオリオンに基地を提供した――きみたちはそれを知らなかった。だけどもう希望はなかったんだ。とにかく希望があると考える者はなかった」彼はしばらく沈黙した。「おかしいよ。何か起これば、きみらは進退きわまり、もう行くところもない。だから戦うしかない」

「もしぼくらの供給基地が――」トニーがだみ声でいいはじめると、ブプリスはそれを冷たくさえぎった。

「おまえたちの供給基地だって！　分かっていないんだな？　おまえたちは負けたんだぞ！とっとと出て行け！　おまえたち白蛆全部だ。おれたちの星系からだ！」

トニーのロボットは不気味に前に出た。ブプリスはそれを見る。彼は身を屈めると石をつかみ、ロボットに向かって投げつけた。石は金属の胴体に当たって音を立てたが、傷もつかず跳ね返る。ブプリスはもうひとつ石をつかんだ。ライレや他の子供が家から飛び出してくる。大人のパスがかれらの背後に浮かび上がった。あらゆることが素早く起こった。石がいくつかロボットに当たる。その一つはトニーの腕を打った。

「出て行け！」ブプリスは金切り声を上げた。「戻ってくるな！　ここはおれたちの星だ！」彼は爪でトニーをつかもうとした。「帰らないならバラバラに引き裂くぞ――」

トニーはパスの身体に胸をぶつけた。その柔らかな外殻はゴムみたいな感じだった。パスはよろめいて下がった。つんのめり倒れてあえぎ金切り声を上げる。

「かぶと虫め」トニーは息を切らせた。急に恐怖にかられた。パス＝ウデチがにわかに群れを成し、四方から押し寄せてきた。敵意に満ちた顔、不機嫌さと怒り、沸き上がる逆上の叫び声がする。

石が雨あられと降ってきた。いくつかがロボットに当たり、トニーのブーツのそばにも落ちた。ひとつがヒューと顔をかすめる。慌ててヘルメットを被った。彼は怯えた。ロボットの緊急シグナルはもう壊れてしまった。救助ロケットが来るまでには時間がかかる。その上、町には救助が必要な地球人は他にもいた。この星じゅうに地球人がいる。すべての町に。二十三個あるベテルギュース星系の星全部に。十四個のゾゲル星系の星に。他のオリオン星系の星にもだ。

「ぼくらはここから出て行かなくちゃ」彼はロボットにささやいた。「何とかしてくれ！」

トニーのヘルメットに石が当たった。プラスチックが割れそこから空気が漏れたが、すぐ自動シールドで覆われた。石はなおも飛んでくる。パスたちは群れを成し、騒然とした黒い莢状の生物集団となった。トニーは昆虫のきつい体臭を嗅ぎ、爪の音を聞き、その圧力を感じた。

ロボットは熱線を放ちつづけた。熱線はパス＝ウデチの集団に向かって広範囲に飛んだ。群衆から粗末な手製の銃が現われた。銃声がトニーの周囲に響く。かれらはロボットを目がけて撃ってくる。トニーはそばにいる金属体のことをぼんやりと考えた。地響きを立ててロボットが倒れる。群集が押し寄せ、ロボットは視界から消えた。

気の狂った動物のように、群集は抵抗するロボットを引き裂いた。頭をもぎ支柱や輝く腕をちぎった。ロボットは抵抗をやめた。群集は移動し、息を切らせ、バラバラになったロボットの残骸をつかんでいた。かれらはトニーと対峙した。

かれらの先頭がトニーに近づいた時、頭上の保護気嚢が破れた。地球の偵察ロケットが轟音を立てて降下し、熱線を放射した。群集は混乱して散った。あるものは撃ち、あるものは石を投げ、あるものは安全な場所に跳び込んだ。

トニーは起き上がると、ふらつきながら偵察機の着陸した場所に歩いて行った。

「ごめんよ」ジョー・ロッシは優しくいうと息子の肩に触れた。「今日はおまえを外出させるんじゃなかった。すっかり忘れていた」

トニーはプラスチックの大きな安楽椅子にうずくまっていた。身体を前後にゆすり、ショックで蒼ざめている。彼を救い出した偵察機は直ちにカーネットに取って返し、他の地球人も助けた。トニーは無言だった。心は空白状態だった。まだ群集の叫びが耳に残り、その憎悪――一世紀にわたり鬱積した怒りと敵意を感じていた。パスにとっては憎悪の記憶しか残っていなかった。それがいまでもトニーを取り巻くてすべてだった。そしてじたばたするロボットの姿。腕や足がもがれる時の金属的な破壊音。

ママは彼の切り傷や怪我に消毒薬を塗ってくれた。ジョー・ロッシは震える手で煙草に火をつけた。「ロボットが一緒でなかったら、おまえは殺されていたろう。あんなところに行かせるべきでなかった。全く今度は……いや、いつか、いつの日か、やつらはそういうことをしたかもしれない。おまえをナイフで刺したり、あの小汚い爪でおまえを引き裂いたりな」

居留地の下方で赤黄色い陽光が砲身を照らしていた。すでに鈍い砲音が崩れかけた丘陵にこだました。防衛網が作動していた。黒いかたちをしたものが飛んだり、斜面をちょこちょこ駆け上がっている。地球連邦の測量技師が百年前に設定した分割線を越えて、黒い斑点がカーネットから地球人の居留区へと動いている。カーネットは活気が沸騰する坩堝(るつぼ)だった。全市が熱っぽい興奮で騒然としている。

トニーは顔を上げた。「やつらは――やつらはぼくらの側面を突いたんだ」

「そうとも」ジョー・ロッシは煙草を押し潰し火を消した。「確かにそうだ。一時だった。二時には味方の防衛線の真ん中に楔(くさび)を打ち込んだ。艦隊は二分された。防衛線は破壊され敗走した。撤退中も一人ずつ狙撃されたんだ。ちくしょう、やつらは狂っている。いまもわれわれの臭いを嗅ぎつけ、血を味わっているんだ」

「でも好転しつつあるわ」リーははらはらしていた。「味方の主力艦隊は姿を見せはじめたわ」

「やつらに勝てる」ジョーは呟いた。「すぐにな。必ず一掃するさ。一人残らずだ。たとえ千年かかっても。最後の一機まで追いつめる――全滅させるさ」彼の声は熱狂を帯びた。「かぶと虫め！　いまいましい昆虫め！　汚い黒爪で息子を傷つけようとしているやつらを考えると――」

「あなたが若ければ戦闘に加わるでしょうに。歳を取っているのはあなたの責任じゃないわ。心臓はまだ大丈夫よ。仕事は充分こなしているわ。年寄りに参戦の機会を与えないのよ。あなたが悪いのじゃないわ」

ジョーは拳を握り締めた。「無駄だと感じるよ。おれに出来ることがあってもな」

「艦隊がやつらを始末するわ」リーは宥めた。「そういったでしょう。かれらをひとりひとり狩り出し全滅させるわ。心配することないのよ」

ジョーは哀れなほど元気がなくなった。「無駄だ。やめさせろ。ぬか喜びさせるな」

「どういう意味？」

「よく見ろ！　今度は勝ち目はない。やりすぎた。最期の時がきた」

沈黙。

トニーは少し腰を浮かせた。「いつ知ったの？」

「ずっと知っていた」

「ぼくは今日だ。はじめ理解出来なかった。ここは盗んだ土地だ。ぼくはここで生まれたけど、盗んだ土地なんだ」

「そうとも。盗んだ土地だ。われわれのものじゃない」

「ぼくらは強かったからここにいた。だけどもう強くない。負けたんだ」

「やつらは地球人を負かせることを知った。他の連中のようにだ」ジョー・ロッシの顔は灰色でたるんでいた。「われわれはこの星をやつらから取り上げた。そしていまやつらは取り戻した。もちろんしばらくのあいだだけだ。われわれはゆっくりと退却する。そして次の五世紀には戻ってくるだろう。ここと太陽系の間にはたくさんの星系があるからな」

トニーはまだ理解できないように首を振った。「ライレやブプリスもみんな自分たちの時代が来るのを待っていた。それはぼくらにとって負けることは、ここを去ることなんだ。やってきた星へ」

ジョー・ロッシは行ったり来たりした。「そうだ。われわれはこれから撤収するんだ。敗北を受け入れ退くんだ。今日みたいに闘いに負ければ引き揚げる。さもないと手づまりでさらに悪くなる」

彼は熱っぽい目を上げ、情熱と悲哀の混じる顔で狭い金属住宅の天井を見た。

「だがな、やつらを大いにてこずらせてやる。完全に戻ってくるんだ！　じわじわとな！」

矮人の王

The King of the elves

雨が降りしきり、たそがれかけていた。土砂降りで、ガソリン・スタンドの端にあるポンプの列沿いに水が激しく流れている。ハイウェイを挟んだ向い側の林では樹々が風に揺らいでいた。

シェイドラック・ジョーンズは小屋の戸口でドラム缶に寄りかかって立っていた。ドアが開いて雨まじりの突風が木造の床に吹きこんでくる。夜がやってきた。陽はすでに落ち、空気も冷え冷えとしてくる。シェイドラックは上衣を探ると葉巻を取り出した。葉巻の端を嚙みちぎり、注意深く火をつけるとドアを離れた。暗がりで葉巻の火が暖かく輝く。シェイドラックは深く吸いこんだ。上衣のボタンをはめ舗道に出た。

「ちえっ、何て夜なんだ！」

雨が叩きつけ、風が吹きつける。ハイウェイをきょろきょろ見たが、車の影さえなかった。首を振ってガソリン・ポンプに鍵をかけた。

小屋に戻るとドアを背後で閉めた。レジスターを開け、昼間の売り上げを数えはじめる。たいした額にはならなかった。

さほど収入はなくとも老人一人には充分だった。煙草と薪木と雑誌を買う金が要るくらいのもので、時々やってくる車を待っているという気楽な商売だった。このハイウェイをやってくる車はあまり多くなかった。ハイウェイは改修不可能なほど荒れ果てかけている。表面は乾いて、でこぼこし、至るところ割れ目ができていた。たいがいの車は丘の向うを走る大きな州立ハイウェイを選んだ。デリーヴィルには名所も名物も何もなかった。小さな町だった。小さすぎて大企業を誘置する計画もなかったし、それほど重要視されなかった。時間は概して無為に過ぎていったが……

シェイドラックは緊張した。手で金を覆い隠した。戸外から物音、舗道に張りめぐらしたシグナル・ワイヤが音楽的に鳴った。

ティンカーン！

シェイドラックは金をレジスターに入れ、抽斗を押して閉めた。ゆっくり立ち上がり、ドアに歩み寄ると耳をすます。ドアのところで灯を消し、暗がりに身をひそめ、外をうかがった。車は見当らなかった。雨は激しく降りそそぎ、風が渦巻いている。濃霧が道路に沿って流れていた。ポンプの脇に何か立っている。

ドアを開け外に踏み出した。初めは何も見えなかった。老人は不安そうに息をつめた。

二つの小さな人影が雨中に立ち、輿（こし）のようなものを担いでいた。かつてはきらびやかな衣裳をはおっていただろうが、いまはよれよれに濡れしょびれて、雨のしずくがしたたっている。かれらはうわの空でシェイドラックを見ていた。水滴がかれらの小さな顔を流れ落ちていた。衣服は風で吹き上げられ、身体にまとわりついている。

輿上で何かが動いた。小さな頭が疲れたように振り向きシェイドラックをうかがった。薄明かりの中で、雨で縞になったヘルメットが鈍く光っている。

「何者だ?」シェイドラックは誰何(すいか)した。

輿上の人影は身体を起した。「わたしは矮人(エルフ)の王だ。この雨で難渋している」

シェイドラックはびっくりして眼を瞠(みは)った。

「見ての通りだ」担ぎ手の一人がいった。「すっかり濡れてしまった」

矮人の一団がぞろぞろと出てきて王の周囲を取り巻いた。寂しげに黙って互いに肩を寄せ合っていた。

「矮人の王だって」シェイドラックはくり返した。「こいつは驚いた」

これは現実だろうか? たしかにかなり小さいし、水のしたたる服装は奇妙で不思議な色合いだ。

とはいえ、矮人とは?

「驚いたな。ところであんた方が何者だろうと、こんな晩には外に出ない方がいいよ」

「もちろんだ」王は呟いた。「われらの落度ではない。悪いのは……」その声は次第に小さくなり咳こんだ。矮人の兵士たちは心配そうに輿上を見つめていた。

「その人を雨の当らぬ所に入れた方がいい」シェイドラックはいった。「わしの家はこの道を上ったところだ。雨の中にいたら身体に悪い」

「こんな晩にだれがすき好んで外にいるものか?」担ぎ手の一人が呟いた。「どちらだ? 案内してくれ」

シェイドラックは道を指さした。

「あそこだ。わしについてきな。火を熾してやろう」

彼はフィニアス・ジャドと夏の間に敷いた平らな踏石の石段を足で探りながら上って行った。石段の頂上までくると振り返った。輿は少し左右に揺れながらもゆっくりと後についてくる。そのうしろから矮人の兵士たちの小縦隊が無言のまましずくを垂らし、悲しげにしおとやってくる。

「火を織してやるからな」シェイドラックはそういうとかれらを急いで家に入れてやった。

矮人の王は疲れて枕に横たわっている。熱いチョコレートを啜るとやっと落ち着いた。その荒い呼吸はいびきを思わせる。

シェイドラックは不安になってきた。

「世話をかける」矮人の王はいきなり眼を開いていった。額をこすった。「いつの間にか眠ってしまったようだ。ここはどこか?」

「お休み下さい、陛下」兵士の一人が眠そうにいった。「夜ですし、大事な時ですから」

「まったくだ」矮人の王はうなずいた。「その通りだ」彼はシェイドラックの大きな姿を見上げた。シェイドラックはビールのグラスを手に暖炉の前に立っていた。「人間よ、われらはきみの親切なもてなしに感謝する。普通ならば人間に迷惑をかけることもないのだが」

「トロール族のせいだ」長椅子のクッションに身を縮めて寝ていた兵士の一人がいった。

「その通りだ」他の兵士も同意した。座り直すと剣を手探りした。「あの小汚いトロールめ、見つけたら殺せ——」

「実は」と矮人の王は続けた。「われら一行は〈大低地帯〉から〈城〉へと向う途中だった。城は〈そびえ立つ山〉の窪地にある——」

「シュガー岩棚のことかい」シェイドラックは助け舟を出した。

「そびえ立つ山だ。われらはゆっくりと進んだ。すると嵐がやってきた。われらが途方にくれていると、突然トロール族の一団が現われた。下藪を突き抜けてきた。われらは森を捨て、〈果てしない道〉に安全を求めて逃れてきた——」

「ハイウェイだな。二十号線の」

「というわけでここまできたのだ」矮人の王は言葉を切った。「雨は激しさを増し、風は冷たく厳しく吹きつける。われらは果てもなく歩き続けた。どこへ向っているのか、何が起るのか、全くわからなかった」

矮人の王はシェイドラックを見上げた。

「知っているのはそれだけだ。背後からトロール族が追ってくる。森を這い抜け、雨の中を進み、前に立ちはだかるものを叩きつぶしながらやってくる」

口に手を当てると前かがみになり咳きこんだ。矮人たちは心配そうに咳がやむのを待った。彼は身体を立て直した。

「われらを家に入れてくれた厚意には深く感謝している。長くは迷惑をかけぬつもりだ。矮人族の習慣ではない――」

再び顔を覆って咳きこんだ。矮人たちは気づかって王に近寄った。やっと王は起き、ため息をついた。

「どうかしたか?」シェイドラックが尋ねた。彼はじっと様子を見て、華奢な手からチョコレートのコップを取った。矮人の王は眼を閉じて横になった。

「お休みになりませんと」兵士の一人がいった。「あなたの部屋はどこか? 寝室だ」

「二階だ。案内しよう」シェイドラックがいった。


その夜遅く、シェイドラックは暗くひとけのない居間に座り、瞑想に耽った。矮人たちは二階の寝室で眠っている。矮人の王はベッドに横になり、兵士たちはじゅうたんの上で丸くなっていた。

家の中は静かだった。戸外はたえまなく雨が降り続き、風が家に吹きつけている。樹の枝が風でばさっと当るのが聞えた。シェイドラックは手を握りしめたり、ゆるめたりした。なんて不思議なことだろう! 老いて病んでいる王と、あの矮人たち、その笛のような声。何と心配性で苛立っていたことか!

しかし可哀そうでもあった。小さく、濡れしょぼたれて、しずくをぽたぽた垂らし、その華やかな衣服はよれよれで水びたしになっている。

トロール族――それはどのような種族か? 不快で汚らしい。森を掘り、破壊して押し進む連中……

ふとシェイドラックは当惑して笑い出した。自分に起ったことは何だ？　これがすべて信じられるか？　彼は腹立たしげに葉巻の火を消した。耳が火照る。何が起っているのか？　これは何かの悪戯なのか？

矮人だって？　シェイドラックは憤りを覚えぶつぶついった。デリーヴィルに矮人だって？　コロラド州の真中に？　ヨーロッパなら矮人はいたかも知れない。アイルランドあたりに。それを耳にしたことがあった。でもここに？　自分の家の二階でベッドに眠っているとは？

『話はたっぷりと聞いた。わしも馬鹿じゃない』

階段に向って歩き、暗がりを手探りで手すりをつかむと上って行った。

頭上が急に明るくなりドアが開いた。二人の矮人がおもむろに階段の踊り場に現われる。シェイドラックを見下ろしたので、彼は途中で立ち止まった。その顔色が足を止めたのだ。

「何かあったのか？」彼はためらいながら尋ねた。

かれらは答えなかった。家の中が次第に冷たく暗くなった。外の雨の冷えこみと中のえたいの知れぬ冷気によるものだった。

「どうしたのだ？」彼はもういちど尋ねた。「何かあったのか？」

「王が亡くなられた」矮人の一人が答えた。

「たったいま息を引き取られた」

シェイドラックは眼を瞠った。「王が？　でも――」

「王はかなりの御高齢で、しかもずいぶんお疲れだった」

矮人たちは部屋に引き返し、ゆっくり静かにドアを閉めた。

シェイドラックは手すりを細い指でしっかりとつかんで立っていた。そしてぼんやりと首を振った。

「そうか」彼は閉じたドアに向っていった。

「王は死んだのか」


矮人の兵士が厳粛な顔で彼を取り囲んでいた。居間は早朝の冷たく白い陽光が射しこんで明かるかった。

「ちょっと待ってくれ」シェイドラックはそういうとネクタイを締めた。「ガソリン・スタンドを開くのが先だ。帰ってきたら話を聞こうじゃないか?」

矮人の兵士たちは真剣で心配そうな顔をしていた。

「聞いて下さい」兵士の一人がいった。「最後まで聞いて欲しい。われらにとっては極めて重要なことなのです」

シェイドラックはかれらの向うを見ていた。窓を通して朝日に蒸気が立ち上っているハイウェイが見える。少し下った所には朝日に輝くスタンドがある。見ていると車が一台やってきて、気短かに軽く警笛を鳴らした。だれもスタンドから出てこないので、車は再び道路を戻って行った。

「お願いします」兵士はいった。

シェイドラックは自分を取巻く、不安と困惑の刻まれた心配そうな顔を見下ろした。不思議なことに、これまで矮人とは楽天的な存在で、悩みも心配ごともなく世をすごしていると思いこんでいた。

「それで?」彼はいった。「聞こうじゃないか」彼は大きな椅子に腰かけた。矮人たちが回りに集まってきた。しばらくは連中だけでひそひそと話し合った後、シェイドラックの方を向き直った。彼は腕を組んで待ちかまえた。「われらは王がなくては存在できません」兵士の一人がいった。「生きていけないでしょうし、未来もありません」

「トロール族は」他の兵士が口添えした。「繁殖力が激しく、恐ろしい生きものです。手がつけられない暴れもので、野蛮で、しかも臭くて——」

「やつらの臭気はひどいものです。地下の暗くじめじめした場所からやってくるんです。太陽の光も届かない地底で、実も結ばない植物を餌にしているんです」

「ところで、王様はきみたちで選んだらどうだ」シェイドラックは示唆した。「別に問題はないだろう」

「われらは王を選べません。前王が次の王を指名するのです」

「ほう。それではなおさら問題ないじゃないか」

「前王は臨終の床でとぎれとぎれに遺言されました。われらはかがみこんで、胸をときめかせ、心を痛めながらうかがったのです」

「それは重大なことだからな。一言も聞きもらせないな」

「王はわれらを指導すべき方の名を示されました」

「それはよかった。その人をつかまえたんだな。ところで何か不都合でもあったかい？」

「王の明かされた名前の主は――あなたでした」

シェイドラックは眼を瞠った。「わしが？」

「臨終の王のお言葉です。『あの男を、あの大きな人間を王とするがよい。彼がわれらの先頭に立ちトロール族と闘えば、万事うまくいく。昔日のごとき矮人王国の再興が眼に見えるようだ』と」

「わしが！」シェイドラックはとび上がった。「わしが矮人の王様だって？」

シェイドラックはポケットに手を突っ込み、部屋を行ったり来たりした。

「わしが、このシェイドラック・ジョーンズ様が矮人の王様か」彼は笑いを浮かべた。「わしにとっては前代未聞の話だ」

彼は暖炉の上の鏡をのぞきこんだ。薄くなった白髪まじりの髪、ぱっちりした眼、浅黒い肌、大きなのどぼとけが見えた。

「矮人の王」彼はいった。「矮人の王か。フィニアス・ジャドに聞かせたい。彼に話すまで待ってくれ」

フィニアス・ジャドはきっと仰天するだろう！

ガソリン・スタンドの上の晴れた青空には太陽が顔をのぞかせた。

フィニアス・ジャドは古いフォード・トラックのアクセルを吹かしていた。エンジンはから回りして速度が落ちた。フィニアスは手を伸ばしてイグニッション・キーを止め、窓をいっぱいに開いた。

「何だって?」彼は尋ねた。眼鏡を外し、永年慣れた手つきでフレームやレンズを磨きかけ直すと、髪をなでつけた。

「どうしたんだ、シェイドラック? もう一度聞かせてくれ」

「わしは矮人の王様になったんだ」シェイドラックはくり返した。彼は身体の向きを変え、車のステップに片方の足を乗せた。「考えられるか? このシェイドラック・ジョーンズ様が矮人の王様なんだぞ」

フィニアスはじっと彼を見つめた。「いつから矮人の王様になったんだ、シェイドラック?」

「昨夜からだ」

「そうか。昨夜からか」フィニアスはうなずいた。「昨夜は何があったんだ?」

「矮人たちがわしの家にやってきた。老いた矮人王が死ぬ時に、遺言したんだ――」

トラックはがたがた音を立てた。運転手はとび出した。「水だ! ホースはどこだ?」

シェイドラックは仕方なく降りた。「持ってくるよ」フィニアスを振り返って「町から帰ってきたら、今夜話すとしよう。まだ続きがあるんだ。面白いぜ」

「承知した」フィニアスは小さなトラックを始動させた。「そいつはぜひ聞きたいな」

彼は道路をトラックで去って行った。

その日の夕方、ダン・グリーンはポンコツの車をガソリン・スタンドに走らせてきた。

「やあ、シェイドラック」彼は呼びかけた。「こっちにきてくれ！　聞きたいことがあるんだ」

シェイドラックはボロ布を手に小屋から出てきた。

「何だい？」

「こいよ」ダンは窓から身を乗り出し、歯を見せて笑った。「教えてくれよ、いいかい？」

「ああ」

「あの話は本当かい？　矮人の王様になったというのは？」

シェイドラックは少し顔を赤らめた。「そうらしいな」彼は眼を外らしながら認めた。「それがどうした」

ダンの笑いは消えた。「おい、おれをからかう気かい？　冗談だろう？」

シェイドラックは怒り出した。「どういうことだ。わしは本当に矮人の王なんだ。だれが何といおうがな——」

「わかったよ、シェイドラック」ダンはそういうとポンコツの車を慌ててスタートさせた。

「怒るなよ。不思議な気がしただけさ」

シェイドラックはかなり奇妙に見えた。

「もういいよ」ダンはいった。「おれの話を聞かなかったことにしてくれ。いいな？」

その日の夜までには、周辺のだれかれとなく、シェイドラックが突然矮人の王となったいきさつを知っていた。デリーヴィルで〈ラッキー・ストア〉を営むポップ・リッチーは、シェイドラックが鳴りもの入りでガソリン・スタンドの宣伝につとめているとして非難した。

「やつは抜けめのない古狸さ。このあたりを通る車はたかが知れている。だから一芝居打ったんだ」

「さあね」ダン・グリーンはそれに乗らなかった。「彼の話を聞いてみるんだな。本気で信じているぜ」

「矮人の王様をか?」みんなどっと笑い出した。「次は何をいい出すかな?」

フィニアス・ジャドはじっくり考えていった。「おれはシェイドラックとのつき合いは長いが、どうもわからん」彼は眉をひそめ、顔に皺を寄せ不満気にいった。「おれはいただけんね」

ダンは彼を見た。「それじゃ彼がそれを信じていると思うのかい?」

「もちろんさ」フィニアスは答えた。「おれの見当ちがいかも知れん。だが彼は本気で信じていると思うよ」

「だけど、どうやってそれを信じられるのかね?」ポップが尋ねた。「シェイドラックは馬鹿じゃない。長いこと商売をやってきた。おれの見たところでは、それをネタに何かをはじめようとしているにちがいない。しかしガソリン・スタンドを建て直そうとしているのでなければ、いったい何だろう?」

「おやおや、彼のやろうとしていることを知らないのかい?」ダンはにやにやしていった。

金歯が光った。

「何だい?」ポップが聞いた。

「彼はひとつの王国をそっくり手に入れたんだぜ。そいつは好きなようにできる。あんたはいやかい、ポップ、矮人の王様になって、この古い店を放り出してしまうというのは?」

「おれの店はどこも悪いところないよ」ポップがいった。「古い店でも恥ずかしいとは思わんね。洋服のセールスマンになるよりはましさ」

ダンの顔が上気した。「それも悪くないさ」彼はフィニアスを見つめた。「そうだろう? 洋服を売るのが悪いことは何もないな、フィニアス?」

床を見つめていたフィニアスは顔を上げた。「何だって? 何の話だ?」

「何を考えていたんだ?」ポップが知りたそうだった。「何か心配しているような顔つきだったぜ」

「シェイドラックのことが心配なんだ」フィニアスは呟いた。「彼も歳だしな。雨水が床に溢れる寒い日にも、いつもたった一人で座っている。ハイウェイ沿いの冬の吹きっさらしはひどいもんだし――」

「それじゃあんたは信じる気か?」ダンはきつい調子で問うた。「そのことをネタに何かはじめるようには思えないだろう?」

フィニアスはぼんやりと首を振って答えなかった。笑い声は消えた。みんなお互いの顔を見合せていた。

その晩、シェイドラックがガソリン・スタンドを閉めていると、暗闇から小さな影が近づいてきた。

「おい！」シェイドラックは呼びかけた。「だれだ？」

矮人の兵士が眼をしばたたきながら灯の下に出てきた。灰色の小さな寛衣を着て、銀色のバンドで腰のあたりを締めている。足には革の小さなブーツを履いている。腰には小さな剣をさげていた。

「重大な文書をお持ちしました」矮人はいった。「さて、どこに入れたかな？」

シェイドラックを待たせて、寛衣を探った。矮人は小さな巻物を取り出すと、それをほどき、封印を慣れた手つきで破り、シェイドラックに手渡した。

「どういう内容だ？」シェイドラックは尋ねた。かがむと仔牛皮紙の文書に眼を近づけた。「いま眼鏡を持っていないので、こんな細かい字ははっきりと読めないな」

「トロール族は移動しています。われらの王の亡くなられたことを嗅ぎつけて、丘や谷の至るところで蜂起しています。矮人王国を粉砕し、われらを壊滅させようと企んで――」

「わかった」シェイドラックはうなずいた。「新王が実際に立ち上がる前を狙っているのだな」

「その通りです」矮人の兵士は首肯した。「いまはわれらにとって極めて重要な時期です。何世紀もの間、われらの存在は非常に不安定なものでした。トロール族は数も多く、矮人たちはか弱く、しかも病気がちで――」

「ところで、わしは何をしたらよいのかね？　そちらの考えは？」

「今晩、樫の大木の下でわれらを御引見下さい。矮人の王国に御案内致しましょう。陛下とわれら家来たちとで王国の防衛計画を練って戴きたいのです」

「何だって？」シェイドラックは不安そうに見えた。「まだ夕食も摂っていないんだ。それにガンリン・スタンドだって——明日は土曜日だから、沢山の車が——」

「とはいえ、陛下は矮人の王であらせられます」

シェイドラックは顎に手を当て、ゆっくりとこすった。

「それもそうだな」彼は答えた。「たしかにわしは矮人の王なんだな？」

矮人の兵士は深く頭を下げた。

「こんなことになると分かっていればよかった」シェイドラックは呟いた。「矮人の王様になろうとは思ってもいなかったからな——」

彼は何かいわれるのを期待して口をつぐんだ。矮人の兵士は静かに、無表情に彼を見つめていた。

「だれか他の者を王様にした方がよいかも知れん」シェイドラックは肚を決めていった。「わしは戦争とかその種のことはよく知らんし、戦闘だの計画だのは不得手でね」彼は言葉を切ると肩をすくめた。「そんなことに巻きこまれたことはいままでないからな。このコロラドでは戦争なんてない。つまり人間同志の戦争はやったことがない」

矮人の兵士は沈黙したままだった。

「どうしてわしが選ばれたんだ?」シェイドラックは両手をもみながら仕方なさそうに続けた。「わしは何ひとつ知らないんだ。どうしてここにきて、わしを選んだんだ? 他の者を選ばなかったわけでもあるのか?」

「王はあなたを信頼したのです。雨の中をわざわざ家に入れて下さった。その報酬など何も期待していないことをご存じだったのです。あなたの無欲を知っておられたのです。王は好意を与えて見返りを要求しない人間など稀であることをご存じでした」

「そうか」シェイドラックは思い返した。そして顔を上げた。「けれどわしのスタンドはどうなるんだ? わしの家は? ダン・グリーンや下の店のポップは何ていうと思う?」

矮人の兵士は灯の外に去りかけた。「それではもう失礼します。遅くなると夜にはトロール族が出てきます。仲間から遠いところに長居は無用です」

「そうだな」シェイドラックはいった。

「トロール族はいまや恐いもの知らずです。前王は亡くなられましたし、至るところで略奪が行われるでしょう。安全な者はひとりもいません」

「どこで落ち合うといったかな? 時間は?」

「樫の大木の下です。今夜月が沈む時、ちょうど空の彼方に隠れる時です」

「そこで待っているよ。おまえたちの言い分はもっともだ。矮人の王はこの非常時に、王国を見捨てるわけにはいかない」

彼があたりを見回した時、すでに矮人の兵士の姿はそこにはなかった。シェイドラックは疑問と困惑とを抱えたままハイウェイを歩いていた。石段の昇り口まできた時、ふと足を止めた。

「そうだ。あの古い樫の木はフィニアスの農園にある！　いったい彼は何というか？」

何はともあれ彼は矮人の王様だった。トロール族は丘陵を移動している。シェイドラックは風がさらさらと木の葉をゆする音に立ち止まって耳を傾けた。それは遠くの丘や谷を越え、ハイウェイの向うの森を抜けて吹いてくるものだった。

トロール族？　トロール族というのは実在するのだろうか？　夜の闇の中に蜂起した、大胆不敵で自信に充ちた、何ものも、何人も恐れないトロール族？　それに矮人の王の役目は……

シェイドラックは唇を固く噛みしめ、石段を上って行った。頂上に着くと、太陽の最後の光はすでに地上から消え去っていた。もう夜だった。


フィニアス・ジャドは窓の外を見つめていた。ばち当りなことを口にし首を振った。それから足早にドアからポーチに出た。冷たい月光の中、低い野原をゆっくりと横切り、牧場の柵沿いに家に近づいてくる人影がある。

「シェイドラック！」フィニアスは呼びかけた。

「どうしたんだ？　こんな夜更けに外出するなんて？」

シェイドラックは立ち止まり、拳をしっかりと腰に当てた。

「家に帰った方がいい。何をしようというんだ?」

「すまんな、フィニアス」シェイドラックは答えた。「あんたの土地を横切らせてもらいたいんだ。あの古い樫の木の下で人に会う約束があるんでな」

「こんな時間にか?」

シェイドラックはこっくり頭を下げた。

「いったい何があるんだ、シェイドラック? おれの農園でこんな夜中にだれと会うんだ?」

「矮人だ。一緒にトロール族と闘う計画を練るんだ」

「へえっ、ばかばかしい」フィニアス・ジャドはそういうと家に引っこみ、ドアをばたんと閉じた。しばらく立ったまま考えこんでいた。

それからまたポーチに出てきた。「何をするといったっけな? いやなら教えなくってもいいんだ。けどな――」

「あの古い樫の木の下で矮人と会うんだよ。トロール族との戦いの全体会議をやるんだ」

「そう、そうだったな。トロール族か。いつもやつらを見張っているんだな」

「トロール族は至るところにいるんだ」シェイドラックはうなずきながらいった。「いままでは気づきもしなかったがな。あんただって忘れたり、無視することはできんぞ。やつらはいつだって何かを企んでいるし、見張っているんだ」

フィニアスは口をぽかんと開けたまま言葉もなく彼を見つめていた。

「ああ、ところでな。しばらく出かけるかも知れん。この役目がどのくらいかかるかわからないけどな。何しろトロール族との闘いなんて経験がないからな。悪いけど日に二回ぐらいガソリン・スタンドを見回ってくれないか。朝と夕方にな。だれかが入ったり、悪戯しないようにね」

「あんたは行ってしまうのかい？」フィニアスは急いで階段を下りてきた。「トロールがどうしたって？ どうしてあんたが行くんだい？」

シェイドラックは根気よく同じことをくり返し説明した。

「ところで何のためだい？」

「わしは矮人の王だからな。かれらを指揮するんだ」

沈黙が訪れた。

「わかったよ」やっとフィニアスがいった。

「そうだったな。前にもそういっていた。けれどな、シェイドラック、どうして家に寄らないんだ。トロールについて聞きたいし、コーヒーぐらい飲ませるよ――」

「コーヒー？」シェイドラックは頭上の青白い月を見た。月と荒涼とした空。外界は静かで、重苦しかった。夜はかなり寒く、月はしばらく沈みそうもなかった。

シェイドラックは身ぶるいした。

「寒い夜だ」フィニアスは中に入るよう促した。「外は冷えすぎる。さあ中に入れよ――」

「まだ時間はある」シェイドラックも応じた。

「コーヒー一杯ぐらいならよいだろう。けれど長居はできない」

シェイドラックは足を伸ばしため息をついた。「このコーヒーはよい味だな、フィニアス」

フィニアスはコーヒーを少し啜るとコップをおいた。居間は静かで暖かかった。こぎれいな部屋で壁には立派な絵がかかっていた。職業とは無縁の絵だ。部屋の隅には小さなリード・オルガンがおかれ、上にきちんと楽譜が揃えてある。

シェイドラックはオルガンに眼をとめ、微笑を浮かべて尋ねた。「まだ弾いているのか、フィニアス？」

「あまり弾かない。送風器（ベローズ）の調子があまりよくないんでね。そのひとつが元に戻らないんだ」

「いつか修理してやるよ。近くにきた時にね」

「そいつはありがたい。ひとつ聞きたいことがあるんだが」

「あんたはヴィリアをよく弾いていたな。ダン・グリーンが女性を連れて来合せたこともあった。夏の間ポップの店で働いていた女だ。ほら、陶器店を開きたがっていた？」

「憶えているよ」フィニアスは答えた。

やがてシェイドラックはコーヒーのコップをおき、椅子の中で身じろぎした。

「コーヒーをもう一杯どうだ？」フィニアスはすばやく勧めると立ち上がった。「もう少し？」

「ほんの少しな。そろそろ行かなくてはならん」

「外出するにはあいにくの晩だ」

シェイドラックは窓越しに外を見た。かなり暗くなっており、月はほとんど沈みかけていた。野原は荒涼としている。シェイドラックは身ぶるいした。「同感だね」

フィニアスはやきもきしていた。「なあ、シェイドラック、暖かい家に帰った方がいい。わざわざ出てきてトロール族と闘うのは別の晩にしたらどうだ。いつだってトロールはいるんだろう。そう自分にいい聞かせていたじゃないか。まだ時間は充分ある。元気がもっとよくて、あまり寒くない時がさ」

シェイドラックは疲れたように額をこすった。「いいか、このすべてがある種の悪夢みたいなものさ。いつから矮人とトロール族のことを話しはじめたんだろう？　そもそものはじまりは？」彼の声が消えた。

「コーヒーをごちそうさま」彼はゆっくりと立ち上がった。「だいぶ暖まった。話も楽しかった。昔は二人してよくこうして話したな」

「帰るのか？」フィニアスはためらった。「家に？」

「その方がいいと思ってね。もう遅いから」

フィニアスはすばやく立ち上がった。シェイドラックを戸口まで送り、肩に手をおいていった。「そうか、シェイドラック、家に帰るのか。寝る前に熱い風呂に入るんだな。そうすりゃ元気になる。血のめぐりをよくするにはブランディを少し一気に飲むといい」

フィニアスは玄関のドアを開け、一緒にゆっくりとポーチの階段を下り、冷たく暗い地面に出た。

「わかった。そうしよう」シェイドラックはいった。「お休み——」

「家に帰れよ」フィニアスは彼の腕を軽く叩いた。「走って行くんだ。そして熱い風呂に入り、なかった。

「そいつはいい考えだ。ありがとう、フィニアス。恩にきるよ」

シェイドラックはフィニアスの腕を見下ろした。この数年これほど親しくつき合ったことは

まっすぐベッドにもぐりこむんだ」

シェイドラックはフィニアスの手を凝視した。彼は眉をしかめ当惑した。

フィニアスの手は大きく、ごつごつしており、腕は短かかった。指は太くて、爪は割れている。月光の中でも真黒く見えた。

シェイドラックはフィニアスを見上げ「変だな」と呟いた。

「何が変だい、シェイドラック?」

月光を受けたフィニアスの顔は妙に陰気で狂暴に見えた。シェイドラックは彼の顎が張り出し、これほど突き出しているとは思いもよらなかった。皮膚は黄色くざらざらしており、羊皮紙みたいだった。眼鏡の奥の眼はまるで二つの石ころのように冷たく生気がなかった。耳は大きく、髪は細くもしゃもしゃしていた。

奇妙なことに、彼はそれまで気づきもしなかった。フィニアスを月光の下に見るのははじめてだった。

シェイドラックは退いて旧友の顔をしげしげと観察した。数歩離れて見ると、フィニアス・ジャドは異常に背が低くずんぐりとしていた。脚は少しがに股だった。足は大きかった。どこか違うところがあって——

「どうした?」フィニアスはいぶかしげに尋ねた。「どこかおかしいかい?」

完全におかしかった。知り合って以来一度たりとも気がつかなかった。フィニアス・ジャドのまわりには、かすかに刺激性の腐敗した肉の悪臭、湿ってかび臭い匂いが漂っていた。

シェイドラックはゆっくりと彼を見回した。

「どこかおかしいかって?」彼はくり返した。

「いや、そんなことはいっていない」

家の脇には半分崩れかけた古い雨樽があった。シェイドラックはそちらに歩いて行った。

「どこかおかしいなんていっていないぜ、フィニアス」

「何をしてるんだ?」

「わしが?」シェイドラックは樽木の一本をつかみ引き抜いた。それを慎重に握ってフィニアスのところに戻ってきた。「わしは矮人の王だ。何者だ――おまえは?」

フィニアスは唸ると、大きなごついシャベルのような両手をかざし襲いかかってきた。シェイドラックは樽木で彼の頭を思い切り殴りつけた。フィニアスは憤怒と苦痛でうめき声を上げた。

ものの砕ける音がして、家の床下からたけり狂った生きものの一群が踊り出た。身体の曲がった黒いやつらで、ずんぐりしたいかつい体格の持主だった。頭と足が異常に大きかった。シェイドラックはフィニアスの床下からぞろぞろと這い出した一群の黒い生きものを一目見て、それが何者であるかを悟った。

「助けてくれ！」シェイドラックは大声を上げた。「トロールだ！　助けてくれ！」

彼はトロール族に包囲されていた。かれらはシェイドラックを捕えると、ひっぱり、馬乗りになり、顔や身体を拳で連打した。

シェイドラックは樽木を振り下ろし、振り回し、足でトロールを蹴り、樽木でぴしゃりと打った。かれらは数百人いた。フィニアス家の床下から次々に湧き出してきて、壺みたいなかたちをした生きものの黒い大波を思わせた。かれらの大きな眼と歯が月光に輝いていた。

「助けてくれ！」シェイドラックは再び叫んだが、その声はもう弱々しかった。もう息切れがしてくる。心臓は痛いほど苦しかった。手首を噛まれ、腕にしがみつかれた。それを投げとばし、ズボンの脚にまとわりつくやつを蹴とばし、樽木を何回も振り下ろした。

トロール族の一人が樽木を押さえた。一斉にそれを助けて、手を激しくねじったり、樽木を引き放そうとした。彼は必死で握りしめていた。トロール族は彼の身体中に取りついた。肩に乗り、上衣をつかみ、腕や足にまたがり、髪をひっぱり――

はるか彼方から高い調子のクラリオンのような叫びと、トランペットの響きが丘陵にこだました。

トロール族の攻撃がぴたりと止んだ。その一人がシェイドラックの首から離れ、他の一人も腕を放した。

鬨（とき）の声が再び上がった。今度は更に大きかった。

「矮人だ！」トロールは耳ざわりな声を立てた。その一人は身をひるがえし物音のする方に向った。怒りに歯ぎしりし、つばを吐いた。

「矮人だ！」

トロール族は群れを成して前進した。歯ぎしりをし、爪を鳴らし、大波のように矮人の縦隊に突っ込んで行った。矮人たちは算を乱し、戦闘に突入した。かん高い笛のような雄叫びを上げる。トロール族と矮人たちがもろに衝突した。シャベルのような爪と黄金の剣、頑丈な顎と短剣との闘いだった。

「矮人を殺せ！」

「トロール族を滅ぼせ！」

「前進！」

「突撃！」

シェイドラックはいまだにまとわりついてくるトロールたちと必死で闘った。疲れ果て、息も絶えだえだった。盲滅法（めくらめっぽう）に樽木を振り回し、蹴ったり、跳び上がったり、投げとばしたり、獅子奮迅の活躍だった。

どのくらい戦闘が続いたのか、シェイドラックは皆目分からなかった。群がる黒い生きものの海の中に沈没していた。悪臭がまとわりつき、鼻や髪や指を嚙られたり、ひっぱられたり、ひっかかれたりした。彼は無言のまま荒々しく闘った。

彼の周囲には矮人の軍団がトロールの群れと衝突していた。至るところに闘う戦士の小集団があった。

　ふとシェイドラックは闘いを止めた。頭を上げ、おぼつかなげにあたりを見回した。何も動くものはなかった。あたりはしーんとしていた。戦闘はもう終っていた。
　二、三人のトロールはまだ彼の手足にしがみついていた。シェイドラックは樽木でその一人をぶちのめした。それはうめいて地に落ちた。彼はまだ腕にくっついて離れない最後のトロールと闘いながら、よろよろと後退した。
「さあ、貴様の番だぞ！」シェイドラックは息を切らせた。トロールを持ち上げると空中に振り回した。トロールは地面に叩きつけられ、慌てて闇の中に逃げ去った。

　もう何も残っていなかった。トロールたちはみんなどこかに行ってしまった。月の沈んだ荒涼たる原野は静寂そのものだった。

　シェイドラックは石の上に腰を下ろした。息をすると胸は痛み、赤い斑点が眼の前に浮かぶ。弱々しくポケットからハンカチを取り出すと首筋や顔を拭った。眼を閉じ、首を左右に振った。

　再び眼を開けた時、矮人たちが彼の方にやってきた。軍団は再び集結した。矮人たちも髪を振り乱し、傷だらけだった。かれらの黄金の鎧には深い割れ目や裂け目ができている。兜はへこんだり、失われたりしていた。真紅の羽毛飾りもほとんどもぎ取られていた。まだ残っている羽毛飾りも曲がったり、折れたりしている。

　それでも戦闘は終った。戦争は勝利を得た。トロール族の群れは四散逃走してしまった。

シェイドラックはゆっくりと立ち上がった。矮人の戦士たちは彼の周囲に円を描いて立ち、無言の尊敬を彼に注いでいた。彼がハンカチをポケットにしまうと、兵士の一人がしっかりと彼を支えた。

「ありがとう」シェイドラックは呟いた。「本当にありがとう」

「トロール族は敗北しました」矮人の一人が述べた。まだ彼の奮戦に威圧されていた。

シェイドラックは矮人たちを見回した。大部分がそこにいた。その数は前に会った時よりも多かった。全矮人が戦闘に参加したのだ。かれらは厳しい顔をしていた。恐ろしい戦いからの疲労とその時の真剣さのせいだ。

「そうだ。やつらは逃げ去ったのだ」シェイドラックはいった。彼は安堵の息を洩らした。

「あの鬨の声で、わしはおまえたちが駆けつけてくるのを知ってうれしかった。一人でやつら全員を相手に闘い、危うく殺されるところだった」

「独力で王は全トロール軍を制圧された」矮人の一人が嗄（しゃが）れ声で述べた。

「ええ？」シェイドラックはびっくりした。それから微笑した。「それは事実だ。しばらくは一人で闘っていた。独力でトロール族を制圧した。あの憎いトロール軍をな」

「それ以上の御手柄です」矮人はいった。

「それ以上？」シェイドラックは眼をしばたたいた。

「これをごらんください。全矮人の最強の王。こちらへ、右の方です」

矮人たちはシェイドラックを導いた。

「それは何だ?」彼は最初何も見えずに呟いた。それから暗闇にじっと目を凝らした。「ここを照らす松明はないか?」

矮人は小さな松明を持ってきた。

凍てついた地面にフィニアス・ジャドが仰向けに倒れていた。その眼はうつろに宙をにらんでいる。口を半分開いていた。身じろぎもしない。身体は冷たく、固くなっていた。

「彼は死んでいます」矮人は厳粛にいった。

シェイドラックは不意の驚きをのみこんだ。冷汗がいきなり額を濡らした。「おお! わしの旧友! わしはなんということをしてしまったのだ?」

「陛下はトロール王を仕留められたのです」

シェイドラックは呆然とした。

「わしが何を?」

「陛下はトロール王、全トロール族の指導者を討ち取られたのです」

「これは前代未聞のことです」別の矮人が興奮して叫んだ。「トロール王は数世紀に亘り君臨してきました。彼の死は何人も想像だにしませんでした。これはわれらの最大の歴史的瞬間です」

全矮人は恐怖の入り交った畏敬の眼で、この物いわぬかたちを見下ろした。

「えっ、ばかをいえ!」シェイドラックは叫んだ。「これはまさしくフィニアス・ジャドだ」

そういいながらもさむけが背筋を這い上ってくる。しばらく前に彼は見たものを思い出した。

フィニアスのそばに立った時、月光がこの旧友の顔を照らした時に見たものを。「見てください」矮人の一人が身をかがめ、フィニアスの青いサージのヴェストのボタンを外した。そして上衣とヴェストを開いた。「わかりましたか?」シェイドラックは身をかがめて見た。

彼は息をつまらせた。

フィニアス・ジャドは青いサージのヴェストの下に鎖帷子(くさりかたびら)を着こんでいた。古く錆びた鉄のメッシュで、ずんぐりした身体をきつく締めている。鎖帷子の上には勲章が刻まれていたが、黒ずみ長い歳月に磨耗し、埃と錆で埋めこまれていた。ぼろぼろになり、半ば消えかけた紋章。梟の足と毒茸を交差した紋章だった。

トロール王家の紋章。

「ああ、それでもわしが殺したことに変りはない」長いこと無言のまま見下ろしていた。それからゆっくりと現実が心の中に浮かびはじめた。彼はすっくと立ち上がると微笑を浮かべた。

「どうなさいました、陛下?」矮人は甲高い声で尋ねた。

「わしはふとあることを思いついた。トロール王が死に、トロール軍も壊滅したということをふまえて考えてみた」

彼は言葉を切った。全矮人が息を殺して待っていた。

「わしは考えた。おそらくわしは——要するに、おまえたちがこれ以上わしを必要としないならば——」

矮人たちはうやうやしく耳をすました。

「どうなされました、陛下？　お続け下さい」

「もう元のガソリン・スタンドに戻り、王位を辞退することも可能だと考えた」シェイドラックは望みをかけて一同を見回した。「そうは思わないか？　戦争は終わり、敵王も死んだ。返答はどうか？」

しばらく矮人たちは沈黙していた。悲しげに地面を見つめていた。だれも口を開かなかった。やっと動きはじめると旗とペナントを集めた。

「結構です。お戻りください」矮人は静かにいった。「戦いは終わりました。トロール族は敗れ去りました。それがお望みなら、どうか元のガソリン・スタンドにお戻りください」

シェイドラックは安堵感に溢れた。彼は直立すると精一杯の笑顔を見せた。

「ありがとう！　うれしい。本当にうれしい。わが生涯で最もうれしい知らせだ」

彼はもみ手をしながら矮人たちから離れると大声でいった。

「心からありがとう」無言の矮人たちに笑顔を向けた。「さて、それでは急いで帰ることとしよう。もう夜も更けた。遅くて寒い。底冷えのする夜だ。またどこかで会おう」

矮人たちは黙ってうなずいた。

「結構、それじゃさようなら」シェイドラックは背を向けると小道を歩き出した。しばらくして立ち止まると矮人たちに手を振った。

「大変な戦いだったじゃないか？　われらはトロール族を凌いだのだ」彼は小道を急いだ。もういちど立ち止まって振り返ると手を振った。「わしが役に立ってうれしい。さあ、おやすみ！」

矮人の一人、二人が手を振り返したが、かれらは何もいわなかった。

シェイドラック・ジョーンズはゆっくりと自分の居所に向って歩いた。丘から見下ろすとハイウェイにはほとんど車も見えず、ガソリン・スタンドは荒れ果て、家はこれ以上住めそうにもなかった。それらを修覆したり、もっとよい土地を買うほどの金もなかった。

彼は踵を返すと元の所に戻ってきた。

矮人たちは夜のしじまの中にまだ残っていた。そこから動こうともしなかった。

「おまえたちがまだここにいるように祈っていた」シェイドラックはほっとしていった。

「われらもあなたの戻られるのをお待ちしていました」兵士がいった。

シェイドラックは小石を蹴った。それは堅い沈黙の群れの中にとびこんで止った。矮人たちは依然として彼を注目していた。

「待っていた？」シェイドラックは聞き返した。

「それではわしを矮人の王としてか？」

「あなたはわれらの王として留まってくださるのですね？」矮人は叫んだ。

「わしのような歳老いた者にとって生活を変えるのは大変なことだ。ガソリン売りからいきなり王様になる。しばらくはびっくり仰天した。だがもうそんなことはない」

「本当ですか？　王様になってもらえますか？」

「いかにも」シェイドラック・ジョーンズは答えた。

矮人たちの松明をかざした小さな輪がうれしげに取り巻いた。明かりの中に、かつて前王を運んできたような輿が見えた。しかしこれは人間を乗せるのに充分な広さと大きさがあった。長柄の下には自慢の肩をした十数名の兵士が待機していた。

一人の兵士が進み出て敬礼した。

「どうぞ、陛下」

シェイドラックは輿に乗った。乗り心地は歩くよりも悪かった。しかし矮人たちがどれほど彼を、その王国に案内したかったかを知ったのである。

造物主

The Infinites

「これはいかんな」クリスピン・エラー少佐はいった。彼は舷窓から眺めて眉をしかめた。

「この小惑星は水も豊富で気温も温暖、大気も地球に似て酸素と窒素との混合だが――」

「生命体は見られないな」ハリスン・ブレイク副船長はエラーのそばに来ていった。二人は見つめた。「生命体はないが理想的な状態だ。空気、水、適温。どうしていけないかね？」

かれらは眼を合わせた。宇宙船X―43Yの向こうには、小惑星の平らで不毛な大地が伸びている。X―43Y号は地球を遠く離れ、銀河系の中間まで来ていた。火星・金星・木星の三星同盟に対抗して、地球は将来の鉱石採掘権を獲得するため、銀河系のあらゆる小惑星の踏査測量に駆り立てられていた。X―43Y号は約一年間にわたり、地球の青と白の旗を宇宙のあちこちに立ててきた。三人の乗組員はすでに地球での休暇の権利を獲得していた。これまでに稼いだ金を使う唯一のチャンスである。いま小さな探査宇宙船は危険な毎日を送りながら隕石群、船体腐食バクテリア、宇宙海賊、人工小惑星のピーナッツ・サイズの帝国を避けながら、銀河系の周辺に点在する星群の中を進んでいた。

「見ろ！」エラーは怒ったように舷窓を叩いた。「生命体を育むに完全な状況だ。それなのに剝き出しの岩だけで何もない」

「偶然のなせる業(わざ)かな」ブレイクは肩をすくめていった。

「バクテリア分子が漂っていないところはないはずだ。この小惑星が肥沃でないのには何か理由があるはずだ。何かよくない予感がする」

「さて、それではどうする?」ブレイクは冷たい笑いを見せた。「きみがキャプテンだ。指示書によればクラスD以上の大きさの小惑星に遭遇したら、着陸し探査することになっている。これはクラスCだ。外に出て測量するのか、しないのか?」

エラーはためらった。「したくないね。奥深い宇宙のここからあらゆる致死因子が浮遊しているかもしれない。あるいは——」

「地球にまっすぐ戻りたくはないか。考えてもみろよ、こんなちっぽけな岩だらけの小惑星を見のがしたって分かるものか。こんなことはいいたくないが」

「そんなことはない! 安全を気にかけている。それだけだ。きみは地球帰還を煽っているのか」エラーは舷窓をじっと見た。「状況が分かりさえすれば」

「ハムスターを出して様子を見るんだ。しばらく走り回らせれば何か分かるに違いない」

「着陸したことさえ悔やんでいるよ」

ブレイクの顔が軽蔑に歪んだ。「用心深すぎるな。もう気持ちは地球へ向いているんじゃないか」

エラーは憮然として灰色の不毛の岩地と、緩やかに流れる水を見つめていた。水と岩と雲と常温。生命体にとっては完全な場所だ。しかし生命体は影すらない。岩はきれいですべすべしている。草木も地衣類もない完全な不毛の地だ。分光器は何も示さない。単細胞水生体もいなければ、銀河に散らばった無数の小惑星で出会った、おなじみの褐色の地衣類もなかった。

「分かった。それでは檻（ケージ）の一つを開けよう。シルヴィアにハムスターを出させよう」エラーは決断した。


彼は受話器を取り上げると実験室を呼んだ。足下の宇宙船の内部では、シルヴィア・シモンズが蒸留装置や実験器具に囲まれて働いている。エラーはヴィデオ・フォーンのスイッチを入れた。「シルヴィアか？」

シルヴィアの顔がスクリーンに現われた。「ええ」

「ハムスターを外に出して三十分ぐらい走り回らせるんだ。もちろん首輪と紐はつける。この小惑星については不安だ。あたりに有毒なものや放射能孔があるかもしれん。ハムスターを回収したら厳重に検査するんだ。手を抜くなよ」

「分かったわ、クリス」シルヴィアは笑った。「たぶん間もなく外に出てゆっくり手足を伸ばせるわ」

「実験結果はすぐ知らせてくれ」エラーは回路を切って、ブレイクに向き直った。「これで満足だろう。すぐにハムスターを外に出す」

ブレイクは薄笑いを浮かべた。「地球に戻れるのはおれも嬉しい。きみはキャプテンとして一回つきあえば充分だよ」

エラーはうなずいた。「十三年にわたる勤務も、きみに自制心を教えなかったのは不思議なことだ。勲章も寄越さないので拗ねているのか」

「いいか、エラー。おれはきみより十歳年上だ。きみがまだ子供の頃から勤務に就いていた。おれの眼から見ればきみはまだ生白い青二才だ。この次は——」

「クリス！」

エラーは急いで振り返った。ヴィデオ・スクリーンがまた点灯した。シルヴィアの恐怖におののく顔が映った。

「何だ？」彼は受話器を握った。「どうした？」

「クリス、檻を見て。ハムスターは全身を硬直させて伸びているわ。一匹も動かないの。何だか怖いわ——」

「ブレイク、宇宙船を発進させろ」エラーは命じた。

「何だって？」ブレイクは混乱して呟いた。「われわれは——」

「発進させるんだ！　早く！」エラーは操縦盤に飛んで行った。「ここから飛び立たねばならん！」

ブレイクはエラーに詰め寄った。「何か——」といいかけて突然言葉を切った。顔が生気を失い顎が垂れる。ゆっくりと滑らかな金属床にへたりこむと、空気の抜けた袋みたいに倒れた。エラーは呆然として見つめている。ようやくのことで彼は急いで走り操縦盤にたどり着いた。いきなり痺れるような炎が頭蓋を貫き、脳髄を灼いた。無数の光の矢が眼の奥で爆発し、眼が見えなくなった。彼はよろめきながらスイッチをつかもうとした。暗黒に引っ張られながら、指が自動発進装置に近づいた。

倒れながらそれを強く引いた。それから痺れるような暗闇に完全に呑み込まれた。床に叩きつけられても激しい衝撃を感じなかった。

宇宙船は空に飛び出し自動継電器が激しく作動した。しかし船内では誰も動かなかった。


エラーは眼を開けた。頭がずきずきする。やっと立ち上がると手すりにつかまった。ハリスン・ブレイクも意識を回復し、うめきながら立ち上がろうとした。その浅黒い顔は気味悪く黄ばみ、眼は充血し唇から泡を吹いている。クリス・エラーを見つめ、震える手で額をこすった。

「元気を出せ」エラーはブレイクを助け上げた。ブレイクは操縦席に座った。

「ありがとう」彼は頭を振った。「何が——何が起こったんだ?」

「分からん。実験室に行きシルヴィアが無事かどうか見てこよう」

「おれも行こうか?」ブレイクは呟いた。

「いや。ここに座っていてくれ。無理をするな。分かるか? 出来るだけ動くな」

ブレイクはうなずいた。エラーはおぼつかない足取りで操縦室から廊下に出た。エレベーターで階下に降りる。すぐに実験室に足を踏み入れた。

シルヴィアは仕事机のひとつに倒れ硬直して動かない。

「シルヴィア!」エラーは走り寄ると抱き起こして身体を揺すった。身体は冷たく固い。「シルヴィア!」

彼女は少し身じろぎをした。「起きろ！」エラーは補給庫から刺激剤入りチューブを取り出した。それを破ると彼女の顔のそばに持っていった。シルヴィアはうめいた。彼はまた揺すった。

「クリス？」シルヴィアは弱々しくいった。「あなたなの？　何が起こったの？　他は大丈夫かしら？」彼女は頭を持ち上げ、不安げに眼をしばたたいた。「あなたとヴィデオ・スクリーンで話していたわね。このテーブルにやって来ると、突然——」

「分かった、分かった」彼女の肩に手を置くと、眉をひそめじっと考えた。「何かあったのかもしれん。あの小惑星からの一種の放射能とかな？」彼は腕時計を見た。「しまった！」

「どうしたの？」シルヴィアは起き上がると髪を撫でつけた。「何なの、クリス？」

「われわれは二日も意識を失っていたんだ」エラーは時計を見ながらゆっくりといった。顎に手を当てると「さて、これをどう説明するか」と不精髭をこすった。

「でもわたしたちはいまのところは何ともないでしょう？」シルヴィアは壁際にある檻のハムスターを指さした。「見て——走り回っているわ」

「行こう」エラーは彼女の手を取った。「上に行って三人で会議を開こう。船内のダイアルやメーターをくまなく調べるんだ。何が起こったか知りたい」

ブレイクは顔をしかめた。「認めるよ。おれが間違っていた。着陸しなけりゃよかった」

「放射能があの小惑星の中心からくるのは明らかだ」エラーはチャートのラインを追った。

「この表示数値から放射能波が急激に起こり、すぐに消えているのが分かる。小惑星の核心から一種の波動がリズミカルに起きている」

「宇宙に逃げていなかったら、第二波にやられていたかもしれないわ」とシルヴィア。

「計器が十五時間に及ぶ波動を捉えている。明らかにあの小惑星は定期的に決まった間隔で、放射能を放出する鉱床を持っている。波長が短いのに注意。宇宙線のパターンによく似ている」

「でもわたしたちの遮蔽幕を充分通してしまうほど違うわ」

「そうだ。防ぎようがなかった」エラーはシートにもたれた。「あの小惑星に生命がなかった証明でもある。バクテリアが着陸しても、あの第一波にやられるだろう。立ち直るチャンスはない」

「クリス？」とシルヴィア。

「何だ？」

「あの放射能がわたしたちに及ぼす影響について考えている？　危険はないかしら？　それとも――」

「分からない。これを見ろ」エラーは赤で線を引いた図表を彼女に渡した。「われわれの身体の脈管系は十分に回復したが、神経組織はまだ元通りになっていない。変化が起こっている」

「どんな？」

「分からない。神経医じゃないからな。元の記録、一、二か月前に描いたテスト・パターン指標とは明らかに異なる。しかしそれが何を意味するのか途方に暮れているんだ」

「深刻なものかしら？」

「時間が経てば分かるだろう。身体の組織は連続十時間も分類できない放射能の強烈な波に晒されてきた。それが残した永久効果については語るべくもない。この瞬間は大丈夫だがね。きみはどう感じる？」

「どこも悪くないわ」シルヴィアはそういうと、舷窓を通して宇宙の暗い深淵を覗き込んだ。無数の光のかけらが小さな不動の点としてちりばめられている。「とにかく、とうとう地球に向かっているわ。故郷に戻れるのは嬉しい。すぐに内臓器官を調べてみるべきだったわね」

「少なくとも心臓は何の損傷もなく動いている。血液凝固も細胞破壊もない。それをまず心配していたが。普通にはあのタイプの強力な放射能を一定量浴びれば――」

「太陽系までどのくらいかかる？」とブレイク。

「一週間だ」

ブレイクは唇をこわばらせた。「長いな。それまで生きていたい」

「あまり身体を使わない方がいい。残りの旅程を楽に過ごし、影響を与えるものが何であれ、地球に帰れば大丈夫だという希望を持つんだ」

「実際にはそれほどのことがなくて済むと思うわ」シルヴィアはそういうとあくびをした。

「ああ、眠い」彼女はゆっくりと立ち上がると椅子を押し戻した。「休むわ。いいでしょう？」

「どうぞ。ブレイク、カードでもやらないか？　のんびりしたい。ブラックジャックはどうだ？」

「いいね」彼はジャケットのポケットからカードを取り出した。「時間がつぶせる。切ってくれ」

「よかろう」エラーはカードを取り上げ、切ってクラブの七を見せた。ブレイクはハートのジャックを引き先手を取った。

二人はそれほど身も入らず、気乗り薄にゲームを続けた。ブレイクは不機嫌で無口で、エラーが正しかったと分かってもまだ怒っている。エラーは疲れ落ち着かなかった。鎮静剤を飲んでも頭がずきずき痛む。ヘルメットを脱ぐと額をこすった。

「勝負だ」ブレイクが小声でいった。かれらの足下でジェット装置が騒音を上げ、地球へと近づきつつあった。一週間以内には太陽系に突入するだろう。地球とはもう一年以上もご無沙汰している。地球はどうだろうか？　前と変わらないだろうか？　広い海原と小さな島々を持つ大きな緑の球体。やがてニューヨーク宇宙空港に降りる。彼はサンフランシスコに行く。万事快適だ。大衆、地球人、世界に注意を向けない、あのあさはかで非常識な地球人たち。エラーはブレイクに笑顔を向けた。その笑顔はしかめ面に変わった。

ブレイクは頭を垂れていた。眼をゆっくり閉じている。彼は眠ろうとしていた。

「起きろ。どうしたんだ？」エラーは叫んだ。

ブレイクはぶつぶついって身体を起こそうとした。彼は次のカードを出した。またしても頭が低く垂れていく。

「すまん」彼はつぶやいて勝ち札を引こうと手を伸ばした。エラーはポケットをさぐり何クレジットかの現金を引っ張り出した。彼は顔を上げ話そうとした。だがブレイクはもう完全に眠りこけていた。

「驚いたな」エラーは立ち上がった。「どうも変だ」ブレイクの胸は規則正しく膨らみ凹んでいる。少しいびきをかき、大きな身体を投げ出していた。エラーは明かりを消してドアの方に歩いて行った。ブレイクはどうしたのだろう？　カードゲームの最中に眠ってしまうなんて彼らしくない。

エラーは廊下を自分の部屋に向かった。彼も疲れ眠りたかった。シャワー室に入りカラーをはずした。ジャケットを脱ぎ、湯を出した。これまでに起こったこと——突然の放射能の爆発、身体の痛いめざめ、激しい恐怖——をすべて忘れて眠れるのは嬉しい。エラーは顔を洗いはじめた。ああ、頭がじんじんする。無意識に彼は腕に水を跳ねかえしていた。

それに気づいたのはほとんど洗い終わってからだった。長いこと立ったまま、水を出しっぱなしにして、両手を黙って眺めたまま呆然としていた。

爪が消えていた。

鏡を見上げ荒い息遣いをした。いきなり髪の毛を摑むとごそっと抜ける。褐色の抜け毛の束が手に残った。髪の毛も爪も——

身体が震え落ち着かせようとした。髪と爪。放射能。もちろん放射能のせいだ。髪と爪を殺したのだ。手を調べてみた。

爪は全部失くなっていた。その跡もない。手をひっくり返し指を調べた。指先は滑らかで先細りになっている。彼は襲いくるパニックと闘い、鏡からふらふらと離れた。

はっと閃いたものがある。これは彼ひとりだけのことか？　シルヴィアはどうした！

彼はまたジャケットを着た。爪がなくとも指は不思議にも器用にすばやく動いた。何か他にも変化はあったか？　心の準備をしなければならない。彼はもう一度鏡をのぞいた。

そして吐き気を催した。

彼の頭――何が起こっているのか？　両手で頭のてっぺんを押さえた。頭がおかしくなっている。それもかなりの程度だ。眼を丸くして見つめる。もう全く毛がなかった。肩やジャケットは褐色の抜け毛で覆われている。頭は禿げ上がってピンクに光っていた。ショッキング・ピンクだ。しかもそれだけではない。

頭は膨らんでいた。丸く盛り上がりつづけている。耳は萎びていた。耳だけではない鼻もだ。鼻は見る間に細り透明になっていく。彼の身体はまたたく間に変貌しつつあった。

彼は震える手を口の中に伸ばした。歯はぐらぐらしている。引っ張ると数本の歯が簡単に抜ける。どうなっているんだ？　自分は死にかけているのか？　自分だけのことか？　ほかの二人は？

エラーは身をひるがえすと、急いで部屋を飛びだした。息をするとかすれて痛い。胸は締めつけられるようで、肋骨が空気を絞りだす。心臓は断続的に鼓動を打つ。足が弱くなっていた。立ち止まってドアにつかまる。エレベーターに乗り込んだ。突然音がする。牛の唸り声みたいだ。恐怖と苦悩に満ちたブレイクの声だった。

「そうだったのか」エレベーターで昇りながらエラーは観念した。「少なくともおれだけじゃない！」

ハリスン・ブレイクは恐怖であんぐり口を開け、彼を見た。エラーは笑いたかった。ブレイクも毛が一本もなく、頭はピンクに輝いて、かなり印象的な光景だった。その頭蓋もまた肥大しており、爪もなかった。操縦盤のそばに立ち、エラーを見てから自分の身体を振り返った。制服が縮んだ身体にぶかぶかだった。スラックスの裾もだぶついている。

「さて？」エラーが口を開いた。「この状態を抜け出せれば全く幸運だ。宇宙の放射線は人間の身体に悪戯するものだ。あそこに着陸したのは厄日だった――」

「エラー」ブレイクはかぼそい声で呼びかけた。「どうしたものだろう？　こんな格好じゃ生きていられない！　見てのとおりだ」

「分かっている」エラーは唇を噛んだ。歯がほとんどないので、いまは話すことにも不自由していた。いきなり赤ん坊に返ったみたいだった。歯もなく毛もなく、身体は刻々と絶望的になっていく。終わりはどこにあるのか？

「この姿じゃ戻れない」ブレイクはいった。「元に戻らなくては地球に帰れない。ちくしょう、エラー！　おれたちはフリークか、ミュータントか。帰れば地球人から動物並みの檻に閉じ込められるだろう。連中は――」

「やめろ」エラーは制止した。「生きているだけ幸せだ。座れ」彼は椅子を引いた。「足を切り離したいよ」

二人は腰を下ろした。ブレイクは震えながら深呼吸する。柔らかな額を何度もこすった。

「心配しているのはおれたちのことじゃない」しばらくしてエラーはいった。「問題はシルヴィアだ。彼女はひどく悩むはずだ。階下に降りて行くかどうか決めたい。そうしなければ彼女はおそらく――」

ブザーが鳴った。ヴィデオ・スクリーンに実験室の白壁、蒸留器、実験器具が棚に沿ってきれいに並んで映っている。

「クリス？」シルヴィアの細い声がした。恐怖でささくれだっている。彼女の姿は画面には見えない。明らかにカメラから外れた端に立っているのだ。

「何だ、どうしている？」エラーはスクリーンに近づいた。

「どうしたらいいの？」ヒステリックな金切り声だけ聞こえてくる。「クリス、あなたもやられたの？　見るのが怖いわ」しばらくして「やはりそうね。あなたが見えるわ――でもわたしを見ないで、わたしの姿をもう見ないで。恐ろしいわ。どうなるのかしら？」

「分からん。ブレイクはこんな姿では地球に帰りたくないといっている」

「そうよ！　とても帰れないわ！　いやよ！」

沈黙があった。「後で相談しよう」エラーはやっといった。「いまのところ手の打ちようもない。この変化は放射能の影響だ。だから一時的なものかもしれない。やがては元通りになることも考えられるし、外科手術が可能かもしれない。とにかくあまり心配しないようにしよう」

「心配しないですって？　もちろん心配などしたくはないわ。こんなつまらないことにね！

でもねクリス、考えてもごらんなさい。わたしたちはモンスターなのよ。全身毛のない怪物なのよ。毛もなければ、歯もないし、爪もないわ。頭は――」

「分かってる」エラーは顎をこわばらせた。「きみは実験室にいてくれ。ブレイクとわたしはスクリーンできみと話そう。きみは身体をわれわれに晒すことはない」

シルヴィアは深呼吸をした。「あなたのいうとおりにするわ。まだキャプテンですもの」

エラーはスクリーンから離れた。「さて、ブレイク、話す元気があるかい？」

隅にいる大きなドームのような人影がうなずくと、巨大な毛のない頭はわずかに揺れた。ブレイクの大きな身体は縮んで凹んでいた。腕はパイプみたいに細く、胸はくぼみ弱々しい。柔らかい指がテーブルを休みなく叩いている。エラーは彼をじっと見た。

「どうしたい？」ブレイクが訊いた。

「別に。きみを眺めているだけだ」

「いい眺めじゃないな、おたがいに」

「分かっている」エラーは向かい側に腰を下ろした。心臓は高鳴り息が荒かった。「可哀想なシルヴィア。おれたちよりも彼女の方がつらい」

ブレイクはうなずいた。「一番哀れだよ。彼女のいうとおりだな、エラー。おれたちはモンスターさ」彼は華奢な唇を歪めた。「地球に帰れば、殺されるか、閉じ込められてしまう。すみやかな死がよいのかもしれん。モンスター、フリーク、無毛水頭症にはな」

「水頭症ではない。頭脳は損なわれていない。それは感謝すべきことだ。まだ考えることが出来る。正常な神経だ」

「いずれにしろ、あの小惑星に生命体が存在しない理由を知った。おれたちは探査隊としては成功した。情報は得た。放射能、致命的放射能、生物組織を破壊するものだ。器官の構造や機能を変化させ、細胞成長に突然変異をもたらすんだ」

エラーは考え深げに彼を見た。「全くきみのいうとおりだよ、ブレイク」

「厳密な説明さ。現実的になろう。おれたちは激しい放射能のせいで、恐るべき癌に取り憑かれたんだ。それを直視するんだ。おれたちは人間じゃない。もはや人間じゃないんだ。おれたちは――」

「何だ?」

「分からん」ブレイクは沈黙した。

「不思議なことだ」エラーは指を憂鬱そうに調べた。いろいろとテストしたり動かしたりした。だんだんと細くなっていく。テーブルの表面を撫でてみる。皮膚が感じやすくなっている。テーブルの凸凹や、線、印まではっきりと感じられた。

「何をしているんだ?」ブレイクが尋ねた。

「どうも変だ」エラーは指をしげしげと見て調べた。視覚がぼやけつつある。すべてがぼんやりとあいまいだった。向かいにいるブレイクも見つめていた。ブレイクの眼は引っ込みはじめ、毛のない大きな頭蓋の中に潜っている。エラーは突然視覚を失おうとしていた。ゆっくりと眼が見えなくなる。彼はパニックに襲われた。

「ブレイク！　眼が見えなくなるぞ。視力と眼の筋肉の進行性の能力低下だ」

「おれもそうだ」

「どうしてだろう？　実際に視力を失いかけている！　見えなくなるのか、盲目になるのか。なぜだ？」

「退化しているんだ」ブレイクは小声でいった。

「そうかもしれん」エラーはテーブルから航海日誌と光線ペンを取り上げ、日誌のホイル用紙にできごとを記録した。急速に視野は狭まり、視覚は落ちている。しかし指は感覚が鋭くなっている。皮膚が異常反応を示す。視覚の欠落に対する補償だろうか？

「これをどう考える？　ある機能を失い、別の機能を獲得するのか」

「掌に？」ブレイクは手を調べた。「爪の欠落で指に新しい機能が生まれた」彼は制服を指でこすった。「前には不可能だった新しい機能を感じるよ」

「それでは爪の欠落は意図的なものになるじゃないか！」

「そうだろうか？」

「これはすべて指向性があるとは思えない。偶然の放射能症だ。細胞破壊も体形変化も。だけど――」エラーは光線ペンをゆっくり航海日誌に動かした。手指。新しい知覚の器官。高度な感覚。鋭い触覚反応。しかし視覚の減退……

「クリス！」シルヴィアの声は高く怯えていた。

「どうした？」彼はヴィデオ・スクリーンを振り返った。

「視覚が失われたわ。何も見えなくなったのよ」

「われわれもそうだ。心配するな」

「でも、怖いわ」

エラーがスクリーンに近づいた。「シルヴィア、いくつかの感覚を失って別の感覚が得られるはずだ。指を調べてごらん、何か気づくだろう？　何かを触ってごらん」

苦悶に満ちた間隔があった。「かなり変わった感じがするわ。前と同じじゃない」

「それが爪の抜け落ちた理由だ」

「だけどどういう意味があるの？」

エラーは膨れた頭蓋に触り、慎重に滑らかな皮膚に指を走らせた。いきなり拳を固めると息を詰めた。「シルヴィア！　X線装置を動かせるか？　実験室を歩き回れるか？」

「ええ、大丈夫よ」

「それではX線プレートが欲しい。すぐ作ってくれ。できたらすぐ知らせてくれ」

「X線プレート？　どうするの？」

「きみの頭蓋を撮るんだ。頭脳がどれほどの変化をしたか見たいんだ。特に大脳を。だんだんと分かってきたようだ」

「何が？」

「プレートを見てから話す」エラーの薄い唇に微かな笑いが浮かんだ。「わたしの考えが正しければ、いま起こっていることに、われわれはとんでもない誤解をしていたんだ！」

長いことエラーはヴィデオ・スクリーンに縁どられたX線プレートを見つめていた。頭蓋の線はぼんやりと見分けられる。薄れ行く視力で確認しようと懸命になっていた。プレートはシルヴィアの手の中で震えていた。

「あなたには見えるの?」彼女は小声でいった。

「大丈夫だ。ブレイク、出来るならこれを見てくれ」

ブレイクはにじり寄ると、椅子の端で身体を支えた。「なんだい?」彼はプレートを見つめ、眼をしばたたいた。「よく見えない」

「頭脳が非常に変化している。ここが肥大しているのを見ろよ」エラーは前頭葉を指した。「ここだ。驚くべき成長だ。脳回(大脳表面の凹凸)が大きくなっている。前頭葉から奇妙なふくらみが出ている。一種の突起だな。これは何だと考える?」

「分からん。その部分は思考の高度処理に関係しているのではないか?」

「最も発達した知覚機能がそこに位置しているんだ。そこが成長したんだな」エラーはスクリーンからゆっくりと離れた。

「それをどう考えているの?」シルヴィアの声がした。

「仮説を持っている。間違っているかもしれないがこれにぴったりくるんだ。爪が剥がれたのを見た時、まずそれを考えた」

「どんな仮説なの?」

エラーは操縦席に座った。「脚を崩した方がいい、ブレイク。心臓がそれほど丈夫だとは考えられない。体重は減りつつある。だからいずれは――」

「仮説とは何なんだ？」ブレイクがにじり寄った。鳥のような薄い胸が上下している。彼はエラーにじっと眼を凝らした。「それは何なんだ？」

「おれたちは進化しているんだ。あの小惑星の放射能は癌みたいに細胞の成長を早めた。しかし意図がないわけはない。この変化には目的と指向性があるんだ、ブレイク。おれたちは急激に変化している。数世紀を数秒で進んでいるんだ」

ブレイクは彼を見つめた。

「それは事実だ。確信している。大きくなった頭、弱くなった視力、毛や歯の欠落。手先の器用さと触感の増大。肉体的には大分失われたが精神的にはかなり向上した。知覚力、概念の受容能力は大いに発達している。精神は未来に進んでいる。進化しているんだ」

「進化している！」ブレイクはゆっくりと座った。「それは本当か？」

「確かだ。もちろんまたX線で撮影してみる。体内器官、腎臓や胃の変化を見るのは心配だ。失われた部分を想像すると――」

「進化したのだ！　しかしその進化は偶然の外的ストレスの結果ではないことを意味している。競争と闘争。目的も方向性もない適者生存。あらゆる有機体が内部に進化の経路を持っていることをそれは暗示している。その時進化は目標を持ち、偶然に左右されない目的論になる」

エラーはうなずいた。「おれたちの進化は、はっきりしたラインに添った内部成長や変化以上のように思える。でたらめなものでないことは確かだが。その指向性が何かは興味があるな」

「これはいままでにない新しい光を投げかけるよ。そうすればおれたちはモンスターじゃない。おれたちは――むしろ人類の未来の姿だ」

エラーは彼を見つめた。ブレイクの声には奇妙な気高さがあった。「そういうだろうと思ったよ。いまのところ地球ではフリークとしか思われないだろうがね」

「それは間違っている。でもおれたちを見ればフリークといいたくなるよ。しかしフリークなんかじゃない。もう数百万年すれば、人類の末裔はおれたちに追いつくよ。おれたちは時代の先を進んでいるんだ」

エラーはブレイクの膨れ上がった頭に眼を凝らした。ぼんやりとだが外郭は分かる。すでに煌々(こうこう)たる明かりの操縦室もほとんど暗く見えた。視力がほとんどなかった。彼が見分けられるのは、ぼんやりとした影だけだった。

「未来の人間か。モンスターではなく明日の世界から来た人間。これは確かに新しい光を与えるかも知れない」ブレイクは神経質に笑った。「しかしすぐに自分の新しい姿が恥ずかしくなる。だがいまは――」

「だがいまは何だい？」

「いまは確信できない」

「どういう意味だい？」

ブレイクは答えなかった。彼はテーブルにつかまりながらゆっくりと立ち上がった。

「どこに行くんだ？」

ブレイクは苦痛をこらえて操縦室を横切り、手探りでドアに向かった。「このことをよく考えたい。考えるに値する驚くべき新要素だ。エラー、きみの意見に賛成だ。正論だ。おれたちは進化している。知覚機能は非常に改善された。もちろん肉体機能はかなり低下している。それは予期されたことだ。おれたちはよく考えれば勝利者なんだ」ブレイクは大頭にそっと触れた。「そう、長い道のりの中で獲得できるものだ。これを偉大なる日として振り返ることだろうな、エラー。おれたちの人生の偉大なる日だ。きみの仮説は正しいよ。この進化が続けば概念形成能力にも変化が感じられるよ。形態機能は飛躍的に向上する。その関連性を直感的に理解できるし――」

「待て！　どこに行くんだ？　答えろ。おれはまだこの宇宙船のキャプテンだ」

「どこにいくかって？　自分の部屋だ。休みたい。この身体じゃかなり不自由だ。車椅子を作る必要があるし、人工肺や人工心臓のような器官もいるかもしれない。肺や脈管組織は長持ちしない。寿命も疑いなく縮まる。後で会おう、エラー少佐。会うという言葉は使うべきではないかな」彼は微笑した。「もう眼が見えないだろう」彼は手を上げた。「これが視覚に変わろう」彼は頭蓋に触れた。「これが多くの代理を務めるさ」

彼は姿を消し背後でドアが閉まった。手探りで慎重な弱々しい足取りで、ゆっくりと廊下を歩いて行くのが聞こえた。

エラーはヴィデオ・スクリーンに近寄った。「シルヴィア！　聞こえるか？　われわれの会話を聞いたか？」

「ええ」

「それでは何が起こったか分かったな」

「ええ、分かったわ、クリス。わたしはもうほとんど盲目だわ。何も見えないのよ」

エラーはしかめ面をして、シルヴィアの涼しく光る瞳を思い出した。「すまない、シルヴィア。こんなことになろうとは思わなかった。元に戻りたい。何の役にも立たなかった」

「ブレイクは役に立つと考えているわ」

「なあ、シルヴィア。出来ればこの操縦室に来てくれないか。ブレイクが心配だ。ここにわたしといてくれないか」

「心配？　どうして？」

「彼は何か考えている。ただの休養で部屋に帰ったのじゃない。ここでわたしと善後策を検討しよう。数分前には地球に帰るべきだといったが、いまわたしは心変わりしている」

「どうして？　ブレイクのせいで？　ブレイクにはブレイクの考えがあるとは思わないの――」

「きみがここに来たらそれを話したい。手探りで来ればいい。ブレイクはそうしたから、おそらくきみも出来るだろう。結局は地球に帰れないと思うよ。きみにその理由を話しておきたい」

「できるだけ早くそこに行きたいんだけど。しばらく我慢してね。わたしを見ないでね。こんな姿を見られたくないのよ」

「見ないよ。きみがここに来るまでに、もう完全に眼が見えなくなっているよ」

シルヴィアは操縦席に座った。彼女は実験室のロッカーから宇宙服を出して着ていた。それで身体はプラスティックとメタルのスーツで覆われていた。エラーは彼女が息を整えるのを待った。

「それで」シルヴィアは促した。

「まずやることは船内の武器を集めることだ。ブレイクが戻ってきたら、われわれは地球に戻らないことをはっきり告げる。彼は怒りトラブルを起こす可能性が大きい。わたしが間違っていなければ、彼はこの変化の意味するところを理解しはじめたので、強く地球帰還を主張するだろう」

「あなたは戻りたくないの?」

「その気はない」エラーは首を振った。「地球には帰るべきでないよ。危険だ。きみにもその危険性は分かっているだろう」

「ブレイクは新しい可能性に取り憑かれているのよ」シルヴィアは考え深げにいった。「わたしたちは他の人類より進んでいるわ。数百万年もね。この瞬間も刻々と。頭脳も、思考力も、他の地球人とは比べものにならないわ」

「ブレイクは普通の人間としてでなく、未来人として地球に帰りたいんだ。他の地球人とは天才と白痴の関係にあるのが分かるだろう。この変化が続くなら、われわれは地球人を他の動物、霊長類並みに見下すことになるな」

二人とも沈黙した。

「地球に戻れば人類は動物としか思えないよ」エラーは繰り返した。「この状況下では当然人類を助けることになるだろう？　結局のところわれわれは数百万年先の未来人なんだ。人類が望むならかれらを指導し、計画を立てて大きな貢献が出来る」

「人類が反抗するなら支配することも出来るわ。すべてはわたしたちの意のままよ。いうまでもないわ。あなたが正しいわ、エラー。地球に帰れば、わたしたちはすぐに人類を軽蔑する自分たちに気づくわ。かれらを指導し生き方を教えたいと思うけど、人類がそれを望むかどうかはわからない。そうね、強い誘惑ではあるけど」

エラーは立ち上がった。彼は武器庫に行き開けた。慎重に頑丈なボリス・ガンを取り出しひとつずつテーブルに置いた。

「まずこれを破壊する。その後、わたしときみでブレイクが操縦室から離れているのを確認する。われわれをバリケードで囲む必要があればそうする。宇宙船のルートはわたしが考えよう。太陽系から離れた遠境の星を目指す。それが唯一の方法だ」

彼はボリス・ガンを分解し、発射装置を外した。ひとつずつ装置を破壊し、足で踏みにじった。

物音がした。二人は振り返り、緊張して眼を凝らした。

「ブレイク！　きみなんだな。もう見えないが、しかし――」

「そのとおりだ」ブレイクの声がした。「おれたちはみんな盲目か、それに近い。それでボリス・ガンを破壊したのだな！　地球に戻れないのではないか心配しているぞ」

「部屋に帰れ。おれがキャプテンだ。おまえに命令するが――」

ブレイクは笑った。「おれに命令だと？　もうほとんど見えないようだな、エラー。だがこれは見えるだろう！」

ブレイクのまわりから何かが立ち上った。青白い雲のようなものだった。その雲が自分の周囲を取り巻いたので、エラーは息をのみ竦んだ。自分が溶けて無数の細片に分解し、飛び散り漂っているように思えた。

ブレイクはその雲を手に持つ小さなディスクに吸い込ませた。「おれが放射能を最初に浴びたのを憶えているだろう。二人よりほんの少し早かった。それで充分だ。とにかくボリス・ガンは、おれの武器に比べて何の役にも立たない。いいか、この宇宙船全体が百万年遅れているんだ。おれの持っているのは――」

「どこで手に入れた、そのディスクを？」

「どこからでもない。自分で作ったんだ。きみがこの船を地球から遠ざけようとしているのを知ってすぐにな。すぐにきみたちも新しい武器を作るだろう。しかしいまは少しだけ遅れをとっているんだ」

エラーとシルヴィアは息遣いが激しくなった。エラーは船体の手すりに寄りかかった。疲れ果て心臓も高鳴る。彼はブレイクの手のディスクを見つめた。

「地球帰還は変わらない」ブレイクは続けた「行先の変更はさせないからな。ニューヨーク宇宙空港に着くまでにはきみの考えも変わるだろう。おれの進化に追いついた時に、きみも同じことに気づくはずだ。帰らなければならないんだ、エラー。それが人類への義務だ」

「われわれの義務だって?」

ブレイクの声には微かに嘲りの色が浮かんだ。「もちろんだ! 人類はおれたちを必要としている。かなりな。地球のために出来ることは沢山ある。きみの考えもいくらか分かる。全部ではないがその計画を知れば充分だ。伝達の手段としての会話を失いはじめて、きみもそれが分かるはずだ。おれたちはまもなくそれに頼り——」

「もしわれわれの心が読めるなら、地球に戻らない理由も分かるはずだ」とエラー。

「きみの考えていることは分かるが間違っている。地球のために帰るんだ」ブレイクは静かに笑った。「地球人のためにすることが山ほどある。地球の科学はおれたちの手で変える。人類もまた変わるだろう。地球を再生し強力にするんだ。いまの三頭政治支配体制は、新たな地球、おれたちの作る地球の前に無力になる。おれたち三人は人類を改良し向上させ、全銀河系に飛び出させるんだ。人類はおれたちが型を作る素材となるんだ。地球人は至るところに入植する。ただの岩塊の星ではなくて、銀河系のすべての星にだ。地球を強くするんだ。地球による全宇宙支配だ」

「それがきみの考えか。もし地球人がわれわれと歩調を合わそうとしなかったら? その時はどうするんだ?」

「理解しないこともありうる」ブレイクは認めた。「結局、おれたちがかれらより数百万年進んでいることを認めさせるしかない。かれらはずっと遅れている。多くの場合、命令の目的を理解出来ないだろう。しかしかれらが意味を理解しなくとも、命令は守らせる。きみは船団を指揮したので、それを知っているな。おれたちの地球のためなのだ。そのためには――」

エラーは跳びかかった。しかし華奢で脆い身体がそれを裏切った。激しく盲目的にブレイクに手を伸ばしたが足りなかった。ブレイクは悪態をつき退った。

「ばかめ！　貴様なんか――」

ディスクがきらめき、青い雲がエラーの顔に飛んだ。彼は一方によろめき手を上げた。いきなり倒れ、金属床にぶつかった。シルヴィアはどたどた歩いてブレイクの方に向かって行った。重い宇宙服なので遅くぎこちなかった。ブレイクは彼女を振り返りディスクを振り上げた。もうひとつの雲が起こり、シルヴィアは悲鳴を上げた。雲は彼女を呑み尽くした。

「ブレイク！」エラーは立ち上がろうともがいた。シルヴィアのぎこちない姿はよろめき倒れる。エラーはブレイクの腕をつかんだ。二つの姿が前後に揺れる。ブレイクは逃れようとした。突然エラーの力が尽きた。彼は滑って後ろに倒れ、金属床に頭を打ちつける。そばにはシルヴィアが声もなくぐったりと横たわっていた。

「おれから離れろ」ブレイクはディスクを振りまわしてわめいた。「彼女と同じ目に遭わせるぞ。分かったか？」

「彼女を殺したのか」エラーは金切り声を上げた。

「それはおまえのせいだ。争えばどうなるかわかったろう？　おれから離れるんだ！　近づいたらまた雲をお見舞いするぞ。そうすればおまえは一巻の終わりだ」

エラーは動かなかった。彼は身動きもしないシルヴィアを見つめていた。

「そうだ」ブレイクの声はまるで遠くの方から聞こえてくるようだった。「いいか、おれたちは地球に向かう。おれが実験室で仕事をしている間、おまえはこの船を操縦するのだ。おれにはおまえの考えが読める、コースを変えようとすればすぐ分かるんだ。彼女のことを忘れるなよ！　まだおれたち二人は残っている。やらなければならないことは山ほどあるんだ。数日中に太陽系に入る。やることは多いが、まず」ブレイクの声は実に冷静だった。「起きられるか？」

エラーは船側の手すりにつかまって、ゆっくりと身体を起こした。

「よしよし。おれたちは万事を慎重にうまくやらなければならない。まず地球人との接触が難しい。その準備が必要だ。必要な器具を作る時間はまだある。後でおまえの進化がおれに追いついた時に一緒に必要なものを作ろう」

エラーは彼を見つめた。「きみに従えというのか？」エラーは床のシルヴィアに眼を移した。静かに動かない彼女に。「本気でそう思うのか？」

「まあまあ、エラー」ブレイクは苛立たしげにいった。「あんたには驚くよ。新しい立場から物事を見ることだな。あまり自分の考えに没頭していると――」

「それでこれが人類を扱う方法か！　これがかれらを救う手段か。こんなやり方が！」

「もっと現実的になるんだな」ブレイクは静かにいった。「未来人としてそれを理解するんだ――」

「おれがそんなことをすると本気で思っているのか?」

二人の男は睨み合った。

ゆっくりと疑惑の影がブレイクの顔をかすめた。「やらなくてはならん、エラー! 新しい方法で物事を考えるのはおれたちの義務だ。おまえもそうだ」彼は眉をひそめるとディスクを少し持ち上げた。「よくもそんな疑いが抱けるな?」

エラーは答えなかった。

「おそらくきみはおれに恨みを抱いているだろうな。きみの見方はこのできごとで曇るだろう。たぶん……」ディスクが動いた。「いずれにしろおれは今後の計画を実現するために、できるだけ早く自分を適応させる必要がある。おれに協力してくれないのなら、きみ抜きでやるしかない」指でしっかりディスクを握った。「力を貸さないのなら独力でやるまでだ、エラー。その方がよいかもしれん。遅かれ早かれその時が来る。それはおれにとっては好都合で――」

ブレイクは悲鳴を上げた。

壁から巨大な透明体が極めてゆっくりと操縦室に入り込んできた。その背後からもうひとつ、またひとつ、とうとう五つになった。それらは微かに波動し、内部からぼんやりと輝いている。みんな同じで特徴がない。

操縦室の中央に留まり、床から少し浮かんで漂い、何かを待つように音もなく静かに波動している。

エラーはそれを見つめた。ブレイクはディスクを下げ、驚いて口を開けたまま蒼白になり、緊張して立っている。いきなりエラーは冷たい恐怖が全身を走り抜けるのを感じた。彼にはそのものは全く見えなかった。完全に盲目状態だった。しかし新たな方法、新しい知覚手段でそれを感じる。それを理解しようとし神経を配った。やがて突然彼は理解した。それがはっきりとした姿形を持たない理由を知った。

それは純粋なエネルギーだった。

ブレイクは気を鎮めわれに返った。「何だ――」彼は口ごもりディスクを振った。「何者だ――」ある思考が閃きブレイクを遮った。その思考はエラーの心を激しく鋭く貫いた。冷たい非人間的思考で超然とし、そっけないものだった。

『まず女だ』

その幻影の二つはエラーのそばに静かに横たわったシルヴィアの動かない身体に近づいた。彼女の上に来て、僅かな距離を置くと輝き波動する。それから輝くコロナの一部が飛び出し、彼女の身体に突進し、ちらちらする炎を浴びせた。

『それで充分だ』しばらくしてもうひとつの思考が示唆した。コロナは引っ込んだ。『さあ、あとは武器を持ったやつだ』

幻影はブレイクに近づいた。ブレイクは背後のドアの方に退く。その縮んだ身体が恐怖で慄いた。「おまえは何だ?」彼はディスクを振り上げ問い質した。「何者だ? どこから来た?」

幻影は迫って来た。

「来るな！　向こうへいけ！　さもないと——」ブレイクは叫んだ。

彼はディスクを掲げた。青い雲が幻影を襲った。幻影は一瞬振動すると、その雲を吸収した。

それからまた近づく。ブレイクの顎が垂れる。彼は慌てて廊下に出た。よろめき倒れかける。

幻影は戸口でためらった。やがてそばに来たもうひとつの幻影と合流した。

光の球が最初の幻影を離れブレイクに向かった。それが彼を覆った。光はまたたいて消える。

ブレイクが立っていたところには何もなくなっていた。跡形もなかった。

『運が悪かったな』幻影の思考が聞こえた。『しかし当然だ。女は甦ったか？』

『ああ』

『それはよかった』

「おまえたちは何者だ？」エラーは尋ねた。「いったい何なんだ？　シルヴィアは助かったのか？　生きているのか？」

『女は無事だ』幻影はエラーに近づいてまわりを取り巻いた。『女が傷を負う前に間に入るべきだったろうが、武器を持った男が自制心を取り戻すまで待ちたかったのだ』

「それでは何が起こっているのか知っていたのか？」

『すっかり見ていた』

「何ものだ？　どこから——どこから来たのだ？」

『ここにいたのだ』

「ここに?」

『宇宙船にだ。最初からここにいたのだ。放射能を浴びたのはわれわれが最初だ。ブレイクは間違っている。彼より先に変化ははじまっていた。その上われわれはもっと先行していた。きみらの種族はあまり進化してない。頭蓋が数インチ膨らみ毛がなくなったくらいだ。現実にはそれほどの進化ではない。ところがわれわれの種族はそれどころではない』

「きみたちの種族だって? 最初に放射能を浴びた?」エラーは新たな認識で周囲を見つめた。「それではきみたちは――」

『そうだ』静かで断固とした思考が答えた。『そのとおりだ。われわれは実験室のハムスターだ。実験のために連れて来られた動物だ』その思考にはユーモアの響きがあった。『しかしながら、われわれはきみたちに対抗するものがなかった。実をいえばきみらの種族にはあまり興味がない。いずれの点でもな。しかし多少の借りはある。われわれの未来に手をさしのべてくれた。われわれの運命を数分間で五千万年後に変えてくれたのだ。そのことには感謝している。そのお礼はもう済んだ。女は無事だ。ブレイクは死んだ。きみらの星に戻ることが認められた』

「地球へ?」エラーは口ごもった。「しかし――」

『ここを去る前にもうひとつすることがある。われわれはその問題を討議した。そしてこのことについては完全な意見の一致をみた。結局きみらの種族は時の自然の流れの中で正当な地位を獲得するだろう。あまり急ぐことは価値がない。きみらの種族のためにも、きみたち二人のためにもな。われわれは去る前に最後のことをしたい。きみたちも分かってくれるだろう』

最初の幻影からすばやく炎の球が生まれた。それはエラーのまわりを漂い、彼に触れるとシルヴィアに移った。『それはきみたちにとって願ってもないことだ』思考がささやいた。『疑うなかれ』

二人は黙って舷窓の外を見つめた。船腹から最初の光の球が飛び出し、虚空に煌めいた。

「見て！」シルヴィアが叫んだ。

光の球は速度を増した。宇宙船から飛び出した光の球は信じられない速度で動いた。次の光球が船腹から離れ、最初の光球に続いて宇宙に飛び出した。

その後に第三の光球、第四、最後に五番目が。ひとつずつ光球は虚空に突進し、宇宙の深淵に消えた。

それらがすべて消えると、シルヴィアはエラーのそばに寄った。その眼は輝いていた。「かれらのいうとおりね。でもどこへ行くのかしら？」

「想像もつかないな。おそらく長い道のりだ。この銀河系のどこかではないだろう。もっと遠いところだ」エラーはいきなり手を伸ばすと、シルヴィアの黒褐色の髪に触れた。彼は微笑んだ。「きみの髪は本当に見ごたえがある。全宇宙で最も美しい髪だ」

シルヴィアは笑った。「いまのわたしたちにはどんな髪だって美しく見えるわ」微笑する彼女の赤い唇は暖かかった。「あなただってよ、クリス」

エラーは彼女を長いこと見つめていた。「かれらの言葉は正しかった」彼は最後にいった。

「正しいですって？」

「そう、願ってもないことだ」エラーはうなずいてそばにいる彼女を見下ろした。その髪を、黒い眼を、あたりまえのしなやかで優美な肉体を。「申し分ない――確かにかれらの処置は間違っていなかった」

根気のよい蛙

The Indefatigable Frog

「ゼノンは世界で最初の偉大な科学者だった」ハーディ教授は教室内をいかめしい顔で見回しながら述べた。「その一例として、蛙と井戸のパラドックスを取り上げてみよう。ゼノンが証明したように、蛙は永久に井戸の縁には到達しない。ジャンプするごとに前のジャンプの半分の高さの半分しか跳べないから、わずかであるが厳然たる差がいつも彼の跳躍には残るのである」

午後の物理学の3Aクラスは、ハーディ教授の謎めいた話に頭をひねり、静かだった。その時、教室のうしろの方で、一本の手がゆっくりと上った。

ハーディ教授は信じられぬ面持でその手を眺めた。「ええと、何だね、ピットナー君?」

「論理学では、その蛙は井戸の縁に達すると教わっています。グロート教授によれば――」

「蛙は到達しない!」

「グロート教授はできるといわれています」

ハーディ教授は腕を組んだ。

「このクラスでは、蛙は絶対に井戸の縁には達しないといっておく。わたしは自分でその証拠を調べた。蛙はいつもわずかな差を保っていることに納得している。例えば、もし蛙が跳び上れば――」

終業のベルが鳴った。

学生たちは一斉に立ち上がると、ドアの方に退去しはじめた。ハーディ教授はかれらを見送った。授業は途中で終わりになってしまった。彼は不満そうに顎を掻き、利口そうだがうつろな顔をした男女学生の群れに眉をひそめた。

最後の一人が出て行ってしまうと、ハーディ教授はパイプを取り上げ、教室を出て廊下を歩いて行った。彼は左右をためつすがめつ見る。まちがいない。それほど遠からぬ所にグロート教授がいた。彼は水飲み場のそばに立ち、顎のしずくを拭っている。

「グロート!」ハーディは呼んだ。「ちょっときてくれ!」

グロート教授は眼を上げるとぱちぱちさせた。

「何だい?」

「あのな」ハーディ教授は大股で彼に近づいた。「よくもあつかましくゼノンのことを教える気になったな。彼は科学者だぞ。その業績はわたしの教える分野のことだ。きみではない。ゼノンのことはわたしに任せろ!」

「ゼノンは哲学者だ」グロートは憤然としてハーディを見上げた。「きみが何を考えているかはわかっている。蛙と井戸のパラドックスだろう。いっておくが、ハーディ、蛙は簡単に井戸から出られるんだ。きみは学生にまちがったことを教えている。論理学はわたしの専門だ」

「論理学だと、へっ!」ハーディは鼻を鳴らし、眼を輝かせた。「古くさい、かびの生えた学問だ。蛙が永遠の檻の中で、永久に囚われの身となっていることは自明の理だ。絶対に逃げられるものか！」

「蛙は逃げられるさ」

「逃げられん！」

「授業はもう済んだかね？」穏やかな声が聞こえた。

二人は慌てて振り返った。背後に学部長が柔和な笑顔を浮かべて立っていた。

「終わったのなら、すまんがわたしの部屋にきてもらえんかね？」彼はドアの方に顎をしゃくった。「手間は取らせない」

グロートとハーディは顔を見合せた。

「だからいわんことじゃない」学部長室に入りながら、ハーディが耳打ちした。「きみのおかげでまた面倒なことになった」

「きみがはじめたことだろう——きみと蛙が！」

「坐りたまえ、二人とも」学部長は堅い背の椅子を指差した。「楽にしたまえ。忙しいところをすまないが、ぜひとも訊いておきたいことがある」彼は気むずかしげに二人をじっと見た。

「いまの議論の原因は何か聞かしてもらえるかね？」

「ゼノンです」グロートは小声でいった。

「ゼノン？」

「蛙と井戸のパラドックスです」

「ふむ」学部長はうなずいた。「なるほど。蛙と井戸ねえ。二千年前の命題だな。いにしえのパズルだ。二人ともいい歳をして廊下の真中でそんなことで口論とは――」

「問題は」としばらくしてハーディが沈黙を破った。「だれもその実験をやったことがないことです。パラドックスは純粋に抽象的概念です」

「それで二人してまず蛙を井戸の中に入れて、実際にどうなるか見届けるわけだね」

「蛙はパラドックスの条件通りには跳ばないでしょう」

「その時はきみたちの手で跳ばすようにすれば、結果がわかるではないか。その実験装置を作るのに、二週間の猶予を与えよう。そしてこのいまいましいパズルの正解を出してくれたまえ。毎月毎月論争を蒸し返されるのはごめんだ。きっぱりと決着をつけて欲しいね」

ハーディもグロートもぐうの音も出ない。

「では、グロート」ハーディがやっといった。

「やってみようではないか」

「網が要るな」とグロート。

「網と壺だ」ハーディはため息をついた。「できるだけ早く取りかかろう」

それは「蛙部屋（フロッグ・チャンバー）」と呼ばれるものが設けられるほどかなりのプロジェクトとなった。大学当局は二人に地下室の大部分を貸し与えた。グロートとハーディは直ちに部品や資材を地下室に運びこみ、仕事にかかった。その噂はすぐに学内に広まった。科学専攻の学生の大部分はハーディ側についた。かれらは失敗クラブを作り、蛙の努力も無駄だと宣伝した。哲学と美術学部は成功クラブを作ろうと気勢を上げたが、まだ成果は挙がっていなかった。

グロートとハーディはそのプロジェクトに熱心に働いた。二週間が残り少なくなると二人ともクラスにだんだんと顔を見せなくなった。蛙部屋は次第に長く伸びていき、それは地下室の長さだけある下水管に似てきた。その一端はワイヤとチューブの迷路の中に消え、もう一端にはドアがついていた。

ある日、グロートが地下に降りて行くと、そこにはもうハーディがいてチューブの中を覗きこんでいた。

「おい」グロートはいった。「二人がいる時に限って手を触れてもよい約束だぞ」

「中を覗きこんでいるだけだ。暗いな、あの中は」ハーディは笑った。「蛙に見えるようにしてもらいたいな」

「ああ、どうせ一方通行さ」

ハーディはパイプに火をつけた。「サンプルの蛙を試してみないかい？　何が起こるか見たくてうずうずしているんだ」

「そいつは時期尚早だ」ハーディが壺を探しているのを、グロートはいらいらしながら見つめていた。「もう少し待った方がいいんじゃないか？」

「真実を見極めようじゃないか？　さあ、手を貸してくれ」

その時いきなりドアのきしる音がした。二人が見上げると、学生のピットナーがそこに立ち、好奇心満々で長い蛙部屋を見つめている。

「何か用か？」ハーディはいった。「われわれは忙しいんだ」

「実験をやろうとしているんですね?」ピットナーは部屋に入ってきた。「コイルやリレーはみんな何のためですか?」

「それは非常に単純なことだ」グロートがいった。「わたしが一人で作ったのだ。この端に――」

「わたしが説明してやろう」ハーディがいった。「きみでは彼を混乱させるだけだ。われわれは最初の試験的蛙を跳ばせようとしているところだ。見たければ、ここにいても差支えない」彼は壺を開けると濡れた蛙を取り出した。「見ての通り、この大きなチューブには入口と出口がある。蛙は入口から入って行く。チューブの中を見ているんだ。いいか」

ピットナーはチューブの開かれた端を覗きこんだ。長く暗いトンネルだった。「あの線は何ですか?」

「測定線だ。グロート、はじめてくれ」

装置は動きだし静かな音を立てた。ハーディは持った蛙をチューブの中に落しこんだ。メタル・ドアを閉め、開かないようにした。

「さあ蛙はもう出てこられないぞ」

「どのくらい大きい蛙を使おうと思っていたんですか?」ピットナーはいった。「大人でも入れるくらいですよ」

「まずは見てくれ」ハーディはガスのコックを捻った。「チューブのこちらの端を暖ためるのだ。そうすれば熱で蛙は跳び上る。それを窓ごしに見るのだ」

かれらはチューブの中を見た。蛙はちょこんと静かに坐って、上方を悲しげに見ている。

「跳べ！　このバカ蛙」ハーディはそういってガスを強くした。

「そんなに強くするな、気ちがい！」グロートは叫んだ。「やつをシチューにする気か？」

「見て下さい！」ピットナーは叫んだ。「跳びますよ」

蛙は跳んだ。「管底からだんだんと熱が伝わっていったのだ」ハーディは説明した。「そこから脱出しようと跳び続けるはずだ。動きから眼をはなすな」

いきなりピットナーはびっくりするような音を立てた。「ちくしょう、ハーディ先生、蛙は縮んじゃいましたよ。元の大きさの半分しかない」

ハーディは晴れやいだ顔をした。

「これは奇跡だ。チューブの一方の端が力場になっている。蛙は熱さでやむなくその方向へ跳び続けた。力場の効果で、接近するにつれ動物の組織細胞が収縮するんだ。蛙は遠くに行けば行くほど小さくなる」

「どうしてそんなことを？」

「蛙の跳躍幅をせばめていく唯一の方法だ。跳べば跳ぶほど身体は縮まり、跳躍に比例して幅もせばまっている。調整してあるので、その縮小条件はゼノンのパラドックスと全く同じだ」

「最後はどこで終わりますか？」

「それだ」ハーディがいった。「それがわれわれに与えられた問題だ。チューブの向う端には光子ビームがある。そこまで行けたら、蛙はそこを越えることになる。そこに着いたら、蛙は力場を遮断することになるからな」

「行き着けるよ」グロートは小声でいった。

「いや。蛙はだんだんと小さくなり、跳ぶ距離も短くなる。蛙にとってはチューブはどこまでもどこまでも果てしなく長くなる。従ってそこまで行き着けない」

二人は目をむいて睨み合った。

「そう決ったわけではない」グロートはいった。

かれらは窓を通してチューブの中を覗いた。蛙はかなり離れたところまできていた。蛙の姿は全く見えにくくなっていた。蠅と同じくらいの小さな点となり、チューブに沿ってのろのろ動いていた。それは更に小さくなり、ピンの穴ぐらいになり、やがて消えた。

「へえっ」ピットナーは思わず声をあげた。

「ピットナー、席を外してくれ」ハーディはいった。彼は両手をこすり合せた。「グロートとわたしはこれから話したいことがあるんだ」

学生が出て行くと、彼はドアに錠をかけた。

「さあこれでいい」グロートはいった。「このチューブはきみが設計したものだ。蛙はどうなった?」

「そう、蛙はまだ跳び続けているよ。素粒子の世界のどこかをね」

「きみはペテン師だ。そのチューブ沿いのどこかで、蛙はひどい目に遭っているよ」

「さあね」ハーディはいった。「本気でそう考えるなら、一人でチューブを調べてみたらどうだ」

「やってみるさ。落し穴が見つかるかも知れん」

「勝手にしろ」ハーディはにやにやしながらいった。彼はガスを止めると、大きなメタル・ドアを開けた。

「懐中電灯を貸してくれ」グロートがいった。

ハーディが手渡すと、グロートはぶつぶついいながらチューブの中にもぐりこんだ。彼の声がうつろに聞こえた。

「もう一杯くわされんぞ」

ハーディは彼が消えて行くのを見守っていた。それから身をかがめ、チューブの奥を覗きこんだ。グロートは途中まで降り、ぜいぜいといいながらもがいていた。

「どうしたんだ?」ハーディは訊いた。

「窮屈すぎる……」

「ふん?」ハーディの顔が笑み崩れた。口にくわえたパイプを取るとテーブルに置いた。

「まあ、何とかなるだろう」

彼はメタル・ドアをパタンと閉めた。そして急いでチューブの向う端に回りスイッチを捻った。チューブ内に明かりがつき、リレーがカチカチ鳴って始動した。

ハーディは腕を組んだ。「さあ、跳んでごらん、わたしの可愛いいい蛙ちゃん」彼はいった。

「全力をつくして跳ぶんだ」

彼はガス・コックの方に行き、それを捻った。

あたりは非常に暗かった。グロートは身動きもせず、長いこと横になっていた。心の中はあれこれ浮かぶ考えでいっぱいになった。ハーディはどうしたろう？　彼は何を企んでいるのか？　やっと肘で身体を起こした。頭がチューブの天井にぶつかった。

チューブは暖かくなりはじめた。

「ハーディ！」自分の声は反響して、大きく、狼狽して聞こえた。「ドアを開けろ。何をしているんだ？」

彼はドアの方に行こうとして、チューブの中で向きを変えようとしたが、少しも身体が利かない。前進するしかなかった。彼は小さな声でぶつぶついいながら這って行った。

「待っていろよ。ハーディ。きみのこともきみの冗談も、きみの意図していることも何も知らなかった――」

いきなりチューブが跳ね上った。彼は床に叩きつけられ、顎をぶつけ、眼をパチパチさせた。チューブが成長したのだ。いまや充分余裕があるほど大きくなった。そして彼の衣類も！　シャツやパンツはテントみたいに大きくなった。

「ああ、何たることだ」グロートはかぼそい声でいった。彼は膝を起こした。そして苦労して向きを変える。チューブの中のいまきた道をメタル・ドアの方に後退した。彼はドアを押したがびくともしない。いまやこじ開けるにはあまりにも大きくなりすぎていた。

彼は長いこと坐ったままでいた。足下の金属床があまりにも熱くなった時、仕方なくチューブ沿いに涼しい方へ這って行った。そこで身体を縮めると、恐ろしげに暗闇を見つめた。

「どうしたらよいだろう?」彼は自問した。

しばらくすると、ある程度勇気が戻ってきた。

「論理的に考えないといかんな。わたしはすでに一度力場に入った。そのため身体が半分に縮小してしまった。もう三フィートの背丈しかない。ということはチューブの長さが二倍になったわけだ」

彼は巨大なポケットから懐中電灯と紙を数枚取り出し、何か計算をした。懐中電灯はもう手に負えないほど重くなってきている。

足下の床が熱くなってきた。彼は無意識のうちに熱をさけるために少し移動した。

「ここに長く留まっていたら」彼は小声でいった。「わたしはおそらく――」

チューブがまた跳ね上った。あらゆる方向へ拡大した。彼は荒い織物の海の中でのたうち、息をつまらせ、あえいでいた。もがいているうちにやがて自由になった。

「一フィート半の身長しかない」グロートは自分を見回しながらいった。「もう決して、どんなことがあっても動かないぞ」

ところが、床が足下で熱を帯びた時、彼はまた動いた。

「一フィートの四分の三しかなくなった」汗の玉が顔に吹き出した。「一フィートの四分の三か」彼はチューブを見渡した。はるか彼方の端に明かりが見える。光線がチューブを横切っている。あそこまで行けば。行き着きさえすれば!

彼はしばらく自分の計算結果を考えた。

「さて、まちがいないことを期待しよう。計算では、九時間三十分であの明かりまで到達できる。しっかりと歩き続ければだが」

彼は深く息を吸うと、懐中電灯を肩にかついだ。

「しかしながら」彼はつぶやいた。「その時までにわたしは大分小さくなっているかも知れない……」

彼は元気を奮い起こして歩きはじめた。


ハーディ教授はピットナーの方を向いていった。

「今朝、きみが見たことをクラスの学生に話してやってくれたまえ」

クラス全員が注目した。ピットナーはどぎまぎしてつばを飲みこんだ。

「ええと、ぼくは地下室に降りて行くと、例の蛙部屋の見学をグロート教授から許可されました。そこで実験をはじめていたのです」

「どんな実験?」

「ゼノンの証明実験です」彼は気を使いながら説明した。「蛙のです。蛙をチューブの中に入れ、ドアを閉めました。それからグロート教授は装置を作動させました」

「何が起こった?」

「蛙は跳びはじめました。そして小さくなっていきました」

「小さくなっていった？　それからどうした？」

「蛙は見えなくなりました」

ハーディ教授は椅子にそっくり返った。

「それでは蛙はチューブの向う端まで達しなかったというんだな？」

「はい」

「というわけだ」

クラス中がざわざわと私語を交した。

「わが同僚のグロート教授が期待したようには、蛙はチューブの向う端まで達しなかった。蛙は絶対に端まで行けるわけがない。悲しいかな、哀れな蛙は二度と見られないだろう」

クラスが一斉にがやがや騒ぎ出した。ハーディは鉛筆の尻で机をコツコツ叩いて注意をうながした。彼はパイプに火をつけ、静かに煙を吐くと椅子に寄りかかった。

「この実験は気の毒にもグロート教授にとっては衝撃なことではなかったかと心配している。彼の信念を乱す打撃だった。きみたちも気づいているように、彼は午後のクラスに現われなかった。グロート教授は山登りのために長い休暇を取られたと聞いている。多分休養を取り、楽しみ、それを忘れる時をすごせば――」

グロートはひるんだ。それでも彼は歩き続けた。

「恐れるな」彼は自分にいい聞かせた。「前進あるのみ」

チューブは再び跳ね上った。彼はよろめいた。懐中電灯が床に落ちてこわれ、明かりが消える。彼はたった一人で、終わりのない、全く果てしのない巨大な洞穴、膨大な空虚の中にいた。

彼はなおも歩き続けた。

しばらくすると、再び疲れはじめてきた。いままでも経験したことだ。

「休んでも悪いことはない」

彼は腰を下ろした。床は不均等で凸凹している。

「計算ではあと二日かそこいらかかる。おそらくもう少し長く……」

彼は坐ったたまうとうとした。やがて目を覚ますと再び歩き出した。チューブの突然のはね上りにも驚かなくなっていた。彼はもうすっかりそのことに慣れている。遅かれ、早かれ、彼は光子ビームに到達し、突っ切って進む。力場は突然消失し、元の背丈に戻るだろう。グロートは独り微笑んだ。ハーディは驚くだろうな――

爪先がつまずき倒れかかり、頭から周囲の暗闇の中に突っこんだ。深奥からの恐怖が身体を走り、彼は震えはじめた。ようやく立ち上がるとあたりを見回した。

どちらの方向だったか?

「ちくしょう」彼は口走った。身体を折り曲げ、足下の床に触れる。どっちだ? 時間は過ぎて行く。彼はゆっくり歩み出した。最初は片方の道を、次にはもう一方の道を。しかし何も目印になるものは見つけられなかった。何ひとつとして。

それから彼は走り出し、暗闇の中を急いだ。右へ左へ、滑ったり転んだりした。いきなり彼はよろめいた。今までに経験した感覚だ。ほっとしてすすり泣きに似た溜息をついた。自分は正しい方向を走っていたのだ！　口を開け、静かに深呼吸をしながら駆けはじめる。その時もう一度よろめく震動がきて、彼はもう一段と縮んだ。それにもめげず正しい方向に進んだ。ひたすらに走り続けた。

駆けて行くにつれ、床はだんだん凸凹してきた。まもなく走れなくなり、さながら玉石や岩の上を越えて行くようなことになる。チューブの内部を滑らかにしなかったのだろうか？　サンド・ペーパーやスチール・ウールを使ったのが悪かった——

「まあ仕方ない」彼はつぶやいた。「剃刃の表面でさえも……こちらが小さければ……」

彼は足下に注意しながら前進した。あらゆるものが微光に包まれている。その光は周囲の大きな岩状のものからも、自分の身体からも発している。何だろう？　彼は手を眺めた。暗闇の中でも光っている。

「熱だ」彼は叫んだ。「こいつはありがとう、ハーディ」

薄あかりの中を、彼は岩から岩へと跳んだ。岩と玉石の果てしない平原を走り抜け、岩角から岩角を山羊のように跳んで行った。

「蛙みたいなものさ」彼は述懐した。時おり息切れがして休んだだけで跳び続ける。あとどのくらいだろう？　彼は周囲にそそり立つ鉱石の大きな塊を見上げた。ふと恐怖が身体を走り抜けた。

「そんなことを考えない方がいい」

彼は高い崖をよじ登り、向うの崖へ跳んだ。次の谷は幅があった。彼はやっとのことで跳び、足場を確保するのに精一杯だった。

彼は何度も何度も果てしなく跳んだ。何回跳んだのか憶えていられないほどだった。岩場の端に立ち、それから跳んだ。

その時は失敗して割れ目に転落し、薄あかりの中に落下して行った。底なしだった。彼は落ち続けた。

グロート教授は眼を閉じた。平和な穏やかさに包まれ、疲れ果てた身体はリラックスした。「もう跳ばなくてすむ」彼は落ち続けながらつぶやいた。「落下物については一定の法則が働く……物体が小さければ小さいほど、重力の作用は少なくなる。虫が軽く落ちて行くのも不思議はない……確かな特徴だ……」

彼は瞑目すると、最後にやってきた暗闇に身を任せた。

「というわけで」ハーディ教授はいった。「この実験が科学史上に残ることを期待し――」

彼は言葉を切ると眉をひそめた。

クラス全員がドアの方を見つめている。幾人かの学生は笑いを浮かべ、その一人は声を出して笑い出した。ハーディは何が起こったのか見るために振り向いた。

「チャールズ・フォート（米の怪奇現象研究家）の世界か」彼はいった。

蛙が一匹、教室の中に跳びこんできた。

ピットナーが立ち上がり「先生！」と興奮していった。「この蛙はぼくの立てた理論を実証してくれました。蛙は非常に縮小されたので空間を通過し――」

「何だと？」ハーディはいった。「あれは別の蛙だ」

「――蛙部屋の床を構成している分子の空間を通って出てきたのです。蛙はそれからゆっくりと床に落ちました。相対的に加速の法則の影響をあまり受けずにすみました。それから力場を脱したので、元通りの大きさに戻ったのです」

ピットナーは蛙を笑いながら見下した。蛙はゆっくりと教室を横切って行った。

「そうか」ハーディ教授はへなへなと机に坐りこんだ。その時ベルが鳴り、学生たちは本やノートを集めはじめた。やがてハーディはたった一人で、蛙を見下ろしていた。彼は首を振った。「そんなことはありえない」彼はつぶやいた。「世の中には沢山の蛙がいる。同じ蛙のはずがない」

その時、一人の学生が机にやってきた。

「ハーディ先生――」

ハーディは顔を上げた。

「うん？　何だ？」

「先生にお目にかかりたいという人が廊下で待ってます。かなり取り乱しています。毛布をかぶっています」

「わかった」ハーディはそういうと溜息をつき立ち上がった。ドアのところで立ち止まり、深呼吸をした。それから顎をひきしめ廊下に出た。

そこにはグロートが立っていた。赤いウールの毛布で身体を包み、その顔は興奮で紅潮していた。ハーディは彼を横目でそっと見た。

「まだ結論はついていない！」グロートは叫んだ。

「何と？」ハーディはつぶやいた。「あのな、グロート――」

「蛙がチューブの向う端に達するかどうか、まだ確認できない。蛙もわたしも分子の空間から転げ落ちた。あのパラドックスを証明するのには別の方法を探さなければならん。あの部屋は不適当だ」

「そう。その通りだ」ハーディはいった。「あのな、グロート――」

「後で議論しよう」グロートがいった。「これから授業がある。夕方にきみのところに行くよ」

そして彼は毛布をかき合せながら、そそくさと廊下を去って行った。

植民地

Colony

ローレンス・ホール少佐は顕微鏡に身をかがめると焦点を調節した。

「おもしろいな」彼は呟いた。

「そう思わないか？　この星へ来て三週間にもなろうというのに、まだひとつも有害な生命体にはお目にかかっていない」

フレンドリイ中尉は培養鉢を避けて、試験室の机の端に腰かけた。

「なんて星だ？　病原菌も、ノミも、ハエも、ネズミもいやしない――」

「ウイスキーもなければ、赤線地帯もないしな」ホールは身を起こした。「妙なところだ。この培養液からは、さしずめ地球の腸チフス菌まがいのものが見つかると思っていたのに。さもなけりゃ火星の砂漠の腐った栓抜きみたいなものがね」

「それにしても、この星には害のあるものはまるで見あたらないな。まるでエデンの園みたいじゃないか。われわれの先祖が出た後の」

「追い出された後のだろう」

ホールは試験室の窓際に所在なく歩いて行くと、窓の向うの景色に眼を凝らした。それがすばらしい眺めであることには異論がなかった。なだらかに起伏に富んだ森や丘、花と蔓草（つるくさ）がからみ合う眼もさめるようなスロープ、滝、垂れさがる苔、果樹、花畑、湖。このプラネット・

ブルーの地表を自然のまま保護するために、あらゆる努力が払われている——それは六か月前に最初の偵察艇により発見された時そのままの姿だった。

ホールは溜息をついた。「すばらしい場所さ。いつかまた来てみたいね」

「ここを見ていると、地球は少し殺風景すぎる気がするよ」フレンドリイはタバコを取り出したが、またしまった。「しかしここにいるとおかしくならないかい。おれはタバコが嫌いになったよ。あたりの雰囲気のせいだと思うがね。あまりにも——清潔すぎるんだ。汚せなくなるんだな。外でタバコを捨てたり、紙クズを投げたりできなくなったよ。ピクニックにも行けやしない」

「すぐにピクニッカーたちでいっぱいになるよ」ホールはそういうと、顕微鏡へ戻った。「もう少し培養菌を調べてみる。病原菌が見つかるかもしれん」

「ごくろうさま」フレンドリイ中尉は机をとびこした。「それじゃまたあとで、うまくいったかどうか教えてもらうことにするよ。これから一号室で大きな会議があるんだ。植民省に対して、植民の第一陣の出発許可を与えようというのさ」

「ピクニッカーたちにかい！」

フレンドリイはにやりとした。「らしいね」

彼の背後でドアが閉まった。その靴音は廊下にこだましながら遠ざかって行った。ホールはひとり試験室に残った。

彼はしばし思いにふけっていたが、やがて身をかがめると、顕微鏡の載物台からスライドを取りだし、新しいのを選び、マークを読むために明かりにすかした。試験室は暖かく静かだった。太陽の光は窓を通して燦々とさしこみ、床を照らしている。戸外の樹々は微風にゆらいでいる。彼は眠気を催してきた。

「ふん、ピクニッカーか」彼はいまいましそうにいった。それから新しいスライドの位置を調整した。「やつらが入りこんでくると、樹を切り倒し、花を手折り、湖に唾を吐き、草を燃やす。風邪のウイルスさえいないこの土地に――」

彼は絶句した。声が出なくなってしまったのだ。

顕微鏡の二つの接眼レンズ軸が、いきなり喉首の方へねじれてきて、絞め殺そうとしたのだ。ホールはあわてて引きはなそうとした。しかし、それはなおも喉首を絞めてくる。鋼鉄の尖端が罠の歯のようにじりじり閉じてくるのだ。

ホールはやっとのことで顕微鏡を床に叩きつけると、とびずさった。顕微鏡はすばやく這い寄ってくると、脚を引っかけようとした。それをもう片方の足でけとばすと破壊銃を抜いた。顕微鏡は慌てたように粗動ハンドルを回転させながら逃げた。ホールは発砲した。それは金属の細粉となって四散した。

「ちくしょう！」ホールはぐったり腰をおろすと、顔の汗をぬぐった。「なんて――？」彼は喉首をさすった。「いったい、どうしたというんだ！」

会議室は満員だった。プラネット・ブルー部隊の士官全員が集合している。ステラ・モリスン司令官は細いプラスティックの棒の先端で大きな支配圏地図を叩いた。

「この広大な平原は都市の建設にはうってつけの場所です。水源地も近く、気象条件も充分変化に富み、居住者にとっては最適です。鉱物資源の埋蔵量も相当なものです。入植者たちが工場を建設することも可能です。すべて自給自足できます。この辺は最大の森林地帯です。入植者たちが自然について深い理解を持っていれば、そのまま保存に務めるでしょう。しかし、かれらがそれを伐採して、新聞紙の原料にしたところで、われわれの関知するところではありません」

彼女は謹聴している士官たちを見わたした。

「話を本題に戻して、諸君のなかには、植民省に対して受け入れ許可の通知を出すべきではない、われわれの手でこの星を保存しようという考えの人もいると聞いています。じつはわたしも同じような考えを持っています。しかし、そうすれば多くの困難に巻きこまれるだけです。この星はわれわれのものではありません。ここにいるのは仕事のためだけであり、終わればまた他の星へ移るのです。作業は終わりに近づいています。ですから、そういう考えは捨てることにしましょう。このあと植民出発許可の信号を送ったら、すぐに引揚げの用意をして下さい」

「バクテリアに関する報告は試験室からもらいましたか?」ウッド副司令官が訊いた。

「バクテリアの発見には綿密な注意を払ってきました。しかし、いまだ発見の報告は受けていません。それで、植民省に直ちに連絡してもよいと考えます。最初の入植者と入れかわりに、われわれは引き揚げることになります。理由もなしに――」彼女は言葉を途切った。

ざわめきが部屋の隅から拡がってきた。一斉に頭が入口の方を振り向いた。

モリスン司令官は眉をひそめた。「ホール少佐、会議中に邪魔はやめて下さい！」

ホールはふらふらしながら、ドアのノブを握って身を支えていた。そしてぼんやりと会議場を見まわした。やがて部屋の中ほどに坐っているフレンドリイ中尉にうつろな眼を向けた。

「ちょっときてくれ」彼は苦しげな声を振りしぼった。

「どうしました?」フレンドリイは腰を上げようとはしなかった。

「少佐、これはいったいどうしたことだ?」ウッド副司令官はとがめだてた。「酔っているのか、それとも――?」彼はホールが手にした破壊銃に眼をとめた。「何があったんだ、少佐?」

驚いたフレンドリイ中尉は立ち上がると、ホールに歩み寄り肩をつかんだ。

「どうしたというんだ?　何があったんだ?」

「試験室へきてくれ」

「何かを見つけたんだな?」中尉は友人の緊張した顔をうかがった。「それは何だ?」

「いいからきてくれ」ホールは廊下へと出た。フレンドリイが後に続く。ホールは試験室のドアを押し開け、忍び足でふみこんだ。

「何がいるんだ?」フレンドリイはくり返した。

「おれの顕微鏡が」

「きみの顕微鏡?　それがどうした?」フレンドリイはホールを押しのけると中に入った。

「どこにも見えないじゃないか」

「失くなったんだ」

「失くなった？　どこへ行ったんだ？」

「おれが破壊した」

「きみが破壊した？」フレンドリイは友人を凝視した。「わからん。どうしてだ？」

ホールの口がぱくぱくしたが声にならない。

「だいじょうぶか？」フレンドリイは心配そうに訊いた。それから身をかがめると、机の下から黒いプラスティック・ボックスを取りだした。

「おい、これは悪い冗談かい？」

彼はボックスからホールの顕微鏡を取りだした。

「これを破壊したといったな？　このとおりいつもの場所に納まっているじゃないか。さあ、ほんとうのことを話してくれ。きみはスライドの上に何を見たんだ？　バクテリアか？　有害なやつか？　毒性のあるやつか？」

ホールはゆっくりと顕微鏡に近づいた。それはたしかに自分のものだった。調整装置の上に刻み目がある。載物台のクリップのひとつがほんの少し曲がっている。彼はそれを指の腹で撫でた。

五分前に、この顕微鏡はホールを殺そうとしたのだ。彼は発砲し、それを雲散霧消させた。

「きみは精神鑑定を受けた方がよくないか？」フレンドリイは心配そうに尋ねた。「衝撃後遺症か何かみたいだぞ」

「そうかも知れん」ホールはつぶやいた。

精神検査用ロボットはカチカチ音を立てて、ホールの精神状態を分析し検査した。終ると、その色表示が赤から青に変った。

「どうだ?」ホールは結果を尋ねた。

「ソウトウハゲシイココロノドウヨウガミトメラレタ。ドウヨウリツハ一〇ヲコエル」

「危険な数値を超えているかい?」

「ハイ。八ガキケン、一〇ナライジョウダ。トクニキミノヨウナシドウシャデハ。フツウハ四グライダ」

ホールは軽くうなずいた。「分かってる」

「モウスコシ、データヲクレレバ――」

ホールは顎をひいた。「これ以上答えられないね」

「セイシンケンサチュウニ、ジョウホウヲホリュウスルコトハ、キソクイハンダ」ロボットは苛立たしげにいった。「ソウスルコトハ、ワタシノシンダンヲ、コイニクルワセルコトニナルダケダ」

ホールは立ち上がった。「もう話すことがないんだよ。ぼくの心がかなり動揺しているのを記録したといったな?」

「キミハカナリシンリテキニコンランシテイル。ソレガナニニヨルモノカ、ワタシニハワカラナイ」

「ありがとう」ホールはスイッチを切った。自分の部署に戻ると頭をかかえた。自分は気が狂ったのだろうか？　しかし破壊銃で何かを射ったことはたしかだ。彼は思いついて試験室内の空気を調べてみた。すると、あたりには金属の細粉が浮遊していた。特に顕微鏡を破壊したあたりは濃厚だった。

いったいこんなことがありえようか？　顕微鏡が生命を持ち、人間を殺そうとするなんて！ともかく、フレンドリイはそれをまったく無傷のままでボックスから取りだしたのだ。どうやってそれはボックスに戻ったのだろう？

彼は制服を脱ぎすてると、シャワーを浴びた。熱い湯を全身に滴らせながら、もの思いにふけった。精神分析ロボットは心に激しい障害があるといった。しかし、それは原因ではなく、あの体験の結果として出てきたものだ。そのことをフレンドリイに告げようとしたがやめた。そんな話を誰が信じてくれようか。

彼は湯を止めると、タオル掛けからタオルを一本取ろうとした。

タオルはいきなりホールの腕に巻きつくと、壁の方へ引っぱりだした。荒い布地の端が口と鼻を押さえつけてくる。彼は必死になってそれをつかむと引きはがした。不意にタオルが手から脱け、彼は倒れて床をすべり、頭をひどく壁にぶつけた。眼から火花がとび、激しい痛みがやってきた。

湯だまりにべったり腰をおろしながら、ホールはタオル掛けを見上げた。そのタオルは他のタオルと混じってしまって見わけがつかない。三本のタオルがきちんと折りたたまれて一列に並んでいる。夢を見たのだろうか？

彼は膝をがくがくさせながら立ち上がり頭をさすった。そしてできるだけタオル掛けから離れたところを、こわごわ通って部屋へ戻った。自動販売機から恐る恐る新しいタオルを引きだしたが、これは別になんともなかった。身体を拭うと衣服を身につけた。

腰のまわりに巻いたベルトがきつく身体を締めつけてきた。それは強い力だった。――すねあてと銃を支えるためにメタル・リンクで補強したベルトである。彼はベルトと床の上を無言のまま転げまわりながら先手を取りあった。ベルトはまるで怒れる金属蛇のようにからみつき、彼を鞭打った。そうこうしているうちに、彼の手が破壊銃に届いた。

いきなりベルトは逃げた。彼はすばやく射った。命中してベルトは消える。彼はぐったりと椅子に身体を投げると肩で息をした。

椅子の肘かけが身体を締めつけてくる。しかし今度は破壊銃が手にあった。六発も射つと、椅子はぐにゃぐにゃした塊に変わった。彼はよろめきながら立ち上がった。

部屋の中央に仁王立ちになりながら息を弾ませていた。

「こんなばかなことが」彼は呟いた。「気が狂ってしまったんだ」

彼はのろのろとすねあてを着けるとブーツを履いた。それからひとけのない廊下に出る。エレベーターに乗り最上階へ向かった。

モリスン司令官は机から眼を上げると、ホールがロボット監視スクリーンを通って入ってくるのを見た。ピューと音がした。

「武装しているのね」司令官はとがめるような口調でいった。

ホールは手にした銃に気づいて、それを机の上に置いた。「すまない」

「どうしたの？　何が起ったの？　精神検査ロボットから報告は聞いたわ。あなたはこの二十四時間以内に、動揺率が一〇以上にまで上ったんですって」彼女はそういいながら彼を観察した。「あなたと知り合ってから長くなるけど、ローレンス、どうしたというの？」

ホールは深呼吸をした。「ステラ、今朝、おれの顕微鏡がおれを絞め殺そうとしたんだ」

彼女は青い眼を見張った。「なんですって！」

「それに、シャワーからあがると、バス・タオルがおれの口と鼻をふさいで窒息させようとしたんだ。そいつから逃れると、今度は服をつけている間に、ベルトが――」彼は絶句した。司令官が立ち上がったからだ。

「護衛兵！」彼女は叫んだ。

「待ってくれ、ステラ」彼は彼女の方に近寄った。「聞いてくれ。まじめな話なんだ。何かがおかしいんだ。四回もおれは物に殺されそこなった。あたりまえの品物がいきなり兇器に変るんだ。そいつはわれわれの捜していたやつかも知れない。このことは――」

「あなたの顕微鏡があなたを殺そうとしたの？」

「そいつは生きもののように、軸でおれの喉首を締めあげたんだ」

長い沈黙が続いた。

「それを目撃した人はいるの?」

「いや」

「それであなたはどうしたの?」

「そいつを射った」

「残骸はあるの?」

「ない」ホールは仕方なさそうにいった。「じつは、その顕微鏡は傷ひとつなく出てきた。前と同様にボックスに戻っていた」

「そう」司令官は呼び出しに答えて入ってきた二人の護衛兵にうなずいてみせた。「ホール少佐をテイラー大尉の部屋へ連れて行きなさい。そして検査のため地球へ送るまで監禁しておくように」

二人の衛兵の磁石のような腕にがっしりつかまれて連行されて行くホールを、彼女は冷ややかな眼で見守った。

「ごめんなさい、少佐」彼女はいった。「それが立証できない限り、仕事の疲れからくる心理的幻視と見なして扱わなければならないわ。この星では精神病者を野放しにしておけるほどの警備力はないのよ。あなたを拘束しておかないとこちらも困るの」

護衛兵は彼をドア口へ連れて行った。ホールは別にあらがいもしなかった。頭はがんがん鳴り、それがこだましていた。彼女の言い分はもっともだ。自分は気が狂っているのだろう。

かれらはそのままテイラー大尉の部屋へと行った。護衛兵の一人がブザーを押す。

「だれだ?」ロボット・ドアが金属的な声で誰何した。

「モリスン司令官の命令で、この男を大尉の監視下に置くために連れてきました」

しばらく間をおいて「大尉は多忙だ」

「緊急の命令です」

ロボットの回路がカチカチと鳴って返事が出た。「司令官がそう命じたのか?」

「そうです。開けて下さい」

「よろしい」ロボットはやっと許可した。錠がはずされた。

護衛兵はドアを押しあけた。そしてはっとして立ちどまった。

床の上にテイラー大尉が倒れていた。顔は蒼ざめ眼もうつろだった。頭と足だけしか見えなかった。赤と白のマットが大尉の全身に巻きつき、きつく締めつけていた。

ホールは床にひざまずくと、そのマットを剝がしにかかった。「早くしろ!」と叫んだ。「引きはがすんだ!」

三人はいっしょになって引っぱった。マットはなかなか剝がれなかった。

「助けてくれ」テイラーは弱々しく叫んだ。

「いま助けてやるぞ!」かれらは夢中でひきはがした。やっと剝がれたマットは手をすり抜けると、バタバタと音をたてて開いたドアから飛んで行った。衛兵の一人がそれを射った。

ホールはビデオ・スクリーンにとびつくと、震える手で司令官直通の緊急ダイヤルをまわした。

彼女の顔がスクリーンに現われた。

「見てくれ！」彼は絶叫した。

彼女はホール越しに床に倒れているテイラーと、銃を抜いてテイラーのそばにひざまずいている二人の護衛兵を見た。

「どう——どうしたの？」

「マットに襲われたんだ」ホールはにこりともせずいった。「これでもおれが気ちがいだといえるか？」

「応援の兵を送るわ」彼女は眼をしばたたいた。「すぐにね。でもどうして——」

「かれらには破壊銃を装備させてくれ、それから全員に警告しておいた方がいい」

ホールはモリスン司令官の机上に四つの品物を置いた。顕微鏡、タオル、金属ベルト、それに赤白のマットである。

彼女は神経質そうに身体を斜めにしてそれを見た。「少佐、あなたは本気で——？」

「あたりまえの品物さ、いまはね。それがいちばん不思議なところさ。このタオルは二、三時間前におれを殺そうとしたものだ。おれはそれを射って分解した。しかし、それはこのとおり元に戻っている。これがいつもの手口なんだ。もう無害だ」

テイラー大尉は赤白のマットをこわごわつまみあげた。「これはおれが地球から持ってきたものだ。ワイフがくれたもので、おれは——おれはついぞ疑問など持ったことがなかった」

かれらはおたがいに顔を見合せた。

「このマットも射ったものだ」ホールは指摘した。

みんな沈黙していた。

「そうすると、おれを襲ったのは何だろう？」テイラー大尉はいぶかしげにいった。「もしこのマットでないとすれば？」

「このマットとそっくりなやつだ」ホールはゆっくりといった。「おれを狙ったのも、このタオルにうりふたつだった」

モリスン司令官はタオルを取りあげると、それを明かりにかざして見た。「これは普通のタオルだわ！　とてもあなたを襲うことなどできないわ」

「そのとおりだ」ホールはうなずいた。「これらのものについては、われわれも考えうるかぎりの試験をしてみた。しかし、別に変ったところはなかった。構成物質に異常はないし、完全に安定した無機質だった。これらが生命を持ち、人を攻撃することは不可能だ。だが、何かがそうしたんだ」テイラーはいった。「何かがおれを襲った。それがこのマットでないとすれば、いったい何だろう？」

ドッド中尉はドレッサーの上にのせた手袋を探していた。彼は急いでいた。全隊に非常呼集がかかっているのだ。

「どこへ行ったろう？」彼はぼやいた。「ちくしょう！」

ベッドの上に二組のまったく同じ手袋が並んでいたのである。

ドッドは眉をひそめ頭をかいた。どうしてこんなことが？　それに彼は一揃えしか持っていない。もう一揃えは他人のにちがいない。ボブ・ウェズレイが昨夜きてトランプをやった。おそらくその時忘れていったのだろう。

ビデオ・スクリーンがまた写しだされた。「全隊員に告ぐ、全隊員に告ぐ、即時集合せよ」

「わかったよ」ドッドは苛立たしげにいった。彼は手袋を取ると、それに手を通した。

手袋が指に納まるや、強い力で彼の手が腰へと持って行かれた。手袋はその指で腰に吊した破壊銃の台尻をにぎらせると、ホルスターから引きぬいた。

「ちきしょう！」ドッドはうめいた。手袋は銃をもち上げると、彼の胸に狙いを定めた。指が引金にかかった。轟然一発、ドッドの胸半分が溶けた。残りの身体がゆっくりと床に崩れ落ちた。その口はまだ驚きで開いていた。

テナー伍長は小走りにグラウンドを横切って中央のビルに入ろうとしていた。彼もまた非常呼集のサイレンを聞いたところだった。

ビルの入口で彼は足をとめて、すべり止めつきのブーツを脱ごうとした。その時ふと眉をくもらせた。ドアの前には一枚のはずの安全マットが二枚も並んでいる。

まあ、いいや、どちらでも同じだろう。彼はマットの一方に乗って待った。マットの表面から足に高周波が流れた。外出時に付着した種子や菌などを殺す作用がある。

終わると、彼はビルの中に入って行った。

その後に、フルトン中尉がドア口へやってきた。彼はハイキング・ブーツを脱いで最初に目についたマットに乗った。

マットは彼の足にからみついてきた。

「おーい」フルトンは驚いた。「はなせ！」

彼は足を抜こうともがいた。しかし、マットはけっして離れなかった。フルトンは背筋が冷たくなった。銃を抜いたが、さすがに自分の足へ射つことはためらった。

「助けてくれ！」彼は叫んだ。

二人の兵士が駆けつけてきた。

「どうしました、中尉？」

「こいつがおれを離さないんだ」

兵士たちは笑いだした。

「ふざけているんじゃない」フルトンは顔を蒼ざめながらいった。「足が折れる！　そいつは――」

彼は悲鳴を上げる。兵士たちも狂わんばかりにマットを両方から引っ張った。フルトンは横倒しになると、転げまわり身をよじって苦しがった。やっとのことで兵士たちはマットをフルトンの足から引きはがした。

フルトンの足は失くなっていた。ぐにゃぐにゃした骨だけしか残っていなかった。すでに膝から下は溶けてしまっていた。

「これで分かったことは」ホールは深刻そうにいった。「それがある種の有機体だということだ」

モリスン司令官はテナー伍長の方を振り返った。

「このビルに入る時マットが二枚あったといったわね?」

「はい、司令官、二枚ありました。わたしはその一枚に乗りました。それから入ってきたのです」

「幸運だったわ。本物の方に乗ったからよ」

「これは相当気をつけなくてはいかん」ホールはいった。「本物と偽物を見わけることだ。そいつは、どんなものであれ、眼についたものに化けることができるんだ。カメレオンのように擬態ができるんだ」

「うりふたつにね」ステラ・モリスンはつぶやきながら、彼女の机のはしに置かれた二つの花瓶を見つめた。「厄介なことになったものね。二本のタオル、二つの花瓶、二つの椅子、ものによっては全部が大丈夫かもしれない、ひとつを除いて、みんな本物かも知れないのよ」

「そいつが問題だ。試験室では他に異常なものはなかった。もうひとつの顕微鏡についても奇妙な点はない。そいつはうまく紛れこんでいたんだ」

司令官は一対の花瓶から離れた。

「この花瓶はどう？　片方がそうかも知れないわ」

「二つで一対のものはたくさんある。靴、衣服、家具にもあるし、おれの部屋の椅子がそうだった。試験器具もそうだ。それをたしかめるのは不可能だ。そして時には――」

ビデオ・スクリーンが写った。ウッド副司令官の姿が現われる。「ステラ、また犠牲者だ」

「今度はだれ？」

「隊員が一名溶けた。残ったのはボタンと破壊銃だけだ――ドッド中尉だよ」

「三人ね」モリスン司令官は考えこんだ。

「もしそれが有機体ならば、滅ぼす方法はあると思う」ホールがつぶやいた。「いままでいくつかを破壊した。たしかにやつらを殺したんだ。やつらに痛手を負わすことはできるぞ！　けれど、やつらの数がわからん。五つ六つ殺したが、それは無数に分裂するやつかも知れん。ある種の原形質であることも考えられる」

「そこで、さしあたっては――？」

「しばらくはやつの、いや、やつらかな、なすがままだ。そいつはたしかにわれわれには致命的な生命体だ。これでこの星には他の生命体のいない理由がわかる。このようなやつと争っても勝ち目はない。われわれも昆虫や植物の擬態は経験してきた。金星のねじれナメクジもそうだ。だが、こんなやつに出会ったのは初めてだ」

「それを殺すことができるといったけど、それはこちらにもチャンスがあるという意味ね」

「相手さえ見つかればね」ホールは部屋を見まわした。ドアには外套が二着掛かっている。

これは前から二着あったものだろうか？

彼は額の汗をぬぐった。「ある種の毒物とか腐蝕剤とか、なにかやつらを全滅させるものを捜すべきだ。このまま手をこまねいて、やつらの攻撃を待っているべきではない。何かを散布したらどうだろう。あのねじれナメクジをやっつけたような方法で」

司令官は彼の背後を見て顔をこわばらせた。

ホールはそれに気づいて振り返った。「どうした？」

「そこの隅にブリーフ・ケースが二つあるけど、前はたしかひとつだったわ」彼女は当惑したように頭をかしげた。

「どうしたらいいの？　頭がおかしくなりそうだわ」

「気つけ酒を飲んだらいい」

彼女の顔がぱっと輝いた。

「それはいい考えだわ。だけど――」

「だけど？」

「わたし何かに触るのが怖いわ。見わけようがないんですもの」彼女は腰の破壊銃に手を当てた。「すべてのものにこれを使いたい気がしてくるわ」

「パニックの反動だ。なにしろ一人ずつやられていくんだからな」

アンガー大尉はヘッドフォーンで非常呼集を聞いた。彼は直ちに作業を止めた。収集した標本を腕にかかえて採集車の方へ急いだ。

車はアンガーが停めたはずの所よりもずっと近くに駐車してあった。彼は立ちどまるとめんくらった。そこにはピカピカの弾丸型の小型車が、柔らかい土の上に車輪の跡をくっきりと残して停まっており、ドアが開かれていた。

アンガーは駆け寄ると、標本を後部のトランクの中に注意して入れた。それから前にまわると運転席へすべりこんだ。

彼はスイッチを入れた。しかし、モーターはまわらなかった。妙なことだった。何とか始動させようとしている間に、ちらっと目にしたものに彼はとび上がった。

そこから数百フィートはなれた樹間に、もう一台の採集車が停まっていた。外形は彼の乗っている車とまったく同じだった。そこが車を停めた場所だったことを思い出した。もちろん、彼がいるのも採集車の中だった。他に誰か標本採集にきたものがいて、この採集車はその男のものなのだ。

アンガーはまた車から降りようとした。

するとドアが彼の身体を包み、シートが頭の上にのしかかってきた。ダッシュボードがプラスティックのように溶けてくる。彼は仰天した。すぐに息が苦しくなってきた。外に出ようとめちゃめちゃに暴れ、身体をよじった。身辺が次第に湿っぽくなってきた。ぬめぬめと濡れて暖かい肉のようなものが迫ってくる。

彼の頭が飲みこまれ、次いで身体も中に消えて行った。採集車は溶けかけている。彼は腕をふりまわして自由になろうとしたが、もう遅かった。

激しい痛みがきて身体が溶けはじめた。その時になって、アンガーはやっとこの液体の正体がわかった。

酸だった。消化液である。彼はまさに胃の中にいたのだ。

「見ないでよ!」ゲイル・トーマスははしゃいだ。

「いけないかい?」ヘンドリック伍長はにやにやしながら彼女の方へ泳いで行った。「いいじゃないか?」

「いやよ。もう上がるんですもの」

太陽は湖面を照らしていた。日光が水の上できらきら輝き踊っている。周囲は鬱蒼たる森林である。花をつけた蔓草や藪の間に大木が深閑としてそそり立っていた。

ゲイルは陸に上がると、身ぶるいをして水滴を落とし、長い髪をばさっとうしろに投げた。森は静まりかえっている。波のひたひた打ち寄せる音を除けば物音ひとつしない。部隊宿舎からはだいぶ離れたところにきていた。

「もういいかい?」ヘンドリックは眼をつむり円を描いて泳ぎながら催促した。

「もうすぐよ」ゲイルは森の中にとびこんだ。そして制服を脱ぎすてた場所まで駆けて行った。裸の肩や腕にいっぱいの陽射しを受ける。草の上に坐ると、短い上着とすねあてを拾いあげた。

上着についた木の葉や樹皮を払うと、袖に腕を通した。

水中では、ヘンドリック伍長が辛抱強く円を描いて泳いでいた。時が経つ。あたりはひっそりしている。彼は眼を開けた。ゲイルはどこにも見あたらない。

「ゲイル?」彼は呼びかけた。

物音ひとつしない。

「ゲイル!」

何の応答もない。

ヘンドリック伍長は抜手を切って陸へ急いだ。水からとびだすと一足とびに湖の端にきちんとたたんでおいた制服のところへ行った。彼は破壊銃をにぎりしめた。

「ゲイル!」

森は沈黙していた。しわぶきひとつ聞こえない。彼は仁王立ちのままあたりを見まわし、眉をくもらせた。次第に冷たい恐怖が、暖かい陽射しにもかかわらず、彼の心を凍りつかせる。

「ゲイル! ゲイル!」

むなしくこだまがかえってくるだけだった。

モリスン司令官は沈痛な面持だった。「早く手を打たなくては、一刻の猶予も許されないわ。三十人の隊員が出会って、十人もの犠牲者をだしている。三分の一というのは大変な高率だわ」

ホールは自分の試作品から眼を上げた。

「ともかく、やっと戦う相手の正体が分かったところだ。変幻自在の一種の原形質だ」彼は言葉を切ると、試作したスプレーを取りあげた。「これを使えば相手の数も大体つかめると思う」

「それは何?」

「砒素と水素の合成ガスさ。砒化水素だよ」

「それをどうするの?」

ホールはガスマスクをかぶった。彼の声は司令官のイヤフォーンを通して聞こえる。「これをこの試験室内に振りまくんだ。この中には他の部屋よりたくさんいると思うんだ」

「どうして?」

「ここにはすべてのサンプルがまず持ちこまれてくるからだ。最初に出現したのもこの部屋だ。サンプルとしてか、サンプルに付着して入ってきたんじゃないかな。そしてここから各所に拡がったんだ」

司令官もガスマスクをつけた。四人の護衛兵もそれにならった。

「砒化水素は人体に有害なの?」

ホールはうなずいた。「よく注意してくれ。ここでは限られたテストに使うだけだが、それでも充分なんだ」

彼はガスマスクの中の酸素の噴出量を調節した。

「このテストで何が分かるの?」彼女は好奇心を燃やした。

「反応があれば、やつらの蔓延の程度がわかる。そうすれば対策も立てやすくなるというものだ。事態は予想よりも深刻かも知れん」

「どういう意味?」彼女は酸素噴出量を調節しながら尋ねた。

「このプラネット・ブルーの部隊には百名の隊員がいる。このままで行けば、一人ずつやられて全滅という最悪の事態も起こりうる。でもそんなことは取るに足らないことだ。百人程度の部隊が全滅するなんてよくあることさ。新しい星へ最初に降りる者には危険がつきものだ。結局のところは、それも比較的ささいなことでしかない」

「何に比較してなの?」

「やつらが無限に分裂し、増殖するものだとしたら、その時はここから引き揚げることを再検討しよう。やつらを地球へ連れ帰る危険を犯すよりは、ここに残って一つずつ排除した方がいい」

彼女はじっと彼を見つめた。「あなたはそれを調べているの——かれらが無限に分裂するかどうかということを?」

「いま直面している事態を把握しようとしているのさ。やつらは少数なのか、それとも多数なのか」彼は試験室のまわりを指さした。「この部屋にあるものの半分ぐらいはやつらの化けたものかも知れん……やつらが襲ってくれれば厄介だが、襲わなくてもけっして事態が好転することはあるまい」

「ますます悪くなるの?」司令官は眼をぱちぱちさせた。

「やつらの擬態は完璧だ。すくなくとも無機物にしてはね。そいつが顕微鏡に化けていた時、ステラ、おれはそいつの身体をのぞいて見たんだよ。そいつは普通の顕微鏡とまったく同じように、拡大、調節、反射をやってのけたんだ。その擬態の迫真ぶりは想像にあまりあるね。しかもやつらは表面的擬態だけじゃない、その物体の構成分子までそっくりに化けるんだ」

「それがわれわれについて地球へ運ばれる危険性を心配しているのね？　衣服になったり試験器具の一部に化けたりするんでしょう？」彼女は身ぶるいをした。

「そいつが原形質の一種であると仮定してだ。変幻自在の順応性からして単純な原始形態だろう――二分裂を起こして増殖する。この推理が当っていれば、再生産能力は無限であるということだ。溶解する特徴から考えれば単細胞の原生動物だといえる」

「知性はあるのかしら？」

「わからん。あるとは思いたくないね」ホールはスプレーをかざした。「ともかく、これを使えばやつらの程度がわかるわけだ。そして、単純分裂によって増殖するという、おれの説もたしかめられる。もっとも、そうであれば、われわれの立場はもっと苦しくなる」

「さあ、撒くぞ」ホールはいった。

彼はスプレーをしっかりにぎって前方にさしだすと、プッシュ・ボタンを押しながら、試験室内にゆっくりとノズルをまわした。司令官と四人の護衛兵は彼のうしろにだまって立っている。動くものは何もなかった。窓越しの陽射しが試験皿や器具に反射している。

噴射を終えるとボタンから手をはなした。

「何ともないようね」モリスン司令官はいった。「ほんとうに撒いたの？」

「砒化水素は無色だ。けれどマスクをゆるめれば即死だ。動かないで」

かれらはじっと待った。

時がすぎて行くが、何も起こらない。その時――

「あっ！」モリスン司令官がうめいた。

試験室のテーブルのいちばん隅に置かれたスライド・キャビネットがいきなりゆれだした。それはぐにゃぐにゃ歪むと液が滲み出てきた。キャビネットは原形を残さず崩れ――ゼリー状の塊がテーブルの上にだらりと位置を占めている。やがて、それは流れだしてテーブル脇の床に落ち、ぶるるんと震えた。

「あそこにも！」

ブンゼン・バーナーが溶けて流れ出していた。部屋のまわりのあらゆるものが動いている。大きなガラスの蒸溜器がぐにゃぐにゃとひとかたまりになった。試験管架も、化学品棚も……

「気をつけろ！」ホールは叫んであとずさりした。

大きな鐘型ビンが、彼の目の前にべしゃっと落ちてきた。それは大きな単細胞だった。彼はその原形質の中に、核、細胞膜、強靱な空胞をおぼろげながら見て取った。

ピペット、ピンセット、乳鉢、すべてがいまや溶けていた。部屋の器具の半分が動いている。やつらはそこにあるもののほとんどに擬態していたのだ。顕微鏡もすべて擬態だった。試験管、ジャー、ビン、フラスコ……

護衛兵の一人が銃を抜いた。ホールはあわててそれを叩きおとした。

「射つな！　砒化水素は可燃性なんだぞ。さあ、ここから出よう。もう知りたかったことは充分わかった」

かれらは素早く試験室のドアを開けると廊下へと出た。ホールが最後にドアを締める。しっかりと錠をかけて。

「事態は悪化しているわ。どうする？」モリスン司令官は訊いた。

「チャンスはないよ。なるほど砒化水素は効果があった。充分な量があればやつらを殺せるかも知れん。しかし、砒化水素は大量生産できない。それにこの星を砒化水素で充満させたら破壊銃が使えなくなってしまう」

「この星を見捨てたら？」

「やつらを太陽系に連れ帰るなんて危険はできない」

「ここに残っていれば、一人ずつ吸収され、消化されてしまうわ」司令官もあとへ引かない。

「砒化水素や別の毒物を持ちこんで全滅させることも可能だ。しかし、そんなことをすれば、この星の生命体のほとんどを殺してしまうことになる。損害は大きいよ」

「それでも、われわれは全生命体を滅ぼさなくてはならないわ！　ほかに方法がなければ、この星を焼き払ってしまうことね。この星が何ひとつ残らない死の世界となっても仕方ないわ」

かれらはおたがいにさぐりあった。

「太陽系監察局を呼んでみるわ」モリスン司令官が口を切った。「わが隊をここから危険のない所へ移す責任があるわ——少なくとも、残った全員をね。あの湖でも可哀そうな娘が……」

彼女は身をふるわせた。「みんな脱出させたあとで、この星を清掃する最良の方法がとれるわ」

「きみはやつらも地球へ連れて行く危険を犯すのかね？」

「わたしたちそっくりに化けられるというの？　かれらは生物にも擬態できるのかしら？　自分たちよりも高度な生命体にでも？」

ホールは考えこんだ。「よくわからないが無機物に限られるんじゃないかな」

司令官は弱々しく笑った。「それじゃ、無機物を一切持ちかえらないようにしましょう」

「だがね、衣服はどうする？　やつらはベルト、手袋、ブーツにも化けられるんだぜ」

「衣服も脱ぎすてて行けばいいわ。わたしはすべてを捨ててといったつもりよ」

ホールの唇はひきつれた。「わかった」彼は考えていたが、「やってみよう。だが、きみは全隊員を説得できるかね——すべてのものを置き去りにすることにさ。全財産をだぜ？」

「命にはかえられないわ。わたしは命令するつもりよ」

「よし、それなら脱出するチャンスも生まれるかも知れん」

全隊員を移送するに充分で、いちばん手近な巡視艦（クルーザー）を呼ぶのに二時間はかかる。それはいま地球へ向かっている途中なのだ。

モリスン司令官はビデオ・スクリーンのスイッチを入れた。

「艦長はここで何が起こったのか知りたがっているわ」

「おれが話そう」

ホールはスクリーンの前に坐った。がっしりした体格で、金色弁髪（べんぱつ）の地球の巡視艦の艦長が、彼を見つめていた。

「こちらはローレンス・ホール少佐。本隊の調査部門の責任者です」

「ダニエル・デイヴィス艦長だ」デイヴィス艦長は無表情に彼を観察していた。「何かトラブルがあるそうだが、少佐」

ホールは唇をなめた。「乗船するまで説明は差し控えたいのです。申しわけありませんが」

「それはまたどうして？」

「艦長、説明すれば気ちがい扱いされかねません。乗船したあとで包み隠さず申し上げます」

それから彼は口ごもりながら「全員全裸で乗船することをお許し下さい」

「全裸で？」艦長は眉を吊り上げた。

「そうです」

「わかった」とてもわかったという顔ではなかった。

「到着は何時になりますか？」

「二時間後には着けると思う」

「こちらの時間で現在十三時です。十五時までにきていただけますね」

「ほぼその時刻だ」艦長はうなずいた。

「お待ちしています。そちらの乗組員は絶対に外へ出さないで下さい。入口はひとつだけ開けておいて下さい。われわれは何も持たず身ひとつで乗ります。乗船したらすぐ出発して下さい」

ステラ・モリスンはスクリーンに身を乗りだした。

「艦長、できることなら——あなたの部下を外には——？」

「この艦はロボット操縦で着陸します」彼は彼女を安心させるようにいった。「乗員はデッキにも出しません。だから、あなた方はだれにも見られずにすみます」

「ありがとう」彼女はつぶやいた。

「どういたしまして」デイヴィス艦長は敬礼した。「それでは二時間後にお目にかかりましょう、司令官」

「全員を発着地点に集めましょう」モリスン司令官はいった。「ここへ衣服を脱ぎすてて行けば、宇宙船の着陸するあそこには何もないから大丈夫よ」

ホールは彼女を見つめた。「生命を救うためなら、そのくらいはかまわないんじゃないかね？」

フレンドリイ中尉は唇をゆがめた。「おれはおことわりだ。ここに残る」

「単独行動は許さん」

「しかし少佐——」

ホールは腕時計を見た。「もう十四時五十分だ。あと数分で巡視艦が到着する。服を脱いで着陸地点へ急ごう」

「何も持って行けないのか?」

「そうだ。破壊銃もだめだ……艦内に衣服は用意されている。さあ、行くぞ! 命あっての物種だ。みんなに遅れるぞ」

フレンドリイはしぶしぶシャツを脱いだ。「それにしても、何となくばかげているなあ」

ビデオ・スクリーンが写った。ロボットの金属的な声が響く。「全員ただちに建物から退去せよ! 全員建物から退去し、着陸地点へ急げ! 全員ただちに建物から退去せよ! 全員——」

「もう到着したのか?」ホールは窓に駆け寄るとメタル・ブラインドを上げた。「全然気がつかなかったぞ」

着陸場の中央には長い灰色の巡視艦がすでに着陸していた。その巨体にはところどころ隕石の衝突でできたくぼみがあった。艦は静止していたがあたりには乗員の姿は見えなかった。

全裸の人々がおそるおそる着陸地点へ向かっていた。明るい太陽の光があまりにも赤裸々すぎてまぶしい。

「着陸しているぞ!」ホールはシャツを破りだした。「さあ、行こう!」

「待ってて!」

「急ぐんだ」ホールはすっかり脱ぎ終わった。二人は廊下へとびだした。裸の護衛兵があとを追う。かれらは建物の長い廊下を駆け抜け、ドアを開け、階段を下り外へ出る。暖かい陽射しが頭上の空から、かれらにふりそそいだ。各建物から裸の男女がとび出し、黙々と艦へ向かっている。

「何たる光景だ！」隊員の一人が慨嘆(がいたん)した。「この恥辱は決して忘れんぞ」

「まあ生命があっただけみっけものさ」他の一人がいった。

「ローレンス！」

ホールは振り返りかけた。

「お願い、見ないで。前を向いて歩いていてよ。あなたのあとをついて行くから」

「どんな感じだ、ステラ？」ホールは訊いた。

「異常だわ」

「それでもよかったと思う？」

「ええ」

「こんなことを人が信じてくれるかね？」

「それが気がかりなの」彼女はいった。「わたし自身疑問になってきたわ」

「ともかく生きて帰れるんだからな」

「そう思ってあきらめてるわ」

ホールは艦と地上とにさし渡した移動タラップを見上げた。先頭の連中はすでにこの金属傾斜板を上りきって、円型の入口から艦の中へと入りつつある。

「ローレンス――」

司令官の声音には特別なおののきがあった。「ローレンス、わたし――」

「どうした?」

「わたし怖いわ」

「怖いだと!」彼は立ち止まった。「何をいまさら?」

「わからないわ」彼女は震えだした。

人の群れは前後左右からかれらを押している。

「忘れるんだ。子供じみたことをいうんじゃない」彼は移動タラップの昇降口に足をかけた。

「さあ、上るぞ」

「わたし行きたくないわ!」その声は恐怖に近かった。「わたし——」

ホールは笑い出した。「もう遅いよ、ステラ」彼は手すりにつかまりながら、移動タラップを上っていった。彼のまわりにいる男女もせっせと上って行く。かれらはやっと入口に達した。

「やっと着いた」

彼の前にいた男が中に消える。

ホールは男のあとを追って、艦の暗い内部に入りこんだ。彼の前には静かな暗闇が控えていた。司令官も後に続いた。


十五時きっかりに、ダニエル・デイヴィス艦長は着陸場の中央に艦を着陸させた。自動的に入口のロックが動き音をたてて開いた。デイヴィスと士官たちは操縦室の大制御卓のまわりに坐って待機していた。

「さて」デイヴィス艦長がしばらくしてからいった。「かれらはどうしたのだろう?」

士官たちも不安になってきた。

「何か手違いがあったのかも知れん」

「こいつはたちの悪い冗談だったのかな?」

かれらは待ちに待った。

しかし、だれもやってこなかった。

生活必需品

Some Kinds of Life

「ジョアン、頼むよ！」

ジョアン・クラークは夫の苛立つ声を聞いた。まるで壁のスピーカーががなり立てるようだ。彼女はヴィデオ・スクリーンのそばの椅子から離れ、ベッドルームに急いだ。ボブは怒り狂って戸棚をひっかき回し、コートやスーツを取り出し、ベッドに投げつけている。その顔は激怒で紅潮していた。

「何を捜しているの？」

「制服だ。どこにしまった？　ここにはないのか？」

「もちろんあるわ。わたしに見せて」

ボブは不機嫌に体をかわした。ジョアンは彼を押し退けると、自動分類機のスイッチを入れる。洋服が次々と現われ、その列を彼女は改めた。

朝九時頃だった。空は明るく晴れて青く、雲ひとつ見えない。四月終わりの暖かな春の日である。屋外の地面は昨日の雨で湿って黒々としている。蒸気の上がる地面を貫いて、緑の若葉が芽ぶきはじめている。歩道も黒く湿っている。広い庭は朝日に輝いていた。

「ここにあるじゃない」ジョアンは選別機のスイッチを切った。制服がその腕に落ちてくる。彼女はそれを夫に手渡した。「この次はもう慌てふためかないでね」

「ありがとう」ボブは照れて笑った。彼はコートをはたいた。「でもな、みんな皺だらけになっている。少しはアイロンをかけた方がいいんじゃないか」

「だいじょうぶよ」ジョアンはベッドメーカーを始動させた。ベッドメーカーはシーツや毛布をきちんと整えた。掛け布を枕のまわりに注意して直した。「着てしまえば格好よく見えるわ。ボブ、あなたも文句の多い人ね」

「ごめんよ、ハニー」ボブは声を落とした。

「どうしたの？」ジョアンは彼に近寄ると、その広い胸に手を置いた。「何か心配ごとがあるの？」

「いや」

「話して」

ボブは制服を広げた。「大したことじゃない。きみに心配かけたくなかった。エリクスンが昨日仕事中に呼んで、わたしの部隊にまた行ってくれというんだ。いま同時に二つの部隊が呼ばれているようだ。急にもう六か月も勤務しろといわれる筋合いはないと思うんだが」

「まあ、ボブ！　どうしてわたしに打ち明けてくれなかったの？」

「エリクスンとわたしは長いこと話し合った。『勘弁してくれよ！　帰ってきたばかりなんだ』とわたしがいうと『よく分かっている、ボブ。まことに済まないが、自分の非力ではどうにもならない。みんな一蓮托生なんだ。とにかく長びくことはない。早く立ち直らせたい。火星の状況次第だ。みんなすっかりあたふたしているんだ』と彼はいうんだ。厳しい男だが地区組織者としてはすばらしいやつさ」

「いつ――いつ出かけるの？」

ボブは腕時計を見た。「正午までに空港に行くんだ。三時間しかない」

「いつ戻ってくるの？」

「万事うまくいけば二日後にいったん戻る。この仕事のことは知っているはずだ。いろいろと変わる。去年の十月にはまるまる一週間だったろう？　しかしあれは特別だ。いまでは部隊の回転が早いから出ていったと思うと戻ってくる」

息子のトミーが台所からのそのそ出てきた。「出発するの、パパ？」彼は制服に気づいていった。「ねえ、パパの部隊はまた行くの？」

「そうだよ」

トミーは顔いっぱい笑みを浮かべた。嬉しそうな十代の笑顔だ。「火星の戦争に参加するんだろう？　ヴィデオ・スクリーンで見ていたよ。火星人は枯草を束ねたみたいな格好だね。パパの部隊なら火星人なんか吹き飛ばしてしまうよ」

ボブは笑って息子の背中をぴしゃりと打った。「そうかれらにいっておくよ、トミー」

「ぼくも行きたいな」

ボブの表情が変わった。その眼が急に厳しくなった。「だめだ。おまえはまだ子供だ。そんな話はするな」

気まずい沈黙が続いた。

「本気じゃないよ」トミーは小声でいった。

ボブは相好を崩した。「それを忘れるな。さあ、服を着替えるから出てくれ」

ジョアンとトミーは部屋を出た。ドアが閉まる。ボブはすばやく着替えた。ローブとパジャマを脱いでベッドに放り投げ、ダーク・グリーンの制服を着る。ブーツを履くとドアを開けた。

ジョアンは玄関のクロゼットからスーツケースを取り出した。「これじゃなかったかしら？」

「ありがとう」ボブはスーツケースを取り上げた。「車に運ぼう」

トミーはもうヴィデオ・スクリーンにかじりついていた。その日の学校授業が始まっている。生物学の講義がスクリーンに映っていた。


ボブとジョアンは玄関の石段を下り、道端に停めてある車に歩いて行った。近づくとドアが開いた。ボブはスーツケースを車内に投げ込み、運転席に座った。

「どうして火星人と戦うのかしら？」ジョアンはいきなりいった。「教えて、ボブ。どうしてなの？」

ボブは煙草に火をつけた。車内に灰色の煙がたなびく。「どうしてかって？　そりゃきみも知ってのとおりさ」彼は大きな手を伸ばすと、車の格好いい操縦盤を叩いた。「これのためだ」

「どういう意味なの？」

「操縦メカニズムにはレクセロイドが必要なんだ。太陽系で唯一のレクセロイド埋蔵地は火星なんだ。火星を失えばこれを失う」彼は艶のある操縦盤に指を走らせた。「これが失くなったら、どうやって自動操縦するんだ？　答えられるか？」

「手動操縦に戻れないの？」

「十年前に戻ることになる。十年前には一時間一〇〇マイル以上出せなかった。いまどきそんなスピードでは我慢できない。生活の程度を落とさなくては手動操縦に戻れない」

「それができないのかしら？」

ボブは笑った。「ねえ、きみ。ここから町まで九〇マイルある。毎日時速三五マイルで走っていたら仕事にならないと思わないか？　わたしは生涯路上で過ごすことになる」

ジョアンは沈黙した。

「というわけで、あいつ——レクセロイドは必需品なんだ。操縦装置には不可欠だ。それに頼っている。生活必需品だ。それで火星に行き、採掘作業を続けている。火星人にレクセロイド鉱山を渡したくないんだ。分かるだろう？」

「分かるわ。でも昨年は金星のクライオンだったでしょう。それも必需品だったわ。それで金星に行き戦ったのね」

「家の壁にはクライオンを使わなくてはどんな温度にも保てない。クライオンはそれ自体で温度の調節が可能な太陽系唯一の物質だ。それを使わなければ、また床暖房に戻ることになる。祖父たちの時代にね」

「その前の年には冥王星のロノライトだったわ」

「ロノライトはコンピューターのメモリー・バンクを作るのに必要な唯一の物質だ。真の記憶能力のある唯一の金属なんだ。ロノライトなしにはスーパー・コンピューターが全部使えなくなってしまう。それがなければ生活が成り立たないのは知っているだろう」

「そうね」

「わたしだって行きたくはない。でも行かなくてはならないんだ。われわれみんながね」ボブは家を指さした。「あれを捨てたいかい？　昔に戻りたいかい？」

「いいえ」ジョアンは車から離れた。「よく分かったわ、ボブ。それでは明日か明後日に会いましょう」

「そうしたいね。このトラブルはすぐに治まるよ。ニューヨーク部隊の大部分も召集されている。ベルリンやオスロの部隊ももう集合しているだろう。長くはかからない」

「気をつけてね」

「ありがとう」ボブはドアを閉めた。エンジンは自動的に始動した。「トミーにさよならを伝えてくれ」

車は発進するとスピードを増し、自動操縦装置の誘導で主要道路を通りハイウェイに入った。彼の車がめくるめく金属車体のたえまのない流れに巻き込まれ、明るいリボン状の郊外を走り抜け、遠くの町に向かうのを、ジョアンはいつまでも見送っていた。それからゆっくりと家に戻った。

ボブはとうとう火星から戻らなかった。そのためある意味でトミーが世帯主になった。ジョアンはトミーに学校をやめさせた。彼はしばらくして数マイル離れた政府のリサーチ・プロジェクトの技術研究員として働きはじめた。

地区組織者のブライアン・エリクスンが、ある夕方その生活ぶりを見に立ち寄った。「こぢんまりして住み心地のよい場所だね」彼は歩き回りながらいった。

トミーは得意になった。「本当にそう思いますか？　座って楽にして下さい」

「ありがとう」エリクスンは台所を覗いた。台所では夕食の料理の最中だった。「すばらしい台所だ」

トミーは彼のそばに寄った。「レンジの上の装置を見て下さい」

「何をするものだい？」

「料理選別装置です。毎日新しい組み合わせの料理を並べてくれます。何を食べようか考える必要はありません」

「大したものだ」エリクスンはトミーを見つめた。「万事うまくいっているようだな」

ジョアンはヴィデオ・スクリーンから顔を上げた。「ご期待どおりにね」彼女の声は抑揚がなく単調だった。

エリクスンはぶつぶついって居間に戻った。「さて、帰るとするか」

「何の用で来たの？」ジョアンは尋ねた。

「別に用はない、ミセス・クラーク」赤ら顔した三十代後半の大男エリクスンは戸口でためらった。「ああ、ひとつあった」

「なんなの?」彼女の声には感情が欠けていた。

「トム、きみは地区部隊のカードを作ったか?」

「地区部隊カード?」

「法律ではきみはこの地区――わたしの担当地区に登録されることになっている」彼はポケットに手を伸ばした。「まだ白紙のカードを持っている」

「ええっ!」トミーはいささか驚いていった。「そんなにすぐ? 十八歳になってからだと思っていた」

「法律が変わったんだ。火星を徹底的に叩くんだ。地区によっては割り当てを満たすことができない。これからもっと大勢の人を捜さなくてはならない」エリクスンは人がよさそうな笑いを浮かべた。「ここはいい地区だ。新しい機械装置を試したり習ったりする楽しみも多い。わたしはワシントンに出かけて、新しいダブルジェット小型戦闘機の編隊を任せてもらってきた。部下はみんな戦闘機の操縦ができるんだ」

トミーは眼を輝かせた。「ほんとう?」

「実際かれらは週末には戦闘機で家に帰る。この芝生なら着陸できるぞ」

「本当かな?」トミーは机に座った。彼は楽しげにカードに必要事項を書き入れた。

「うそじゃない。大いに楽しめる」エリクスンは小声でいった。

「戦争の合間にね」ジョアンは静かにいった。

「それはどういうことだ、ミセス・クラーク?」

「何でもないわ」

エリクスンは記入したカードを受け取った。彼はそれを財布に入れた。「ところでな」

トミーとジョアンは彼の方を向いた。

「ヴィデオ・スクリーンでグレコ戦争を見たと思うが。そのあらましは知っているな?」

「グレコ戦争?」

「カリスト(木星の第四衛星)からグレコを入手する。それは動物の皮革から作られるものだ。それで原住民と少しトラブルがあった。かれらの主張は――」

「グレコって何?」ジョアンは強い口調で訊いた。

「玄関のドアを居住者だけに開く装置を作る素材だ。各人の触圧パターンに敏感に反応する。グレコはカリストの動物からできるんだ」

沈黙があった。まるでナイフで裂けそうな張り詰めた沈黙だった。

「それじゃ失礼する」エリクスンはドアに向かった。「次の訓練集会で会おう、トム。いいな?」彼はドアを開けた。

「いいとも」トミーは小声でいった。

「おやすみ」エリクスンは後ろ手でドアを閉め去った。

「ぼくは行くんだ!」トミーは叫んだ。

「どうして?」

「全地区で行くんだもの。命令さ」

ジョアンは窓の外を見つめた。「よくないわ」

「だけどぼくが行かなければ、地球はカリストを失うんだ。そしてカリストを失えば……」

「知っているわ。そうすればドアの鍵を持ち歩く時代に返るというのでしょう、祖父母の時代に」

「そのとおりさ」トミーは胸を張って左右に向きを変えた。「ぼくの格好どう?」

ジョアンは何もいわなかった。

「ねえ、どう見える? いいだろう?」

トミーの深緑色の制服姿は格好よく見えた。彼はスリムで姿勢もよく、父のボブより見栄えがした。ボブは肥っており髪の毛も薄かったが、トミーの髪は黒くふさふさしている。頰は興奮で紅潮し、青い眼は輝いている。ヘルメットをきちんと被り、バンドで留めている。

「これでいい?」彼は訊いた。

ジョアンはうなずいた。「いいわよ」

「お別れのキスをしてよ。カリストに行くんだ。一日もしたら帰ってくるよ」

「さよなら」

「あまり嬉しそうじゃないね」

「ええ。あまり嬉しくないわ」とジョアン。

トミーは無事にカリストから帰ってきた。しかしその後エウロパ(木星の第二衛星)でのトレクトーン戦争中、彼のダブルジェット小型戦闘機が故障し、地区部隊は彼を置き去りにして帰還した。

「トレクトーンはヴィデオ・スクリーンのブラウン管に使われるんだ。非常に重要なものなんだ、ジョアン」ブライアン・エリクスンは説明した。

「そうね」

「ヴィデオ・スクリーンがどれほど重要か、きみにも分かるはずだ。すべての教育や情報伝達に使われている。子供たちはそれから学び授業を受けている。夕方になればみんな娯楽番組を見ている。もう一度昔に戻りたくは――」

「ないわ。もちろんよ。ちょっとごめんなさい」ジョアンが合図を送ると、コーヒー・テーブルが居間に滑り込んできた。湯気の立つポットが置かれている。「クリーム？　お砂糖？」

「ありがとう。砂糖を貰おう」エリクスンはカップを取り上げ長椅子に静かに座ると、掻き回しすすった。家の中は静かだった。もう夜の十一時ころだ。シェイドは降りている。テレビは隅で映像を写していた。屋外の世界は暗く動くものもなく、敷地の外れの杉木立を微かな風が通り過ぎるだけだった。

「あちこちの前線からのニュースはないの？」ジョアンはしばらくして訊いた。椅子に寄りかかってスカートを直した。

「前線？」エリクスンは考えた。「そう、イデリウム戦争に新しい進展があった」

「それはどこ？」

「海王星だ。海王星からイデリウムを取るんだ」

「イデリウムって何に使うの?」ジョアンの声は遠くの方から聞こえるようにか細かった。顔はやつれ不自然に白い。マスクを被り、そのマスクを通して遠くから見ているみたいだった。

「あらゆる新聞社の機械にはイデリウムが必要だ」エリクスンは説明した。「イデリウム線はヴィデオ・スクリーンで放映されているニュースを直ちに探索できる。イデリウムなしには、昔みたいな鉛筆と紙のニュース取材になってしまう。それでは個人的偏見や片寄ったニュースも紹介されてしまう。その点、イデリウム・マシンは公平無私だ」

ジョアンはうなずいた。「他には?」

「それほどない。水星でトラブルが発生しそうだといわれているがね」

「水星からは何を持ってくるの?」

「アンブロリンがある。アンブロリンはあらゆる選別機に使われている。お宅の台所にも置かれている選別機だ。料理の選択をする選別機。それもアンブロリン装置だ」

ジョアンはぼんやりとコーヒーカップを見つめた。「水星の住民は地球人を攻撃したの?」

「暴動や扇動があった。いくつかの地区部隊がすでに召集されている。パリ部隊やモスクワ部隊は巨大な戦力だ」

しばらくしてジョアンがいった。「ねえ、ブライアン。何か用事があって来たのでしょう?」

「いや、別に。なぜそんなことをいうんだ?」

「知っているわよ。なんなの?」

エリクスンの顔が紅潮した。人のよい顔はたちまち真っ赤になった。「きみは鋭いね、ジョアン。実は用事があって来たんだ」

「それは?」

エリクスンは上着に手を入れ、折ったガリ版印刷の書類を取り出した。それをジョアンに渡した。「これはわたしの考えではないことを承知しておいてくれ。わたしは巨大な機械の歯車のひとつなんだ」彼は神経質そうに唇を嚙んだ。「トレクトーン戦争で大損害を蒙ったためなんだ。結束を固める必要がある。敵に対抗するため派遣すると聞いている」

「何のことをいっているの?」ジョアンは書類を返した。「法律用語だらけで分からないわ」

「女性も地区部隊に編入させようということなんだ。家族に男性のいない家は」

「そう。分かったわ」

エリクスンは立ち上がると、自分の役目を終えてほっとしていた。「もう帰らなくては。これをきみに見てもらいたかったんだ。伝達ラインに沿って手渡されるはずだ」彼は書類をまた上着に突っ込んだ。かなり疲れて見える。

「もうあまり人は残っていないでしょう?」

「どういう意味だ?」

「男性が最初で、次に子供、そして女性。ほとんど根こそぎ連れていくようね」

「そうだな。それには理由がある。前線は守らなければならない。補充を送り続けなければ維持出来ないんだ」

「そうね」ジョアンはゆっくりと立ち上がった。「また会いましょう、ブライアン」

「そうだな。一週間後に来る。その時また」

ブライアン・エリクスンは土星でナイムファイト戦争が起こった時に戻ってきた。ミセス・クラークが家に入れてくれると、彼は謝るような笑いを浮かべた。

「早朝からすまない。大忙しで地区中を駆け回っていて」

「どうしたんですか?」ジョアンは彼の背後のドアを閉めた。彼は薄緑色の制服に銀色のバンドを肩に掛けていた。ジョアンはまだ部屋着姿だった。

「ここは暖かく気持ちよい」エリクスンは壁で手を温めながらいった。外はもう明るいが寒かった。十一月のことで、あたり一面雪に覆われ、白く冷たい毛布みたいだった。数本の裸木が突き出し、枝に葉はなく凍りついている。遠くのハイウェイには明るいリボン状の車の列が細流になっている。もう町に向かう人も少なくなっていた。ほとんどの車が車庫で眠っていた。

「土星でトラブルがあったことは知っているだろう」エリクスンは小声でいった。「耳にしているな」

「写真は見たわ。テレビで」

「全く大騒ぎだった。土星人は確かに大きく五〇フィートもある」

ジョアンは眼をこすりながらぼんやりうなずいた。「土星からも何かを漁るのは恥だわ。朝食は、ブライアン?」

「ああ、ありがとう。もうすませた」エリクスンは壁に背を向けた。「寒さから逃れるにはこうするのが一番だ。この家は確かに住み心地がいい。妻にも自宅をこの家ぐらい居心地よくしてもらいたいね」

ジョアンは部屋を横切って窓に行きシェイドを上げた。「土星から何を奪うの？」

「もちろんナイムファイトさ。他のものなら諦める。しかしナイムファイトはそうはいかない」

「ナイムファイトって何に使うの？」

「全適性検査装置だ。ナイムファイトがなくては世界評議会の議長をはじめ、どんな職業に適している人物かを見分けられない」

「そうなの」

「ナイムファイト検査機で各人の適性と適職を判断している。ナイムファイトは現代社会の基礎的装置だ。それで人間を分類格づけしている。その供給に何か起これば――」

「それは土星からだけなのね」

「それが心配だ。いま原住民は暴動を起こし、ナイムファイト鉱山を占領しようとしている。かなり苦しい戦争になろう。かれらは体格がいい。政府は派遣できる全員に召集をかけているんだ」

急にジョアンは息を詰まらせた。「全員にですって？」口に手を当てた。「女性も？」

「すまない、ジョアン。それはわたしの考えじゃない。誰しも好きで決めたんじゃない。しかしここで頑張らなければ地球は――」

「だけど誰が残るの？」

エリクスンはそれには答えなかった。彼は机に座りカードに書き込んでいた。それをジョアンに渡した。彼女は機械的に受け取った。「きみの部隊カードだ」

「だけど誰が残るの？」彼女はもう一度訊いた。「わたしに話せないの？　いったい誰が残るというの？」

オリオン星群からの宇宙船は轟音をあげて着陸した。排気管から廃棄物質の蒸気が放出され、やがてジェット・コンプレッサーが静まり沈黙した。

しばらく静寂が続いた。それからハッチが慎重に緩められ内側に開いた。注意深くヌトガリ—3は外に出て眼の前で大気検査器を振った。

「結果は？」同僚が疑問を抱いた。その思考はヌトガリ—3に通じた。

「呼吸するには薄過ぎる。われわれにはな。しかし生命体によっては充分だ」ヌトガリ—3は身の回りを、丘陵や平野を、そのまた先を見つめた。「全く静かだ」

「物音ひとつしない。生命体の存在もない」同僚が現われた。「あの向こうのは何だ？」

「どこだ？」ヌトガリ—3は尋ねた。

「あの向こうだ」ルシン—6はポーラー・アンテナで示した。「見えるか？」

「建物の集合体のようだな」

ふたりのオリオン星人は小型ロケットをハッチの高さまで上げ、地上に降ろした。ヌトガリ

—3が操縦し、平野を横切り、地平線に見える隆起した場所に向かった。至るところに植物が育っている。大きいのあり、小さいのあり、逞しいのあり、華奢なのあり、さまざまな色の花々が咲き乱れていた。

「変化に乏しいかたちのものばかりだ」ルシン—6は観察した。

かれらは灰色のオレンジの畑を過ぎた。数千本の幹が一様に育ち、どこまでも同じように植わっている。

「これは自然に育ったものではないな」ヌトガリ—3は呟いた。

「ロケットの速力を落とせ。建築物のところに来ている」

ヌトガリ—3はロケットの速力を落とし、ほとんど停止状態にした。ふたりのオリオン星人は舷窓に屈むと、興味深げに見下ろした。

きれいな建物だった。背の高い植物、カーペット状の低い植物、驚くべき花をつけた花壇など、あらゆる植物に囲まれている。建物自体こぎれいで、魅力的で、明らかに先進文化の人工物である。

ヌトガリ—3はロケットから出た。「伝説的な地球の生物に出会おうとしているんだ」長く一様に地面を覆う植物のカーペットを踏んで建物の入口に急いだ。

ルシン—6もそれに続いた。かれらはドアを調べた。「どうやって開けるんだろう?」ルシン—6が訊いた。

かれらは錠にきれいな穴を開けドアを押し戻した。照明が自動的に点いた。家の中は壁の熱で暖かかった。

「何という文化の発達！　すばらしい進歩だ」

かれらは部屋から部屋を歩き回り、ヴィデオ・スクリーン、手のこんだ台所、ベッドルームの家具、カーテン、椅子、ベッドなどを見た。

「ところで地球人はどこだ？」ヌトガリ—3は最後にいった。

「かれらはまもなく戻ってくるだろう」


ヌトガリ—3は行ったり来たりした。「どうも雰囲気がおかしいな。おれの触角はごまかせない。居心地が悪い。かれらが戻らないことは考えられないか？」

「どうして？」

ルシン—6はヴィデオ・スクリーンをいじりはじめた。「そんなことはないよ。待っていれば帰ってくる」

ヌトガリ—3は窓の外をそわそわして覗いた。「誰も見えない。しかし近くにいるに違いない。ここを出たり去ったりするはずがない。どこに行ったのだろう？　どうしてだろう？」

「そのうち戻ってくるさ」ルシン—6はヴィデオ・スクリーン画面の電波障害を見た。「これはそれほど印象的ではない」

「かれらは戻ってこない気がする」

「地球人が戻ってこないとしたら」そういいながらルシン—6は考え深げにヴィデオ・スク

リーン調整器を弄んだ。「これは考古学上の最大の謎のひとつだ」
「おれはかれらの見張りを続けるよ」ヌトガリ—3は無表情でいった。

ウォー・ヴェテラン

War Veteran

その老人は眩しいほど暑い陽射しを浴び、公園のベンチに座りながら行き交う人々を眺めていた。

公園はこぎれいに整備されていた。何百本もの輝く銅管から送られてくる散水で、芝生は濡れて光っている。洗練されたロボット庭師があちこちを這い回り、草取りをし、ごみを集めては処理穴に入れていた。子供たちは走り回り歓声を上げている。若いカップルは座って陽光を浴びながら眠そうに手を組んでいる。ハンサムな兵士のグループはポケットに手を突っ込み所在なさそうに歩き回り、プールの縁で日光浴中の陽に焼けた裸の娘たちを羨ましげに見ていた。公園の外では騒音を立てる車が走り、ニューヨークの聳え立つビル群がきらきら輝いている。

老人は咳払いをすると、不機嫌そうに木陰に唾を吐いた。ぎらぎら輝く灼熱の太陽のせいで不安にかられていた。太陽はあまりに強烈な金色に輝き、みすぼらしいぼろコートの下を玉の汗が流れる。老人は白髭混じりの顎と失われた左眼を気にかけていた。深く醜い火傷は片頬の肉を焦がしている。痩せこけた首の回りに下げた携帯電話を邪険に扱った。コートのボタンを外すと、ベンチの輝く金属床から身を起こした。退屈で孤独で切なくて、身をよじると、樹木や草花の牧歌的風景や、幸せそうに遊ぶ子供たちに興味を向けようとした。

三人の金髪の兵士たちは老人の向かい側のベンチに座って、ピクニック用のランチ・ボックスを開きはじめた。

老人のいくらか臭い息が喉に絡まった。古い心臓は痛いほど高鳴り、久しぶりに活気を取り戻した。無気力さからやっとのことで立ち直り、兵士たちにぼんやりした眼を向ける。ハンカチを取りだし汗まみれの顔を拭い、それから声をかけた。

「気持ちのよい午後だね」

兵士たちはちらっと目をくれた。「そうだな」と一人が答えた。

「かなりのものだ」老人は灼熱の太陽と高層ビルを指さした。「脱帽する」

兵士たちは何もいわなかった。熱く濃いコーヒーとアップルパイに夢中だった。

「ただの冗談さ」老人は悲しげに続けた。「きみらは選抜チームか?」老人は思い切って訊いた。

「いや」兵士の一人が答えた。「ロケット乗組員だ」

老人はアルミニュームの杖を握りいった。「わしは爆破班だった。昔のBa―3分隊だ」

兵士たちは誰も応答しなかった。かれらの間で囁きを交わしている。向こうのベンチの娘たちはこちらを注目していた。

老人はコートのポケットに手を伸ばし、擦り切れたティッシュ・ペーパーに包まれたものを取り出した。震える手でそれを開くと立ち上がった。おぼつかない足取りで砂利道を横切り、兵士の方にやって来た。「これが分かるか?」彼はきらきら光る小さな四角い金属片を差し出した。「八七年に貰ったものだ。おそらくきみたちの生まれる前のことだろう」

若い兵士たちはひととき僅かな興味をそそられた。「おい」一人がそれと知ると口笛を吹いた。「これはクリスタル・ディスクだぜ――最高勲章だ」彼は不思議そうに眼を上げた。「あんたがこれを?」

老人は得意げな高笑いをすると、メダルを包み、コートのポケットにしまいこんだ。「わしはネイザン・ウエスト将軍の部下で『風の巨人』号に乗り組んでいた。やつらが反攻しているのを知ったのは最後の時空ジャンプの時だった。わしは分隊とそこにいた。通信網を破壊した日は多分憶えているだろう。すっかり準備して――」

「悪いけど」兵士の一人があいまいにいった。「そんな昔のことは知らない。何しろ生まれる前のことだから」

「そうだな」老人は熱心に相槌を打った。「六十年以上前のことだ。ペラチ少佐のこと聞いたことがあるかね? やつらが最後の攻撃に集中している時、彼はその援護宇宙艦隊をどうやって流星雲に激突させたのか? わしらが遂に玉砕するまでBa―3分隊は数か月も持ちこたえられたか?」彼は苦々しげにいった。「やつらを一歩も近寄らせなかった。残り数名になるまでな。やがてやつらは禿鷹(はげたか)のようにやって来た。そこで見つけたものは――」

「ごめんよ、じいさん」兵士たちは身軽に立ち上がりランチを片づけ、娘たちのベンチに向かった。娘たちは恥ずかしげにちらっとかれらを見て、期待に胸をふくらませくすくす笑った。

「じゃあ、またな」

老人はきびすを返し、激しく足を引きずりながら自分のベンチに戻った。落胆してぶつぶつ呟きながら濡れた植え込みに唾を吐き、落ち着きを取り戻そうと努める。しかし太陽の暑さに苛立ち、人ごみや車の騒音に気分が悪くなった。

老人は公園のベンチに座って半眼を閉じ、苦々しさと敗北感を歪んだ唇から吐き出していた。老いぼれた半盲の年寄りに関心を払う者もない。老人の加わった戦闘や目撃した作戦について、手前味噌のとりとめもない話に耳を傾ける者もなかった。ぼけた老人の脳髄の中で、いまだにめらめら蝕む炎のように燃えている戦争を憶えている者は誰もいない。聞いてくれる人さえいれば、老人はいつまでも戦争の話を続けたろう。


ヴェイシェル・パタースンは急停車し、緊急ブレーキを踏んだ。「そういうことだ」彼は肩越しにいった。「楽にしてくれ。しばらく待たざるを得ない」

その光景は見慣れたものだった。灰色の帽子を被り腕章をした数千の地球人が通りを練り歩き、スローガンを叫び、街路でも見える粗末な大プラカードを持ち、大通りを行進している。

『交渉無用！　お喋りは裏切り者に任せろ！』

『人間なら行動を！』

『やつらに告げたり、教えたりするな！』

『強い地球は最良の平和保障だ！』

車のバックシートでは、エドウィン・ラマールが間近で見たものへの驚きでぶつぶついいながら、報告テープを脇に置いた。「どうして停めたんだ？　あれは何だ？」

「別のデモ行進よ」イヴリン・カッターはよそよそしくいった。彼女は座席に寄りかかり、うんざりしたように煙草に火をつけた。「どれもこれも似たり寄ったりね」

デモ行進は最盛期だった。男、女、午後の学校をさぼった若者たちが、興奮と緊張で険悪な表情でプラカードや粗末な武器を持ち、一部は制服姿で行進している。歩道沿いには沢山の野次馬が引っ張り出されていた。青い制服の警官が交通止めをしている。かれらは無関心で見張りにつき、妨害する者を待ち構えていた。もちろんそんなことをする者はいない。それほど愚か者はいなかった。

「幹部会はどうしてこれを止めないんだ?」ラマールは尋ねた。「武装した二列縦隊で、きっぱり片をつけられるんだが」

彼の横でジョン・スティヴンスは冷たく笑った。「幹部会が金を出し、組織し、テレビでいつも放映しているんだ。不満をいう連中を殴ることさえある。誰かが暴力を振るうのを待っているんだ」

ラマールは眼をしばたたいた。「パタースン、本当か?」

怒りに歪んだ群衆の顔がピカピカの六四年型ビュイック車のフード越しに不気味に迫ってくる。重い足音がクロムのダッシュボードをがたがたと鳴らした。ドクター・ラマールはテープを注意深くメタルケースにしまい、怯えた亀みたいにあたりをきょろきょろと見た。

「きみは何を心配しているんだ?」スティヴンスは嗄れ声でいった。「きみには触れもしないよ——地球人だからな。冷汗を流すのはわたしだ」

「やつらは狂っている」ラマールは呟いた。「白痴どもの行列だ――」

「白痴じゃない」パタースンは穏やかに応じた。「かれらは信用し過ぎているだけだ。いわれたことをうのみにしているんだ。他の連中と同様にな。唯一のトラブルはかれらの聞いた話が真実でないことだ」

彼はばかでかいプラカードの一つを指さした。その巨大な立体写真は行列が進むにつれ、よじれたり、ひっくり返ったりした。「やつのせいだ。彼がその嘘を考え出したのだ。幹部会に圧力をかけ、憎悪と暴力を作り出す男だ――それを煽る資金を持っている」

プラカードの写真は厳しい顔つきの白髪の紳士で、きれいに髭をあたり威厳があった。五十代後半の学者風の大柄な男である。親切そうな青い眼、しっかり張った顎、印象的な尊敬すべき政府高官である。彼のハンサムな写真の下には個人的なスローガン、一瞬のインスピレーションが浮き彫りにされている。

『妥協するのは裏切者だけだ！』

「あれがフランシス・ガネットだ」スティヴンスはラマールにいった。「格好いい男じゃないか？」彼は訂正した。「地球人にしては」

「かなり気障（きざ）な男じゃない」イヴリン・カッターは反論した。「あんな知的に見える男に、よくこんなことが出来るわね？」

スティヴンスはこわばった高笑いをした。「彼のきれいな白い手は、そこを行進している鉛管工や大工とは比較にならない汚れ方をしているのさ」

「しかしどうして――」

「ガネットとそのグループはトランスプラネット・インダストリーズを所有している。太陽系の貿易の大部分を支配している持ち株会社だ。われわれ金星人や火星人に独立を与えたら、彼の貿易に割込むことになる。すなわち競争相手になる。しかしこのままでは、不正な商業組織に封じ込まれたままだ」とスティヴンス。

デモ行進は交差点にさしかかった。ひとつのグループがプラカードを降ろし、こん棒や石塊を取り出した。かれらは大声で命令し、他の連中に合図する。それから意図的に近代的な小ビルに向かった。そのビルは『カラー・アド』とネオンサイン表示されている。

「ああ、ちくしょう。やつらはカラー・アドのオフィスを狙っているんだ」パタースンはそういうとドアのハンドルをつかんだが、スティヴンスが止めた。

「やめておけ。とにかくあそこには誰もいない。いつも事前に警告を受けているんだ」とスティヴンス。

暴徒たちはプラスティック板の窓を壊し、派手な装飾の商店になだれ込んだ。警官は腕組みしてぶらぶら歩き回りながら、その光景を楽しんでいる。めちゃめちゃになった表通りのオフィスから、破壊された家具が歩道に投げだされる。ファイル、机、椅子、テレビ、灰皿、地球世界の幸福な生活の華やかなポスターまであった。物置は熱線銃で火をつけられ、ひりひりする黒煙が渦巻いている。やがて暴徒たちは一斉に外に飛び出した。破壊に飽きて浮かれている。

歩道沿いにはさまざまな感情でそれを見つめている人々がいた。ある者は喜びを現わし、ある者はあいまいな好奇心の虜だった。だが大部分は怖れと心配に駆られている。凶暴な顔をした暴徒がしゃにむに押し寄せてくると、かれらは慌てて逃げ、盗んだ品物の処理に困っていた。

「分かったろう?」パタースンはいった。「このデモは二、三千人で組織されているんだ。ガネット委員会の金でな。先頭のやつらはガネット工場の労働者だ。ごろつきどもの休日出勤さ。いかにも人類の代表のように見せかけているがそうじゃない。やかましい少数派、勤勉な狂信者の群れだ」

デモ行進は解散しかけていた。カラー・アドのオフィスはすっかり焼け、惨たる廃墟となった。交通はストップし、ニューヨークのダウンタウンの大部分には扇情的なスローガンが見られ、行進の足音が響き、憎悪の叫びが聞こえた。人々はオフィスや店に戻りはじめ、日常の仕事に就いた。

その時暴徒たちは、閉ざされた戸口にうずくまっている金星娘に眼を留めた。

パタースンは車を加速させた。乱暴に車を押し分けて転回し、通りをつっ走り歩道に乗り上げ、黒い顔のマスクを被った群衆に向かった。車の先端が先頭集団を捉え、木の葉のように宙に舞わせる。残りの連中は車体とぶつかり、手足をもがきながら団子状になってひっくり返った。

金星娘は自分の方に滑ってくる車を見た——フロント・シートには地球人がいた。瞬間彼女は麻痺するような恐怖でうずくまった。それから振り向くと、パニックに駆られて慌てて歩道を走り、通りいっぱいに右往左往する群衆の中に飛び込んだ。暴徒たちはまたスクラムを組み、精一杯の悲鳴を上げる彼女を追った。

「水かき肢女を捕まえろ！」

「水かき肢どもは自分の星に帰れ！」

「地球は地球人の手に！」

唱えるスローガンの下には、言葉にならない欲望と憎悪の醜い底流があった。

パタースンは車をバックさせ車道に戻した。彼の拳はホーンの上できつく握り締められている。車は娘の後を追い、ゆっくり駆ける暴徒たちと並行に走り、やがて追い抜いた。車の後部窓が投石で壊れ、しばらくして瓦礫が雨あられと降ってきた。前方では群衆があてどなく分かれ、車と暴徒に道を空けた。絶望的に走る娘に手をさしのべる者もなく、彼女は車と人込みの間をすすり泣き、喘ぎながら駆けつづけた。彼女を救いに駆けつける者もない。みんなぼんやりした目つきで見つめ、巻き込まれるのを避けている。遠くの見物人は自分たちの加われない出来事を眺めているだけだった。

「あの娘を助けてやろう！」スティヴンスはいった。「彼女の前に停めろ。先回りして行く手を遮るんだ」

パタースンは娘を追い越しブレーキを踏んだ。彼女は怯えた兎みたいに通りで身をひるがえした。スティヴンスは一足飛びに車を飛び出すと、やみくもに暴徒に背を向けて走る娘を追い、彼女を引っさらうと車に飛び込んだ。ラマールとカッターが二人を車中に引き入れると、パタースンは車を急発進させた。

すぐさま町角を曲がり、警察の張ったロープを外し、危険地帯の向こうに逃げる。背後の群衆の喚声、舗道の足音は途絶えた。

「もう大丈夫だ」スティヴンスは優しく繰り返し娘にいった。「われわれは仲間だ。見てごらん、わたしにも水かきがあるだろう」

娘は車のドアを背にうずくまり、緑の眼を恐怖で見開き、細い顔を痙攣させ、膝を胸に引き寄せている。おそらく十七歳くらいだ。水かきのある指で、裂けたブラウスの襟を意味もなくかき合わせている。靴の片方はなくなっていた。顔は引っ掻き傷だらけで、黒い髪は乱れている。震える口元からは溜息ばかり漏れた。

ラマールは彼女の脈拍を診た。「心臓が破裂しそうだ」彼は小声でいった。上着から非常用カプセルを取りだすと、彼女の震える腕に鎮静剤を注射した。「これで安心だ。彼女は助かった──やつらの手に落ちずに済んだ」

「もう大丈夫だ」スティヴンスは小声で娘にいった。「われわれは市立病院の医師だ。ミス・カッターは患者のファイルや記録を扱っている。ドクター・ラマールは神経医、ドクター・パタースンはガンの専門医、わたしは外科医だ──手を見てごらん？」彼は外科医の手で娘の腕を触った。「そしてわたしはきみと同じ金星人だ。きみを病院に連れて行き、しばらく匿（かくま）ってあげるよ」

「かれらを見たろう?」ラマールは早口で喋った。「彼女を助けようと手を差し伸べる者もいない。そこに立っているだけだ」

「かれらは怯えているんだ。トラブルを避けたいんだ」とパタースン。

「それは無理よ」イヴリン・カッターは無表情でいった。「誰もこのトラブルは避けられないわ。安全圏に立って見物出来ないのよ。フットボール・ゲームじゃないわ」

「何が起こるの?」金星娘は震えた。

「地球を離れた方がいい」スティヴンスは優しくいった。「ここは金星人には危険だ。自分の星に帰って騒動が静まるまで待ったほうがいい」

「どのくらい?」娘はあえいだ。

「結局のところ」スティヴンスは手を伸ばすと、イヴリンの煙草を彼女に渡した。「こんな事態がいつまでも続くわけはない。われわれも自由が欲しい」

「落ち着いて」イヴリンは恐ろしげな声でいった。彼女の眼から憎悪の怒りが消えていた。

「あなたはとりわけね」

スティヴンスの深緑色の顔が紅潮した。「同胞が侮辱され殺されるのを、わたしが無為に見過ごしていると思っているのか。われわれの利益は無視され、膏血(こうけつ)を絞って肥えるガネットみたいなのっぺり面を知らない振りをし――」

「のっぺり面?」ラマールは不思議そうにおうむ返しにいった。「どういう意味だ、ヴェイシエル?」

「それは地球人に対する言葉だ」パタースンは答えた。「そうだろう、スティヴンス。われわれに関する限り民族差別はない。みな同じ民族だ。きみの先祖だって二十世紀末に金星から移住した地球人じゃないか」

「形態の変化はごく些細な適応進化だ」ラマールはスティヴンスに保証した。「われわれはまた異種交配できる——それは同種である証拠さ」

「そうよ」カッターも小声でいった。「でも水かき肢やカラスと結婚する気になれる？」

しばらく沈黙が続いた。車内の空気は敵意で緊張した。パタースンは病院に向けてスピードを上げた。金星娘はうずくまって座り、黙って煙草をふかしており、揺れる車内で怯えた眼をしている。

パタースンは検問所でスピードを落とし身分証を見せた。病院の守衛は車に許可の合図をし、再びスピードが上がった。身分証をしまった時、ポケットに入れておいたものに指が触れる。突然記憶が甦った。

「きみの心からトラブルをなくすものがある」彼はスティヴンスにそういうと、封をしたチューブを投げた。「軍は今朝それを返してよこした。事務的ミスだ。見終わったらイヴリンに渡してくれ。彼女にいくべきものだが、わたしも興味あった」

スティヴンスはチューブを開け中のものを取り出した。それは国営病院の許可を求める普通の申請書で、退役軍人番号が刻印されている。長い年月を経た汗まみれのテープと破れた書類。油じみのメタル・フォイルは何度も折りたたまれ、シャツのポケットに詰め込まれていたのだろう、汚い胸毛がついていた。「これが重要なものかい？」スティヴンスは我慢しながら尋ねた。「どうして事務的なつまらないことを心配するんだ？」

パタースンは病院の駐車場に車を停めエンジンを切った。「申請番号を見ろ」彼は車のドアを押し開けながらいった。「それを時間をかけて調べれば尋常でないことが見つかるよ。申請者は古い退役軍人の身分証を持っているが、その番号はまだ発行されていないものなんだ」

ラマールはひどく困惑し、イヴリン・カッターからスティヴンスに眼を移したが、何の説明も得られなかった。

老人は携帯電話の呼びかけで快いうたた寝からめざめた。「ディヴィド・アンガーさん」女性の小さな声は繰り返した。「病院にお戻り下さい。すぐに帰るように願います」

老人はぶつぶついいながら何とか身を起こした。アルミの杖をつかむと、汗で光るベンチを足を引きずりながら離れ、公園の出口に向かった。眩し過ぎる太陽、子供や娘や若い兵士たちの甲高い笑い声から遮断されるのは眠りに落ちた時だけだ……

公園の端で二つの人影がこそこそ木陰に潜り込んだ。その人影が小径に沿って背後を通りすぎると、ディヴィド・アンガーは停まって、信じられないように立ち尽くしていた。

自分でも驚くような声を出した。あらん限りの金切り声を上げた。怒りと嫌悪の叫びは静かな樹木や芝生の間を通って公園中にこだました。「水かき肢だ！」彼は叫んだ。そしてぎこちなくかれらの後を追いはじめた。「水かき肢とカラスだ！　助けてくれ！　誰か来てくれ！」

アルミの杖を振り回し、足を引きずりながら激しく喘ぎ、火星人と金星人の後を追いかけた。通行人が現われたが呆れてポカンとしている。老人が怯えた二人連れを追っていると群衆が増えた。疲れ果てて飲料噴水でつまずき倒れると杖が指から離れ跳んだ。その皺だらけの顔は土気色をし、火傷は斑の皮膚に醜く目立つ。よい方の眼は憎悪と憤怒で赤い。ひび割れた唇からよだれが流れる。骨張った爪みたいな手をむなしく振っていたが、二人の異星人は杉の茂みに潜り込み、公園の向こうの端に消えた。

「やつらを止めろ!」ディヴィド・アンガーはわめき散らした。「逃がすな! おまえたちは何をしている? この人種差別反対の臆病者め。それでも男か?」

「落ち着けよ、じいさん」若い兵士は親切にいった。「あの連中は誰も傷つけはしないよ」アンガーは杖を取り直し、兵士の頭の後ろでしゅっと振った。「おい――口先男」彼は怒鳴った。「おまえたちはそれでも兵隊か?」咳き込んで言葉がとぎれた。身体を二つ折りにするとぜいぜい喘いだ。「わしらの時代にはやつらにロケット燃料をぶっかけて吊るしたもんだ。汚い水かき肢やカラスどもをバラバラにした。見せしめにだ」

ぬっと現われた警官が二人の異星人を止めた。「立ち去れ」警官は命令した。「ここではおまえたちに権利はないんだ」

二人の異星人は慌てて逃げようとした。警官はゆっくり警鞭を振り上げると、火星人の眉間をぴしっと打った。もろく薄い頭蓋は割れ、火星人はぐらっと身体が傾き、眼が見えなくなり怒りに駆られた。

「もっとやれ」アンガーは息を切らせながらいささか満足した。

「全くひどい年寄りね」恐怖で顔を蒼白にした婦人が小声で彼に抗議した。「あなたのような人がすべてのトラブルの元なのよ」

「そういうおまえは何だ？　カラスの愛人か？」アンガーは鼻を鳴らした。

群衆は三々五々散った。アンガーは杖を握り出口の方によろめきながら悪罵を呟き、木陰に唾を吐き散らし首を振った。

病院の敷地に着いた時もまだ怒りと不快さで身震いしていた。「何の用で呼びつけた？」中央ロビーの大きな受付デスクに来るとくってかかった。「出頭する理由が分からん。ここに来て初めて熟睡していたのに起こしおった。それに二人も水かきが白昼堂々歩き回っているのは何だ。生意気千万だ――」

「ドクター・パタースンがお呼びです」看護婦は忍耐強くいった。「三〇一号室です」そしてロボットに命じた。「ミスター・アンガーを三〇一号室にご案内して」

老人は滑らかに動くロボットの後を、不機嫌そうに足を引きずりながら歩いて行った。「おまえたちブリキ野郎は八八年のヨーロッパ戦争で使われたものだな」彼は文句を並べた。「ばかげた話だ。みんな制服を着た人種差別反対の小僧ばかりだ。その辺をぶらぶらしているやつらはいい時期に生まれ合わせたものだ。裸で草の上を寝っころがるしか能のない小娘を笑わせたり、騙くらかしたりしている。どこかおかしい。何かが――」

「ここです」ロボットがいった。三〇一号室のドアが開いた。

ヴェイシェル・パタースンは腰を浮かした。老人は入ってくると、診療机の前でアルミの杖を握り締め苛立たしげに立ちはだかった。ディヴィド・アンガーと顔を合わせるのはこれが初めてだった。どちらもお互いに相手を値踏みした。痩せて鷹のような顔をした老兵と、黒く細い髪にべっ甲縁の眼鏡、親切そうな顔をした身なりのよい若い医師。その机のそばにはイヴリン・カッターが赤い唇に煙草をくわえ、金髪をなびかせ無表情で聞き耳を立てている。

「わたしがドクター・パタースンです。こちらがミス・カッター」彼は机にばらまかれた、擦り切れ腐食したテープをいじっている。「お座り下さい、ミスター・アンガー。いくつかお尋ねしたいことがあります。あなたの書類にあれこれ不明な点が出てきました。おそらくよくある間違いですが、わたしの手元に差し戻されました」

アンガーは用心しながら椅子に座った。「質問と赤いテープか。わしはもう一週間ここにおるが毎日何かある。道路のその辺で行き倒れて死んでしまった方がよかったな」

「これによればもう八日いますね」

「そうだな。そう書いてあるなら間違いあるまい」老人の見え透いた皮肉は、気持ちがひどく煮えくり返っていることを示していた。「それが事実でなくともけちはつけられん」

「あなたは退役軍人として認められています。生活費はすべて幹部会から支給されます」

アンガーは苛立った。「それがどうだというんだ？　わしはそれ相応のことはしたんだ」パタースンに向かって身を屈め、曲がった指で彼を突いた。「わしは十六歳で軍役に就いた。これまでの生涯を地球のために戦い尽くしてきた。やつらの汚い掃討作戦で半殺しにされなかったらまだ働けたはずだ。生きていただけ幸運だが」彼は意識して土気色の顔を擦った。「おまえさんなどまだ生まれてもいなかった頃の話だ。こういう逃げ場所があったとは知らなかったよ」

パタースンとイヴリンは顔を見合わせた。「あなたは何歳です?」イヴリンはいきなり尋ねた。

「いわなかったかね?」アンガーは怒りの小声でいった。「八十九歳だ」

「何年生まれです?」

「二一五四年。想像もつかんだろう?」

パタースンはメタル・フォイルの報告書に記入した。「所属は?」

それにはアンガーもほっとした。「Ba—3分隊。聞いたことがあるかもしれん。ところでやつらがまだこの辺りにうろついているが、これまでやつらと戦争をしていたことを知っているのかね」

「Ba—3か」パタースンは繰り返した。「何年くらい勤務しました?」

「五十年。それから退役した。最初の兵役という意味だ。六十六歳だった。定年だ。年金と土地を少しばかりもらった」

「それでまた軍に呼び返されたのですか?」

「当然のことだ! Ba—3分隊が前線に復帰した模様は憶えておらんだろう。わしら老兵だけでほとんどやつらを喰い止めたんだ、最後まで。あんたはまだ子供だったろう。だが当時は誰もがわしらのことを知っていた」アンガーは最高勲章クリスタル・ディスクをつかみ出し、机にバタンと置いた。「これを貰ったんだ。わしら生き残り全員がな。三万人のうち僅か十人だった」震える指で勲章をつかみ上げた。「わしは重傷を負った。この顔を見ろ。ネイザン・ウエスト将軍麾下（きか）の戦闘宇宙船が爆発した時の火傷だ。わしは二年間軍病院にいた。それはやつらに地球が手ひどくやられた時のことだ」歳老いた手をむなしく握り締めた。「わしらは地球が燻（くすぶ）る廃墟と化すのを座視しなければならなかった。鉱滓（こうさい）と灰塵以外何も残っておらず、死の荒野だった。町も都市もなかった。わしらがそこに座っていると、やつらのCミサイルが音を立てて飛んで行った。とうとうやつらに息の根を止められ――わしらもまた月に追いつめられた」

イヴリンは口をきこうとしたが言葉が出てこなかった。診療机の後ろでパタースンの顔がチョークのように白くなった。「続けて」彼はやっと小声でいった。「話を続けて下さい」

「わしらはそこで、コペルニクス・クレイターの地下で頑張っていた。やつらはCミサイルをがんがん撃ち込んできた。おそらく五年は持ち堪えた。やがてやつらが着陸しはじめた。わしらは高速攻撃地雷のなかに取り残され、外惑星間にゲリラ基地を設営した」アンガーは休みなく身をよじった。「そのあたりのことは話したくない。敗戦だった。万事休した。どうしてわしに訊くんだ？　わしは3―4―9―5を作るのを手伝った。最良の人工基地で天王星と海王星の中間にあった。やがて再退役した。汚い鼠どもが滑り込んでくるのを暇に任せて吹き飛ばしていた。五万人の男と女と子供たち。全くの植民地だった」

「そこから脱出したの?」イヴリンは小声で訊いた。

「もちろん脱出したさ！　わしはパトロール中だった。水かき肢の宇宙船を一隻やっつけた。撃ち落としやつらがくたばるのを見届けた。いささか気持ちがよかった。わしは3―6―7―7に移り数年暮らした。そこが攻撃されるまでな。それが今月初めのことだった。わしは背水の陣で戦っていたんだ」汚い黄色い歯が怒りできらりと光った。「その時は逃げる場所がなかった。知っているところはどこもなかった」赤っぽい眼が贅沢なオフィスを探る目つきで見た。「ここのことは知らなかった。こんなすばらしい人工基地を用意しておくとはなかなかやるものだな。わしの憶えている本物の地球にそっくりだ。少しばかり動きが速く明るいが。本当の地球はこれほど平和ではなかった。しかし空気の匂いさえ同じだ」

沈黙があった。

「その植民地が破壊された後、ここに来たんですね?」パタースンは嗄れ声で尋ねた。

「そうらしい」アンガーはうんざりしたように肩をすくめた。「最後に憶えているのは気嚢が破裂し、空気、熱、重力が漏れてしまったことだ。カラスと水かき肢の宇宙船が至るところに着陸した。周囲で大勢の人が死んだ。わしはその衝撃で気を失った。次に気づいた時にはここの通りに倒れており、通行人が起こしてくれた。あのブリキ男とドクターの一人がここに連れて来てくれたのだ」

パタースンは深く身を震わし溜息をついた。「分かりました」かれの指は無意識に、腐食し汗で汚れた身分証を毟(むし)っていた。「さて、それでこの書類の不備は説明された」

「それで全部かね。何か足りないものは？」

「あなたの書類はすべてここにあります。ここに連れてこられた時、手首に下げていたのがこのチューブです」

「そのとおりだ」アンガーの鳥みたいな胸は誇りで盛り上がった。「十六歳の時に教えられた。死んだ時でも、そのチューブを持っていろとな。記録をそのまま保存しておくのは大事なことだ」

「記録は信頼出来ます」パタースンはだみ声で認めた。「部屋にお帰り下さい。あるいは公園でもどこでも」彼が手で合図すると、ロボットは静かにこの老いぼれた年寄りをオフィスから廊下に連れ出した。

ドアが閉まるとイヴリン・カッターはおもむろに一本調子で罵りはじめた。ハイヒールで煙草を踏みつぶすとしきりに部屋を行き来した。「ああ、何が癪（しゃく）の種なのかしら？」

パタースンはヴィデオ・フォーンをひったくると、外部に電話し交換手に告げた。「軍司令部に繋いでくれ、至急だ」

「月のですか？」

「そうだ。月の中心基地だ」

緊張し歩き回っているイヴリンの向こう、オフィスの壁のカレンダーは二一六九年八月四日と読める。ディヴィド・アンガーが二一五四年の生まれだとすれば、まだ十五歳の少年ということになる。彼は二一五四年に生まれている。破れて黄色くなり、汗の染みのついたカードにはそう記されている。その身分証明書はまだ起こっていなかった戦争を経て持ち込まれたものだった。

「彼は退役軍人だ、もちろん」パタースンはスティヴンスにいった。「これからはじまる戦争に加わるはずもない。申請書がＩＢＭコンピューターから差し戻されたのも不思議はない」

スティヴンスは濃緑色の唇をなめた。「その戦争は地球と二つの植民星との間のものらしい。それで地球は敗れるのか？」

「アンガーはその戦争を戦い抜いた。最初から最後まで――地球の完全な破滅まで見てきた」

パタースンは窓辺に歩き外を眺めた。「地球は戦争に負け、地球人は一掃されたんだ」

スティヴンスのオフィスの窓から、パタースンは外に広がる都市を見た。何マイルも続くビルディングが午後の陽射しを浴びて白く輝いている。一千百万の人口。太陽系の商業、工業、経済の中心である巨大なセンター。その向こうにはあまたの都市群と農地とハイウェイ、三十億人の世界がある。繁栄する健やかな星。金星や火星の野心的移住者、異星人を初めに生み出したその母なる世界。鉱石や生産物を積んで地球と植民星を往来する無数の貨物宇宙船。すでに外惑星を探し回り、原料の新しい供給源を確保するために、幹部会の名で所有権を主張する調査隊。

「彼はここのすべてが放射能塵で死滅するのを見た。地球への最終攻撃でわれわれの防衛網が破られ、やがて月の基地も全滅してしまうのもな」

「高級将校は月からここへ逃げてくるというのか?」

「かれらが移動を開始するに都合のよい話を吹きこんでやったよ。この連中を扇動するにはいつも数週間はかかる」

「そのアンガーに会いたいな」スティヴンスは思案げにいった。「何とか手段はないかな――」

「会ったじゃないか。彼を激励したろう。憶えていないのか? 彼を見つけてここに連れてきた時のことを」

「ああ、そうか」スティヴンスは穏やかにいった。「あの汚い老人か?」その暗いまなざしがしばたたいた。「あれがアンガーか……これから闘おうとしている戦争の古参兵だな」

「きみらが勝とうとしている戦争だ。地球は負けようとしているが」パタースンは急に窓辺を離れた。「アンガーはここが天王星と海王星間の人工衛星だと考えている。ニューヨークの一部分を再建したものだと――プラスティック・ドームの下に数千人の人々と機械がある。彼は自分に実際に起こったことについてまるで分かっていない。どういうわけか時の進路に沿って投げ戻されたのだ」

「わたしはエネルギーの解放だと思うね……脱出するための熱狂的な欲求かもしれない。しかしたとえそうであっても、全体があまりにも非現実的だ。それは一種の――」スティヴンスは言葉を探した。「一種の神秘の輪か。一体なんだろう? 天恵か? 天国から来た予言者か?」

ドアが開き金星娘ラフィアが滑り込んだ。「あら」彼女はパタースンを見ていった。「知らなかったわ――」

「構わんよ」スティヴンスは彼女に入るように合図した。「パタースンを憶えているだろう。きみを助けた時、車に一緒にいた」

ラフィアは数時間前と見違えるほど元気になっていた。彼女の顔にはもう引っ掻き傷はなく髪も梳かされていた。新品のグレイのセーターとスカートに替えていた。スティヴンスに歩み寄る彼女の緑の皮膚は輝いていたが、まだ緊張し不安げだった。「ここに留まります」彼女は受け身にパタースンにいった。「ちょっとの間でもあそこには戻れません」彼女はスティヴンスに訴えるような素早い視線を走らせた。

「地球に身寄りがないんだ」スティヴンスは説明した。「彼女は一級生化学者としてここに来た。シカゴ郊外のウエスチングハウス研究所で働いていたんだ。ニューヨークへ買物旅行にやって来た。それが間違いだった」

「デンヴァーの金星人居留地に入れなかったのか？」パタースンは尋ねた。

スティヴンスは顔を紅潮させた。「このまわりに水かき肢を増やしたくないのか？」

「彼女に何が出来る？　安全な保護場所がない。彼女を貨物急行ロケットでデンヴァーに送れない理由はあるまい。誰もそれを妨害しなかろう」

「それは後で議論しよう」スティヴンスは苛立たしげにいった。「もっと重要な話がある。アンガーの書類をチェックしたかい？　あれが偽造でないことを確かめたかい？　信用出来ると思う。しかし確かめなければ」

「これは口止めしておく必要がある」パタースンはラフィアを見ながら早口でいった。「外部の人間を入れるべきでない」

「わたしのことをいっているの?」ラフィアはもじもじして尋ねた。「失礼した方がいいと思うけど」

「その必要はない」スティヴンスは彼女の腕を乱暴につかみながらいった。「パタースン、口止めは出来ないよ。アンガーはおそらく五十人には話しているだろう。彼は終日公園のベンチに座り、通行人をだれかれなく引き止めては長話をしているんだ」

「それは何なの?」ラフィアは興味深げに尋ねた。

「大したことではない」パタースンは警戒していった。

「大したことではない?」スティヴンスはおうむ返しにいった。「ちっぽけな戦争だ。前売りのプログラムさ」彼の顔をかすめて痙攣が走った。興奮と同情の強い感情が内部から溢れた。「いま賭けてもいい。そんな危険は冒さない。それは請け合う。結局それは歴史だ。そうじゃないか?」彼はパタースンを振り返ったが、その顔は確認を求めていた。「きみが何をいおうが、ぼくは戦争を止められない——きみもそうだよ。違うか?」

パタースンゆっくりうなずいた。「きみのいうとおりだと思う」悲しげにいった。そして力任せにつかみかかった。

金星人は急に身をかわしたので、パタースンは裾をつかんだだけだった。スティヴンスは冷凍光線銃を抜き出し震える腕で狙いを定めた。パタースンはそれを手から蹴飛ばすと、彼を足下に引きずった。「間違いだったよ、ジョン。アンガーの身分証のチューブをきみに見せなければよかった。知らせるべきではなかった」

「そのとおりだ」スティヴンスはやっと小さな声でいった。パタースンを見つめながら、彼の眼は悲しみに呆然としていた。「いまわたしは知った。これでわれわれ二人が知った。きみたちは戦争に負けようとしている。たとえアンガーを箱に閉じ込め地球の中心に埋めても、もう遅すぎる。わたしがここから出るや、カラー・アドの知ることとなるだろう」

「ニューヨークのカラー・アドのオフィスは焼き払われた」

「それならシカゴかボルチモアで見つける。必要とあらば金星に戻るよ。わたしはこの耳寄りな情報を広めたい。戦争はつらく長いものになるだろう。でもわれわれは勝つ。きみたちには打つ手がないんだ」

「きみを殺すことは出来るんだ」パタースンはそういったが心は激しく動揺していた。まだ遅くはなかった。スティヴンスを阻止し、ディヴィド・アンガーを軍に引き渡せば――

「何を考えているか分かっているぞ」スティヴンスは喘いだ。「地球が戦わず、きみらが戦争を避ければ、まだチャンスがあるかもしれない」彼の緑の唇が激しく歪んだ。「われわれにも戦争を避けさせようと考えているな？　もう遅い！　きみらのスローガンに従えば裏切り者だけが妥協するんだ。すでに手遅れだ！」

「そう手遅れだ」パタースンがいった。「ここから出ようとしてもな」彼の手が机上を探り文鎮をつかんだ。それを自分に引き寄せた。すると肘に冷凍光線銃の滑らかな先端を感じた。

「この連中の言葉ではどうなのか分からないけど」ラフィアは銃を手にゆっくりいった。「でもこれはボタンを押すだけだわ」

「そのとおりだ」スティヴンスはほっとしていった。「しかしまだ押すな。もう少し彼と話してみたい。理性を回復させられるかもしれない」パタースンの手を振り放して身を起こすと数歩退き、切れた唇と欠けた歯を手探りした。「きみがこれを持ち込んだのだ、ヴェイシェル」

「狂気の沙汰だ」パタースンはどなった。その眼はラフィアの危なっかしい指に揺れている冷凍光線銃の筒先に据えられていた。「負けることが分かっている戦争をはじめろというのか？」

「きみたちには選択の自由がない」スティヴンスの眼が光った。「きみたちに戦いをはじめさせるさ。われわれが都市を攻撃すればしっぺ返しをくわせるだろう。それが——人間の本性だ」

冷凍光線銃の一発目はパタースンを外した。彼は片側に除け、娘の細い手首に手を伸ばした。その指は空をつかみ、冷凍光線は再び発射され、彼は身を伏せた。ラフィアは退き、その眼は恐怖と怯えで見開き、起き上がろうとする彼を盲目的に狙った。彼は飛び起き、怯えた娘に大手を広げた。彼女の指は曲がり、銃の筒先は黒ずみかちっと音がした。それだけだった。

蹴り開けられたドアから、青い服の兵士が冷凍光線の死の十字砲火をラフィアに浴びせた。冷気がパタースンの顔を覆う。冷気が流れ過ぎるにつれ、彼は狂気のように手を上げたが、ばったりと背後に倒れた。

ラフィアはわずかに痙攣した。冷気の雲が彼女のまわりに輝く。それから彼女の生命のフィルムが映写機の中で急に止まったかのように、硬直して動かなくなった。彼女の身体から色彩が一斉に消える。静止した立像のグロテスクなイミテーションは無言で立ったまま、片手を上げむなしい防御姿勢を取っていた。

やがて凍った人柱が爆発した。膨張した細胞が破裂し結晶分子の雨となって、うんざりするほど部屋の隅々まで飛び散った。

フランシス・ガネットは赤ら顔に汗をかきながら、注意深く兵隊の背後から出てきた。「きみがパタースンか」彼は尋ねると大きな手を差し出したが、パタースンは握手をしなかった。

「軍関係者は当然のこととしてわしに報告をくれた。あの老人はどこだ?」

「どこかそのあたりにいるでしょう」パタースンは小声でいった。「護衛つきで」彼はスティヴンスを振り返り、一瞬眼が合った。「分かるか?」パタースンは嗄れ声でいった。「こういうことが起こるんだ。これがきみの本当に望むことか?」

「なあ、ミスター・パタースン」フランシス・ガネットはもどかしそうに太い声でいった。「わしは忙しいのだ。だがきみの文書からこれは重要なことのような気がした」

「そうです」スティヴンスは静かに答えた。彼はハンカチで口から滴る血潮を拭った。「それは月から旅する価値のあるものです。わたしの言葉を信じて下さい――わたしは知っているんです」

ガネットの右側に座っている男は中尉だった。彼は黙ってスクリーンを畏敬の眼で見つめている。その若くハンサムな金髪の顔は驚きでいきいきしていた。画面では灰色の霞の峰から、巨大な戦闘宇宙船が大儀そうに動きだした。原子炉の一基は粉砕されており、船首の砲塔は崩れ巨体は亀裂が走っている。

「何たることだ」ネイザン・ウエスト中尉は小声を漏らした。「あれが『風の巨人』か。地球最大の戦闘宇宙船。これじゃ——使いものにならない。全くの退役艦だ」

「あれがきみの宇宙船になるはずだ」パタースンはいった。「二一八七年、金星と火星の連合艦隊にあの宇宙船が破壊された時、きみは司令官だった。ディヴィド・アンガーは部下だった。きみは戦死しアンガーは逃れる。金星と火星のCミサイルによって地球が計画的に破壊されるのを、あの宇宙船の少数の生き残りが月から目撃するはずだ」

スクリーン上には、塵埃の充満した貯水槽の底の魚みたいに人影がとび跳ねたり、くるくる回ったりしている。激しい大渦巻が中心に押し寄せ、エネルギーの旋風が巨大な波動となって宇宙船団を襲った。銀色の地球宇宙船団は逡巡し、次の瞬間爆破された。黒く輝く火星の戦闘宇宙船団は広い防衛線を難なく通り抜け——地球軍の側面は待機していた金星軍に同時に破られた。かれらは共に鋼鉄ペンチの如く地球軍の残余を挟み撃ちにして粉砕した。光の一閃にも似て地球の宇宙船団は消滅した。荘重な青と緑の天体、地球は緩やかに威厳をもって回転している。

すでに地球は醜いあばたを見せていた。防衛網を貫通したCミサイルの爆破孔である。

ラマールは映写機をパチンと止め、スクリーンの映像は消えた。「重要場面はそれで終わりだ。入手できたのはこのような映像断片で、アンガーに強い印象を残した短いものだ。連続したものはない。次のフィルムはそれから数年後に人工衛星の一つで撮影したものだ」

明かりが点き、見物人はぎこちなく立ち上がった。ガネットの顔は血色が悪く、パテのような灰色をしていた。「ドクター・ラマール、あの場面をもう一度見たい。地球の最期だ」彼はやりきれないそぶりをした。「わしの意図は分かろうな」

明かりは消され再びスクリーンは甦った。今度は地球だけを映した。ディヴィド・アンガーの乗った高速度の空雷が外宇宙に突進し、遠ざかる天体は置き去りにされた。アンガーがかつて身を置いた死の世界は最後に映っている。

地球は廃墟と化していた。それを見ている将校グループは息を呑んだ。生きているものはいない。動くものも皆無だった。放射能の死の灰だけが弾孔だらけの地表をあてもなく大きくうねっている。三十億人が住んでいた星は焦げた燃えかすになっていた。瓦礫以外は何もなく、絶え間なく唸る風が空虚な海を横切って吹きすぎる。

「ある種の植物が地球を支配することになるでしょうね」イヴリン・カッターはかすれ声でいった。スクリーンの映像が消え、頭上の明かりが再び点いた。彼女は激しく身震いし顔をそむけた。

「雑草かも知れない」ラマールはいった。「黒い枯れた雑草が鉱滓の間から突き出ている。おそらく昆虫が後に出てくる。もちろん、バクテリアが先だろう。バクテリアの行動は灰塵を有用な土壌に変えるはずだ。そして何億年間も雨が降り続くだろう」

「それを直視するんだ」ガネットはいった。「水かき肢やカラスたちがやがて再移住してこよう。われわれ全員が死んだ後、かれらがこの地球に住むのだ」

「われわれのベッドに眠るのか？」ラマールが穏やかに尋ねた。「われわれの浴室、居間や交通機関を使うのか？」

「何をいっているんだ」ガネットは苛立って答えた。彼はパタースンに合図した。「このことはこの部屋にいる人間以外誰も知らないな？」

「スティヴンスは知っている」パタースンはいった。「しかし彼は精神病院に監禁されている。ラフィアも知っていたが、彼女は死んだ」

ウエスト中尉はパタースンに迫った。「アンガーを尋問できないか？」

「そうだ。アンガーはどこにいる？」ガネットは訊いた。「わしのスタッフがぜひ彼に直接面談したいといっているんだ」

「あなたはあらゆる重要な事実をつかんでいる」パタースンは答えた。「戦争が起ころうとした原因も。地球の運命も」

「きみは何をいわんとしているんだ？」ガネットは用心深く訊いた。

「戦争の回避です」

ガネットは栄養のいい丸々肥った身体を竦めた。「結局のところ歴史は変えられない。これは未来の歴史だ。われわれに選択の余地はない。前進し戦うだけだ」

「少なくともわたしたちには応分の責任はあるわ」イヴリン・カッターは冷たくいった。

「何の話をしているんだ?」ラマールは興奮してどもった。「きみの職務は病院にある。関係ないじゃないか?」

彼女の眼は光った。「地球がどうなったか見たでしょう。わたしたちはやつらのために破滅するのよ」

「それを超えることだ」ラマールは反論した。「もしもわれわれがこの憎悪や暴力に引きずられていったら――」彼はパタースンに訴えた。「なぜスティヴンスは監禁されたんだ? イヴリンの方がよほどおかしいのに」

「そのとおりだ」パタースンは同意した。「しかし彼女は地球の人間だ。その程度では閉じ込められないよ」

ラマールは彼から離れて行った。「きみは撃って出て戦おうとしているのか? ガネットや軍隊の側に立って?」

「戦争は避けたいんだ」パタースンはぼんやりいった。

「それが出来るか?」ガネットは訊いた。貪欲な光が薄青い眼の奥で瞬間またたき、それから消えた。

「可能かも知れない。賛成だ。アンガーがここに戻ってくれれば新しい要素が加わる」

「もし未来を変えることが出来れば、その時はさまざまな可能性の選択が出来るかもしれない」ガネットはおもむろにいった。「仮に二つの可能的未来があれば、それは無数の未来につながる。各々が異なる点で分岐するからだ」無表情さが顔から消えた。「われわれにはアンガーの戦闘知識が利用できる」

「ぼくに彼と話させて下さい」ウエスト中尉は興奮して口を挟んだ。「水かき肢の戦術が手に取るように分かるかも知れない。アンガーはおそらく心の中で何千回と戦闘を繰り返したはずです」

「彼はきみを知っている。何といってもきみの指揮下にいたのだ」とガネット。

パタースンは深く考えた。「わたしはそうは思わない」とウエストに向かっていった。「きみはディヴィド・アンガーより遥かに年上のはずだ」

ウエストは眼をぱちぱちさせた。「どういう意味です？　彼は老いさらばえた老人で、ぼくはまだ二十代だ」

「ディヴィド・アンガーはいま十五歳だ」パタースンは答えた。「この時点できみは彼の二倍の歳を取っている。月の政府職員としてすでに将校だ。アンガーは兵役にさえ就いていない。戦争が起こった時、訓練も経験もない二等兵として志願することになる。きみが年配に達し『風の巨人』号を指揮している時、アンガーは中年の平凡な兵士として砲塔で勤務に就き、きみはその名前すら知らないだろう」

「それではアンガーはすでに生きていたのか」ガネットは当惑して訊いた。

「アンガーはどこかその辺にいて舞台に上がるのを待っていた」パタースンは将来の研究のためにその考えを記憶に留めておいた。それは価値が出てくるかもしれなかった。「彼がきみに気づくとは思えないよ、ウエスト。会うことさえないかもしれない。『風の巨人』は大きな宇宙船だからな」

ウエストは急いで同意した。「盗聴装置をぼくに提供して下さい、ガネット。そうすれば司令部のスタッフはアンガーの話の聴覚的、視覚的イメージをつかめます」

明るい朝の陽射しを浴びながら、ディヴィド・アンガーは憂鬱そうにベンチに座っており、節くれた指でアルミの杖を握り、通行人をぼんやりと見つめていた。

彼の右側では造園ロボットが同じ場所で何度も草を刈っており、その金属眼はいわくありげに、皺だらけの背を屈めた老人を見つめている。砂利道ではぶらついている男たちのグループが、公園中にまき散らされたさまざまの監視装置に手当たり次第コメントを送り、中継装置に伝えている。トップレスの若い女性がプールのそばで陽に灼きながら、公園を歩き回る二人連れの兵士にウインクを送っていた。それらは絶えずアンガーの視界に入ってきた。

その朝は大勢の人々が公園にいた。かれらは半ば眠っている怒りっぽい老人を取り囲むスクリーンの一部に組み込まれていた。

「オーライ」パタースンはいった。彼は車を緑の樹木と芝生の一区画の端に停めた。「彼をあまり興奮させてはいけないことを忘れるな。スティヴンスはアンガーを元通り回復させた。アンガーの心臓がもし悪くなっても、スティヴンスにはもう頼めないぞ」

金髪の若い中尉はうなずくと、しみひとつない青の短い制服をピンと伸ばし、歩道にゆっくりと出た。ヘルメットを被り直し、きびきびと大股で砂利道を公園の中央に向かった。彼が近づくとぶらぶらしていた連中が少し動いた。一人ずつかれらは場所を決めた芝生に、ベンチに、プールのあちこちに固まっている。

ウエスト中尉は自動噴水の水飲み器に立ち止まり、冷たい水に口をつけた。彼はゆっくりと歩きだすと、両腕を垂らしてしばらく立ち止まり、若い女性をぼんやり見つめた。その女性は服を脱ぐと、色彩豊かな毛布をもの憂げに被った。目を閉じ赤い唇を開き、心地よさそうな溜息をついてリラックスした。

「まず、彼に喋らせましょう」数フィート離れたところで、黒いブーツをベンチの端にのせて立っている中尉に向かって、彼女は小声でいった。「話しかけないで」

ウエスト中尉はしばし彼女を見つめ、それから小径に沿って歩きつづけた。通りすがりのがっちりした体格の男が素早く耳打ちした。「急がないで。時間を取ってゆっくり現われて下さい」

「暇で仕方がないような印象を与えて下さい」乳母車を押して通り過ぎた、痩せて尖った顔の看護婦が囁いた。

ウエスト中尉は出来るだけゆっくりと歩いた。所在なさそうに小径から濡れた植え込みに砂利を蹴った。ポケットに深く手を突っ込み、ぶらぶらと中央プールに行くと、立ち止まってぼんやり中を覗き込んだ。煙草に火をつけ、通りかかったロボットの売り子からアイスクリーム・バーを買った。

「上着に少し垂らした方がいいですよ」ロボットはこっそり助言した。「悪態をつきながら軽く払うんです」

ウエスト中尉はアイスクリームを暑い夏の太陽で溶かした。それが手首から糊の効いた青い制服に垂れると、顔をしかめてハンカチを取り出してプールに浸し、ぎこちなくアイスクリームを拭きはじめた。

ベンチでは顔に火傷のある老人が片眼でそれを見つめ、アルミの杖を握り締めながら甲高い笑い声を立てた。「気をつけなさいよ」彼はぜいぜい喉を鳴らした。「ほらほら！」

ウエスト中尉は心配げに眼を上げた。

「また垂れるぞ」老人は高笑いをし、嬉しげに歯のない口をゆるめ、いくぶん楽しんでいる様子だった。

ウエスト中尉は人のよさそうな笑顔を浮かべた。「おっと危ない」彼はそれを認め、溶けかけたアイスクリーム・バーを処理穴に捨て、上着を拭き終えた。「全く暑いな」彼はそういうと漠然と歩きだした。

「いい日和だ」アンガーは鳥みたいな頭で頷いた。首を伸ばしウエストを見つめ、この若い兵士の肩に印された階級章を見分けようとした。「あんたはロケット乗組員か？」

「破壊工作隊員だ」ウエスト中尉はいった。その朝だけ彼の肩章は取り替えられていた。「Ba―3分隊だ」

老人は身を震わせた。咳払いをし近くの植え込みにせかせか唾を吐いた。「ほう、そうか？」興奮と怯えで半ば身を起こした。中尉は立ち去りかけていた。「おい、わしも昔Ba―3分隊にいたんだ」声を普段のままに落ち着かせようとした。「あんたの生まれる前のことだ」

驚きと疑惑がウエスト中尉の金髪のハンサムな顔をかすめた。「からかわないでくれ。生き残りの先輩がまだ少しはいるんだ。その手には乗らないよ」

「わしも、わしもそうだったんだ」アンガーはぜいぜいいいながら、震える手を急いでポケットに突っ込んだ。「なあ、これを見てくれ。ちょっと見せたいものがあるんだ」恭しく自分のクリスタル・ディスクを取り出した。「これが何だか知っているだろう?」

ウエスト中尉は長いことその勲章を見入った。感情がむき出しになってくる。それを隠せなかった。「それを見せて貰えますか?」彼はやっと訊いた。

アンガーはためらった。「いいとも。手に取ってくれ」

ウエスト中尉は勲章を受け取ると、しばらくその重さを確かめ、滑らかな指先でその冷たい表面に触れていた。やがてそれを老人に返した。「八七年に在役していたんですか?」

「そのとおりだ。憶えているかね?」彼は勲章をポケットに戻した。「いや、あんたはまだ生まれていなかったな。だが聞いたことはあるかね?」

「ええ、何度も」とウエスト。

「憶えていてくれたか? 大部分の人間は忘れてしまったが。わしらがやったことをな」

「その時期は勝てなかったんですね」彼は老人の隣のベンチにそっと腰を下ろした。「地球にとっては不運な時代でした」

「わしらは負けた」アンガーは認めた。「地球を脱出したのはごく少数だった。わしは月へ行った。そこで地球が徐々にだめになるのを見た。そして後には何も残らなかった。わしは悲嘆にくれた。泣き疲れて死人のように横たわっていた。兵士も、労働者も、みんながそこで絶望に駆られて涙を流していた。やがてやつらのミサイルはわしらを狙った」

中尉は乾いた唇をなめた。「司令官は脱出しなかったんですか?」

「ネイザン・ウエスト将軍は所属の宇宙船で死んだ。前線では最も優秀な司令官だった。『風の巨人』号にふさわしい人だった」その老いて萎びた顔が記憶の中にくすんだ。「ウエスト将軍みたいな人はもう二度と出ないだろう。わしは一度だけ見たことがある。大きないかめしい顔をした肩幅の広い人だった。巨人だった。偉大な老人だった。彼ほどの男は他にいない」

ウエストは躊躇した。「もし他の人間が指揮していたらとは――」

「とんでもない!」彼は金切り声を上げた「誰にも出来るものじゃない! 深々とした安楽椅子に座った机上の戦略家が、そんなこと話すのを聞いたことがある。だが間違っとる! あの戦いに勝てる者などいない。わしらにはチャンスがなかった。数で叶わなかった。五対一だった――敵は二つの巨大宇宙艦隊を持ち、その一方がわしらの中心を真っ向から攻め、もうひとつはわしらを噛み砕き、呑み込むため待機してたんだ」

「それで」ウエストはだみ声でいった。混乱した怒りの中で仕方なく続けた。「その戦略家はいったいどんなことをいったんですか? そんな話は上司にも聞いたことがない」彼は笑おうとしたが無理だった。「われわれは戦いに勝てたし、『風の巨人』も救えたかも知れないと聞いていました。しかし――」

「いいかな」アンガーは窪んだ眼を異常に輝かせ熱心に説いた。アルミの杖の先で足下の砂利の中に乱暴な線を引きはじめた。「この前線にわが艦隊がいた。ウエスト将軍は艦隊をどう配列したか憶えているか？　あの時代、艦隊を操作する参謀だった。天才だ。全滅するまで十二時間持ち応えた。そこまでやれるチャンスを持てたとは誰も思わなかった」アンガーは乱暴にもう一つの線を引いた。「あれはカラスどもの宇宙艦隊だった」

「なるほど」ウエストは呟いた。彼は身体を傾け、胸のレンズで砂利道に描かれた乱れた線を写し、頭上をゆっくりと旋回している小型機の監視センターに映像を送ろうとした。そこから月の中央司令部に転送するのだ。「それで水かき肢の宇宙艦隊は？」

アンガーは抜け目なく彼の表情を窺うと、急に恥ずかしげにいった。「あんたを退屈させないかね？　年寄りの繰り言でな。ときどき人を飽きさせ、貴重な時間をつぶしてしまうんだ」

「そんなことはありません」ウエストは答えた。それは本心だった。「その配置図を続けて描いて下さい——見てますから」

イヴリン・カッターは腕を組み、怒りで赤い唇をかみしめ、ソフトな明かりのアパートの自室を歩き回っていた。「あなたが理解出来ないわ！」彼女は立ち止まり、重いカーテンを降ろした。「この間はスティヴンスを進んで殺そうとしたわね。いまはラマールを阻止する手助けさえしない。ラマールが事態をつかんでいないのは知っているでしょう。彼はガネットが嫌いで、科学者の惑星間組織や、全人類へのわたしたちの義務や、その行動方法についてつまらないお喋りをしているわ。スティヴンスが彼の言動を知っているかどうか、あなたには分からないかしら――」

「おそらくラマールは正しいよ」パタースンはいった。「ぼくもガネットは嫌いだけど」

イヴリンは激怒した。「わたしたちは全滅するのよ！　とてもかれらと戦争などできるものでないわ――勝利の機会なんてほんの僅かもないのよ」彼女はパタースンの前で立ち止まると眼を輝かせた。「だけどかれらはまだそれを知らない。少なくともしばらくはラマールの口を封じておきたかったわ。彼はいつも気ままに歩き回って、この世界を危険に陥れようとしているでしょう。三十億人の生命が、これを隠し通せるかどうかにかかっているのよ」

パタースンは考え込んでいた。「ガネットは今日ウエストが試みた最初の調査を、きみに説明したはずだ」

「大した成果はなかったわ。老人は戦闘の模様をすっかり暗記しているの。地球は全滅したのよ」彼女はうんざりしたように額を擦った。「全滅することになるという意味よ」痺れた指で空になったコーヒーカップを集めた。「コーヒーをもう一杯どう？」

パタースンは耳に入らなかった。自分の考えに集中している。部屋を横切って窓辺に行くと、彼女が新しいコーヒーを入れて戻るまで外を見つめていた。

「ガネットがあの娘を殺すのを、きみは見なかったな」パタースンはいった。

「どんな娘？　あの水かき肢娘？」イヴリンは自分のコーヒーの砂糖とクリームをかき回した。「彼女はあなたを殺そうとしたわね。スティヴンスはカラー・アドに放火するでしょうよ。

それで戦争が起こるわ」苛立ちながら彼女はコーヒーカップを彼に押しやった。「とにかくあれはわたしたちが救った娘よね」

「そうだ。それで悩んでいるんだ」彼は無意識でコーヒーカップを取り上げると味もみないですすった。「暴徒から彼女を救った目的は何だった？　ガネットの仕事のためだ。われわれはガネットの部下だからな」

「それで？」

「彼が演じたゲームがどんなものか知っているだろう！」

イヴリンは肩をすくめた。「わたしはただ現実的なだけよ。地球を滅ぼそうなんて思わないわ。ガネットもそうでしょうよ――戦争は避けたいはずよ」

「彼は数日前には戦争する気だった。勝てると思った時はね」

イヴリンは高笑いした。「もちろんよ！　負けると分かっている戦争をやる者がいる？　そんなの馬鹿げているわ」

「いまガネットは戦争を控えている」パタースンはやっと認めた。「植民星を独立させ、カラー・アドを認知する。ディヴィド・アンガーと彼を知る者を抹殺する。優しい平和主義者を装うはずだ」

「もちろんよ。彼はすでに金星への人気取りの旅を計画しているわ。戦争を防ぐためカラー・アドの幹部と土壇場の会議を開催する気よ。幹部会に手を引くよう圧力をかけ、火星と金星の仲を裂こうとするでしょう。彼は太陽系の偶像になるわ。でも地球が破滅し、人類が全滅するよりましじゃない?」

「いまや巨大な機械は戦争反対に唸りを立てて回りはじめるか」パタースンの唇は皮肉っぽく歪んだ。「憎悪と破壊的暴力の代わりに平和と妥協か」

イヴリンは椅子の肘掛けに腰かけ、急いで計算した。「ディヴィド・アンガーは兵役に就いた時いくつだったかしら?」

「十五歳か、十六歳だ」

「兵役に就く時は自分の身分証番号を貰うんだったわね?」

「そのとおり。それで?」

「たぶんわたしの間違いね。でもわたしの計算によれば――」彼女は顔を上げた。「アンガーはもうすぐ現われて番号を要求するはずよ。その番号は数日内に出てくるわ。兵籍登録の処理能力の早さで決まるけど」

奇妙な表情がパタースンの顔をかすめた。「アンガーはもう生まれていて……十五歳の少年だ。若いアンガーと老いた退役軍人のアンガー。両方とも同時に生きていることになる」

イヴリンは身を震わせた。「気味悪いわ。もしお互いが出会ったら? 二人の間の違いが大きすぎるわ」

パタースンは心の中で、眼を輝かせた十五歳の少年像を描いた。戦闘に熱中しているアンガーを。理想主義的情熱で水かき肢やカラスの群れに飛び込み、殺戮しようと構えているアンガーだ。この瞬間にアンガーは迷わず新兵徴募所に向かっている……そして片目で腰の曲がった八十九歳の老残の身は、アルミの杖をつき他人に聞かせる哀れな声を呟き、よぼよぼと病室から公園のベンチにためらいながら歩いている。

「眼を離さないことだ。番号が出た時は知らせてくれるように、軍の関係者に頼んでおいた方がいい。アンガーが申請に来た時の用意にね」

イヴリンはうなずいた。「それはいいアイデアだわ。たぶん人口調査局にチェックを依頼しておくべきね。おそらく所在を確認でき――」

彼女は言葉を切った。アパートメントのドアが静かに開いた。エドウィン・ラマールがノブを握り、薄暗い中で赤い眼をしばたたいていた。荒い息遣いをしながら彼は部屋に入って来た。

「ヴェイシェル、話したいことがある」

「何だい?」パタースンは訊いた。「何かあったのか?」

ラマールは激しい憎悪の眼でイヴリンを睨んだ。「彼がそれを見つけたぞ。そうすることは分かっていた。その分析結果とテープに納められたすべてを入手すれば、すぐ――」

「ガネットが?」冷たい恐怖がパタースンの背筋を刺した。「ガネットは何を見つけたんだ?」

「戦争の開始時期だ。あの老人が口走ったんだ。五隻の宇宙船団、カラスの艦隊の燃料、護衛なしの戦線への移動。アンガーによれば、わが方の斥候がミスを犯すんだそうだ」ラマールは嗄れた声で興奮していた。「彼はいうんだ、あらかじめ知っていれば――」彼は必死の努力で立ち直ろうとした。「その時撃滅出来るとね」

「分かった」パタースンはいった。「そして地球の好意ある均衡を崩すんだな」

「ウエストがやつらの船団のルートを予測出来たら、地球は戦争に勝てる。それはガネットが戦うことを意味している――正確な情報を入手次第直ちにだ」とラマールは話を締めくくった。

スティヴンスは精神病棟の椅子兼テーブル兼ベッドの一人用ベンチにうずくまって座っていた。濃緑の唇には煙草がぶら下がっている。立方体の部屋は禁欲的で殺風景だった。四方の壁は鈍く輝いている。ときおりスティヴンスは腕時計を見ては、戸口の錠前(ロック)で密閉された縁辺を上下するものに注意を注いでいた。

それはゆっくりと慎重に動いている。二十九時間連続して施錠を調べていた。その場所の厚い金属板に溶接してある電線をたどっていく。端末にあと一インチのところまでレクストロイドの表面を切り開いていた。その這い回りながら調べ上げていた小物体は、スティヴンスの外科用手術機器、いつも右手首につけている精密な万能ロボット・ハンドだった。

それもいまは手首になかった。彼はそれを引き剝がすと、出口を探すために部屋の壁を隈なく這い回らせていた。金属指で滑らかな鈍色の壁に不安定に取りつき、カッターの親指で苦労して出口を掘っていた。ロボット・ハンドにとっては大仕事だった。この後は手術台ではあまり使えそうもない。しかしスティヴンスは別のを簡単に入手出来る――それは金星の医療機器店ならどこにでも売っている代物だった。

ロボット・ハンドの人差し指は陽極の端末に届き、迷ったように休んだ。残りの四本の指を立て昆虫の触角みたいに揺らす。一本ずつ削った穴に差し込み、近くの陰極を確かめた。いきなりめくるめく閃光が走る。刺激臭のある白煙が沸き上がり、それからポンという鋭い音がした。戸口のロックは効かなくなり、ロボット・ハンドは仕事を終え床に落ちる。スティヴンスは煙草を消すとのろのろ立ち上がり、それを拾いに部屋を横切った。ロボット・ハンドを自分の神経筋肉組織の一部みたいに動かしながら、スティヴンスは極めて慎重にロックの外延をつかみ内側に引いた。ロックは抵抗もなく開き、彼はひとけのない廊下に出る。物音も動きもなかった。警備員もいない。精神病患者をチェックする組織もなかった。スティヴンスはぴょんぴょん跳びながら角を曲がり、一連の接続通路を進んだ。

すぐに町並みや周囲の建物、病院の敷地の見下ろせる大きな眺望窓に出た。

彼は腕時計、ライター、万年筆、鍵、コインを集めた。それらを使いながら敏捷な指先とロボット・ハンドで、複雑な形をしたワイヤとプレートをすばやく作った。カッティング爪をぽきりと折ると、それでその場所の電極を回した。人目につかない窓棚の下方、廊下から見えないところ、床から離れたところにある監視装置を慌しく溶解させた。

廊下を進んで行くと、物音に緊張して立ち止まった。人の声でいつもの病院警備員と別の人間だった。聞き慣れた声だった。

彼は精神病棟に戻り密閉された部屋に入った。磁気ロックは何とか働いており、締め金がショートして熱が生じている。足音がして部屋の外で停まった時、彼はそれを切った。ロックの磁場は消えたが、当然訪問者は知らなかった。訪問者は磁場があると思い、慎重にそれを無効にする作業をはじめ、スティヴンスは楽しげに耳をそば立てた。やがてロックが押し開けられた。

「どうぞ」スティヴンスはいった。

ドクター・ラマールが片手にブリーフケース、片手に冷凍光線銃を持って入ってきた。「ぼくと一緒に来ないか。すべてを準備してある。現金、偽の身分証、パスポート、切符、許可証。きみは水かき肢の商人として通る。ガネットにばれるまでには軍の監視装置を通り抜け、地球の司法権外に出ているよ」

スティヴンスは驚いた。「しかし——」

「急ぐんだ!」ラマールは冷凍光線銃を振って、彼に廊下に出るよう合図した。「病院の幹部として精神病棟に顔がきくんだ。法的にきみは精神病患者として登録されているが、ぼくはそうは思わない。いずれにしろそういうわけでここに来たんだ」

スティヴンスは疑わしげな目つきをした。「きみは自分の行動が分かっているんだろうね?」

彼はラマールについて廊下に出て、呆然たる顔のガードマンの前をすぎ、エレヴェーターに乗った。「捕まれば裏切り者として処刑されるぞ。あのガードマンはきみを見たし——この平和をどうやって守ろうとしているんだ?」

「守れるとは思わないね。ガネットがここにいるのは知っているだろう。彼と部下があの老人を徹底的に調べているんだ」

「どうしてそれをわたしに話すんだ?」二人は傾斜路を下りて、半地下の車庫に行った。係員はラマールの車を出してくれ、かれらはそれに乗り込み、ラマールが運転した。「わたしが精神病棟に放り込まれた理由は知っているな」

「これを持っていたまえ」ラマールは冷凍光線銃をスティヴンスに投げると、トンネルを通って地表に出て、明るい真昼のニューヨークの車の往来に入った。「きみはカラー・アドと連絡を取り、地球が必ず負けることを知らせようとしていた」大通りから車を脇道に乗り入れ、惑星間のスペースフィールドに向かった。「妥協の働きかけをやめ、猛攻撃するようかれらに話すんだ——直ちにな。全面戦争だ。いいな?」

「了解。結局、われわれが勝利を確信すれば——」

「きみは確信していないな」

スティヴンスは緑の眉を上げた。「えっ? わたしはアンガーが完敗した戦争の古参兵の一人だと思っているよ」

「ガネットは戦争の道筋を変えようとしている。開始時期は分かった。正確な情報を得れば直ちに幹部会に圧力をかけ、金星と火星の徹底的攻撃に入るだろう。戦争は避けられないよ。いまでなくとも」ラマールは急ブレーキをかけて、車を惑星間フィールドの端に停めた。「まず戦争は避けられないとしても、不意打ちによって起こるとは誰も考えていない。きみならその植民地行政機構に、地球の宇宙艦隊が接近中だと伝えることはできる。かれらに準備をしておくように話せよ。話すんだ——」

ラマールの声は小さくなって消えた。ゼンマイの緩んだ玩具みたいに、彼は座席にぐったりして静かに身体を滑らし、ハンドルにそっと頭を置いた。その眼鏡が鼻から床に落ちた。すぐにスティヴンスは元に戻した。「すまん。きみのいうことはよくわかるが、それは反則だ」

彼はラマールの頭蓋の表面をちょっと調べた。冷凍光線銃の衝撃波は脳髄まで届いていない。ラマールはひどい頭痛ぐらいで数時間で意識を取り戻すだろう。スティヴンスは冷凍光線銃をポケットに入れ、ブリーフケースをつかむと、ラマールのぐったりした身体を運転席から押し出した。それからエンジンをかけ車をバックさせた。

病院に急いで戻りながら腕時計を見た。それほど遅くなかった。彼は屈むと、ダッシュボードに備えつけのヴィデオ・フォーンに二十五セントを入れた。機械的なダイアル操作の後、カラー・アドの受付が画面にちらついた。

「こちらスティヴンス。事態は悪くなった。わたしは病院から連れ出された。いまそこに戻る途中だ。時間には間に合うはずだ」

「振動装置は組み立てられますか?」

「もちろん組み立ててある。だがわたしじゃない。わたしはそれを磁気溶剤で融合し、分極化した。すでに稼働準備はできている――そこに戻れたらすぐにでも」

「最後に障害があります」緑色の皮膚をした娘がいった。「これは閉回路ですか?」

「開回路だ」スティヴンスは認めた。「しかし公衆電話なのでおそらく盗聴はない。そこには隠しマイクを置くのは成功しなかった」彼は装置に固定された保証シールのある電流計を調べた。「まだ使われていない。それで」

「ロケットはその町であなたを拾い上げることはできないでしょう」

「ちくしょう」とスティヴンス。

「自力でニューヨークを脱出するしかありません。そこではあなたを助けられません。暴徒はニューヨーク空港の施設を破壊しました。あなたは車でデンヴァーに向かって下さい。宇宙船はその近くに着陸します。そこが地球でのわたしたちの最後の拠点です」

スティヴンスは唸った。「運を天に任すしかないな。わたしがやつらに捕まったら、どんなことになるか分かっているな？」

彼女はちょっぴり微笑んだ。「すべての水かき肢は地球人から同じように見られています。わたしたちは見境なく吊るされるでしょう。みんな一緒です。では幸運を祈ります。お待ちしてますわ」

スティヴンスは怒って通信回路を壊し、車の速力を遅くした。薄汚い脇道の公共駐車場に車を停めると、急いで飛び出した。彼は公園の芝生の端にいた。その向こうに病院の建物が聳えている。ブリーフケースをしっかり握り締めると、中央出口に駆けて行った。


ディヴィド・アンガーは袖で口を拭うと、ぐったりと椅子にもたれた。「わしは知らん」彼は繰り返した。その声は弱々しく掠れていた。「もうこれ以上憶えておらんといったろう。かなり昔のことだ」

ガネットは合図した。将校たちは老人から離れて行った。「戦争は近づきつつある」彼は疲れ切っていった。額の汗を拭った。「ゆっくりと確実に。あと三十分以内に望みのものを手に入れなくてはならん」

治療所の一角が軍の星図室になった。星図の表面には水かき肢とカラスの艦隊の集団を表す駒が並べられている。地球の宇宙船を表す白く光る駒は、太陽系第三衛星のまわりの隙間のない輪の中に並んでいる。

「この近くのどこかだ」ウエスト中尉はパタースンにいった。赤い眼、顎の不精髭、疲労と緊張で手を震わせ、星図の一角を指さした。「アンガーは将校たちがこの船団について話していたことを憶えている。船団はガニメデ（木星の第三衛星）の供給基地を飛び立った。それは計画的にいくつかのでたらめなコースに消えた」彼の手がその星域を撫でた。「その時地球には誰も注意を払う者はいなかった。見失ってから気がついた。幾人かの軍のエキスパートはそれを思い出して星図を書き、テープに吹き込み回覧した。将校が集まりその事件を分析した。アンガーは船団のコースがエウロパ（木星の第二衛星）の近くだと考えている。しかしそれはカリスト（木星の第四衛星）だったかも知れない」

「それでは充分じゃない」ガネットはどなった。「いままでのところ、その時の地球の戦略参謀が持っていたルート・データ以外は入手していない。必要なのは事後に公表された正確な知識と基礎資料だ」

ディヴィド・アンガーは水のグラスをぎこちなくつかもうとした。「ありがとう」若い将校の一人がそれを手渡すと感謝をこめて呟いた。「もっとお役に立ちたいと願っている」彼は悲しげにいった。「わしも思い出すように努めている。だが昔みたいにはっきりと頭に浮かんでこない」その萎びた顔は無駄な集中力で歪んだ。「あの船団は一種の流星雨のため火星のそばでストップしたはずだ」

ガネットは前に乗り出した。「それで」

アンガーは悲しげに訴えた。「できるだけ役に立ちたい。戦争について本を書こうとする人は多いが、みんな他人の本からの孫引きだ」腐食された顔には哀れっぽい感謝の念が浮かんだ。「あんたの著書にはわしの名前が残ることになる」

「そうだな」ガネットは打ち解けていった。「きみの名は第一頁に書こう。写真も載せられるかもしれない」

「あの戦争についてはー部始終知っている。時間を貰えれば整理してみる。時間さえあればベストを尽くすのだが」

老人は急速に元気がなくなった。その皺だらけの顔は不健康な灰色をしている。乾いたパテみたいな肉体は、脆い黄色の骨にへばりついている。喉をぜいぜいさせた。ディヴィド・アンガーが死にかけているのは、誰の目にも明らかだった。

「もし彼が思い出す前にくたばったら」ガネットは穏やかにウエスト中尉にいった。「わしは――」

「何の話だ?」アンガーが鋭く尋ねた。その見える片目は急に険しく用心深くなった。「よく聞こえないが」

「不明な部分を穴埋めすることだ」ガネットは疲れたように言い振り返った。「状況が分かるように星図のそばに連れて行ってやれ。いくらか助けになるだろう」

老人はやっと立ち上がると、テーブルによろよろ進んだ。技術者と高級将校がその周囲を取り巻いた。かすんだ眼の心もとない姿が視界から消える。

「そう長くは持つまい」パタースンは遠慮会釈なくいった。「休ませなければ心臓が参ってしまうぞ」

「まず情報を得ることだ」ガネットが言い返し、パタースンを睨んだ。「他の医者はどこだ？ラマールには電話したはずだ」

パタースンはちらりと見回した。「彼を見かけない。おそらく我慢できなかったんだ」

「ラマールは来るはずない」ガネットは感情抜きでいった。「呼びにやるべきかどうか迷っている」彼はイヴリン・カッターを指さした。彼女は到着したばかりで蒼白な顔をし、眼には黒い隈を作り呼吸もせわしなかった。「彼女の意見では――」

「いまとなっては問題じゃないわ」イヴリンはそっけなくいうと、すばやい一瞥をパタースンにくれた。「あなたやあなたがたの戦争とは関わりたくないのよ」

ガネットは肩をすくめた。「とにかく通常の防衛網を送る。安全地帯の確保だけだ」彼は離れて立っているイヴリンやパタースンを残して立ち去った。

「聞いてよ」イヴリンは嗄れ声でいった。その唇は熱く彼の耳元に寄せられた。「アンガーの番号が出てきたわ」

「いつきみに知らされた?」パタースンは訊いた。

「わたしがここに来る途中よ。あなたにいわれたことをやったわ――軍の事務員と一緒に手配したのよ」

「どのくらい前?」

「たったいまよ」イヴリンの顔は震えた。「ねえ、ヴェイシェル。彼はここにいるわ」

すぐにパタースンは事態をのみ込んだ。「アンガーをここに送り込んだというのか? この病院に?」

「わたしはそれを話したのよ。アンガーが進んで情報を提供する気になった時、その番号が明らかになった時に――」

パタースンは彼女の腕をつかむと、急いで治療所から外の明るい陽光の中に出た。彼女を傾斜路に押し上げぴったりくっついていた。「彼をどこにおさえてある?」

「一般用応接室よ。お決まりの身体検査だって話したわ。簡単なテストだと」イヴリンは怯えていた。「どうしたらいいかしら? 何とか打つ手はあるかしら?」

「ガネットもそう考えるよ」

「もしわたしたちが――アンガーを足止めしたら? 寄せつけないことが出来るかも?」彼女はぼんやりした頭を振った。「どんなことが起こるのかしら? ここに彼を閉じ込めておいたら未来はどうなるの? あなたなら彼を軍務に就かせないことができるわ――ドクターだから。彼の健康カードに小さな赤い要検査マークがあるのよ」彼女は狂ったように笑いはじめた。

「わたしはいつも見ているの。小さな赤い要検査マーク。もうディヴィド・アンガーはおしまいよ。だからガネットは彼に会うこともないわ。地球は勝てないし、勝つとしてもずっと先のことなど知る由もないわ。それにスティヴンスを狂人として閉じ込めてはおけないわ。あの水かき肢娘だって——」

パターースンは平手で彼女を張り飛ばした。「黙れ。気を取り直すんだ！　もうそんな時間はないんだ！」

イヴリンは震えた。彼はその身体を捕まえると、顔を上げるまでしっかりとつかんでいた。赤いみみずばれが彼女の頬に現われた。「ごめんなさい」彼女はやっと小声でいった。「ありがとう。もう大丈夫だわ」

エレヴェーターは中央フロアに着いていた。ドアが開きパターースンは彼女を廊下に導いた。

「きみは彼に会わなかったのか？」

「ええ。わたしがその番号が現われたのを知らされた時、彼はまだ来ていなかったわ」イヴリンは息を切らせてパターースンを追いかけた。「できるだけ急いできたけど、もう遅いかもしれない。待つのに飽きて帰ったかもしれないわ。まだ十五歳の少年ですもの。戦闘に参加したがっていたの。おそらく行ってしまったわ」

パターースンはロボット係員を止めた。「忙しいか？」

「いいえ、サー」ロボットは答えた。

パターースンはロボットにディヴィド・アンガーの身分証番号を与えた。「中央応接室からこな」

の男を連れてきてくれ。ここに来たらこの廊下を閉鎖しろ。両側を封鎖し、誰も出入りさせる

ロボットはあいまいなカチッという音をさせた。「他に命令はありませんか？　わたしの思考は完全ではありませんので——」

「後でまた指示する。彼のことは誰にも知らせるな。ここで二人だけで会いたいんだ」

ロボットは番号に目を通し、それから応接室に消えた。

パタースンはイヴリンの腕を握った。「怖いか？」

「怖いわ」

「ぼくがうまくやる。きみはそこに立っているだけでいい」彼女に煙草を渡した。「二人のために一本火をつけてくれ」

「三人よ多分。一本はアンガーに」

パタースンはにやりとした。「彼は若すぎやしないか？　まだ喫煙年齢になっていない」

ロボットは戻ってきた。連れてきたのは金髪でふくよかな顔をした青い眼の少年で、その顔には当惑の皺が寄っていた。「ぼくに用事ですか、ドクター？」彼は不安げにパタースンに近づいた。「ぼくにどこか悪いところがありますか？　ここに来るようにいわれましたが、何のためか話してくれませんでした」彼の不安は津波となって押し寄せる。「兵役からぼくを締め出すことは何もないでしょうね？」

パタースンは少年の新しく刻印された身分証をひったくり、番号を見てからイヴリンに渡し

た。彼女は麻痺した指でそれを受け取った。その眼は金髪の少年に注がれていた。

少年はディヴィド・アンガーではなかった。「きみの名前は?」パタースンが訊いた。

少年は恥ずかしげに名前を口ごもった。「バート・ロビンスン。ぼくの身分証には書いてありませんか?」

パタースンはイヴリンの方を向いた。「これは正しい番号だ。しかしアンガーじゃない。何か起こったんだ」

「ねえ、ドクター」ロビンスンがぶっきらぼうに尋ねた。「兵役からぼくを締め出すものがあるんですか? 教えて下さい」

パタースンはロボットに合図した。「廊下の封鎖を解け。終わりだ。元の仕事に戻っていい」

「納得いかないわ」イヴリンは呟いた。「意味がわからないわ」

「きみはもういいよ」パタースンは少年にいった。「徴兵許可を報告しておく」

少年の顔がほっとしてゆるんだ。「ありがとう、ドクター」彼は少しずつ下りの傾斜路に向かった。「本当に感謝します。決死の覚悟で水かき肢をやっつけます」

「さてどうするの?」少年の広い背中が消えた時、イヴリンははっきりいった。「ここからどこへいくの?」

パタースンは身体を揺すって元気を取り戻した。「人口調査局にチェックさせよう。アンガーの身元を突き止めるんだ」

送信室には映像と報告の不明瞭な低音が響いていた。パタースンは肘で押し開け、開回路で呼び出しをかけた。

「その情報提供にはしばらく時間がかかります」人口調査局の女性は告げた。「このままお待ちになりますか？　それともこちらからかけ直しましょうか？」

パタースンは携帯電話を掴み上げると、襟にクリップで留めた。「アンガーについての情報が見つかり次第、すぐこちらに連絡してくれ。この電話を直ちに呼んでくれ」

「はい、分かりました」その女性は従順に答えると回路を切った。

パタースンは部屋を出て廊下に向かった。イヴリンは急いで後を追った。「これからどこへ行くの？」彼女は尋ねた。

「治療所だ。あの老人と話したい。尋ねたいことがあるんだ」

「ガネットもそうしているわ」イヴリンは一緒に地階に下りながら息を詰まらせていった。

「あなたがどうして――」

「ぼくは現在のことが訊きたいんだ。未来じゃない」かれらはめくるめく午後の陽射しの中に出た。「いま進行しつつある事柄を尋ねたい」

イヴリンは彼を止めた。「それをわたしに説明してくれないの？」

「ぼくは仮説を持っているんだ」パタースンは急いで彼女の背を押した。「さあ、手遅れにならないうちに」

二人は治療所に入った。技術者と将校が巨大な星図机の周囲に立ち、計算機やメーター表示ラインを調べている。「アンガーは？」パタースンは尋ねた。

「ここにはいないよ」将校の一人がいった。「ガネットは今日の尋問を諦めた」

「どこへ行った?」パタースンは悪態をつきはじめた。「何があったんだ?」

「ガネットとウエストは老人を本館に連れ戻した。あまりにも疲れ切っていて、これ以上続けるのは無理だった。あらまし情報は手に入れた。ガネットは癇癪を起こしたが、待った方が賢明だ」

パタースンはイヴリン・カッターの腕を掴んだ。「きみは全緊急警報を作動させてくれ。あの建物は包囲した。急げ!」

イヴリンはぽかんと口を開けて彼を見た「でも――」

パタースンは彼女を無視し治療所を飛び出すと、病院本館に向かった。目の前に三人の人影がゆっくりと歩いていた。ウエスト中尉とガネットが老人を挟んで歩いている。よろよろ進むアンガーを支えていた。

「離れろ!」パタースンは大声で叫んだ。

ガネットが振り返った。「何があったんだ?」

「彼を離すんだ!」パタースンは老人に向かって突進した――しかし手遅れだった。

エネルギーの爆発が老人を貫いた。高温を発したためくるめく白い炎の輪が全身を包む。老人の背を屈めた姿が揺れ動き、やがて黒焦げになった。アルミの杖が溶けて塊になる。老人は煙を吹き出した。身体がひび割れし、縮んでいった。それから極めて緩慢に水分が抜け、干乾びた塊は軽い灰の山に変わる。徐々にエネルギーのサークルは消えていった。

ガネットはあてもなくそれを蹴っていた。その厳しい顔はショックと不信で麻痺している。

「彼は死んだ。手がかりを失ってしまった」

ウエスト中尉はまだ燻っている灰燼（かいじん）をじっと見つめていた。その唇を歪めていった。「もう事実を知ることはできないでしょう。それを変えることも不可能です。われわれは勝てません」

そしていきなり指で上着を摑んだ。階級章をむしり取り、四角い布切れを乱暴に投げ捨てた。

「わたしは命を捨てるようなことは断じてしません。そんなことをすれば、あなたが太陽系を窮地に追い込むのを助けるだけだ。死の罠には足を踏み入れるつもりはない。わたしを除外して下さい！」

全緊急警報の泣くような唸りが病院の建物から鳴り響いた。慌てふためいた人々がガネットの方に走ってくる。兵士、病院の警備員たちが混乱し、急いで逃げてきた。パタースンはかれらには何の関心も払わなかった。彼の眼は真上の窓に据えられている。

そこには何者かがいた。男は器用な手つきで、午後の太陽に反射する物体を動かしている。その男はスティヴンスだった。金属とプラスチック製の物体を外すと、それを持って窓を離れ姿を消した。

イヴリンはパタースンに走り寄った。「何なの――」彼女はアンガーの死骸を見て悲鳴を上げた「まあ、誰がやったの？　何者なの？」

「スティヴンスだ」

「ラマールは彼を放免すべきでなかったわ」涙が眼に溢れ、声はヒステリックに甲高くなった。「あの男ならやりかねないといったでしょ！　あなたに警告したはずよ！」

ガネットは子供っぽくパタースンに助けを求めた。「われわれはどうすればいいのか？　彼は殺されてしまったんだ」怒りが急にこの大物の恐怖を一掃した。「この星の水かき肢どもを皆殺しにしてやる。やつらの住まいを焼き払い吊るしてやる。わしは――」彼は怒りでどもった。「しかしもう遅くはないか？　何も打つ手はない。負けたんだ。打ちのめされたんだ。戦争がまだはじまりもしないのにな」

「そのとおりだ」パタースンはいった。「もう手遅れだ。あんたのチャンスは去った」

「彼に喋らせることができたら――」ガネットは絶望的に唸った。

「あんたには無理だ。不可能だった」

ガネットはまばたきした。「どうしてだ？」生まれつきの動物的狡猾さが滲み出た。「どうしてそんなことをいうんだ？」

パタースンの襟の携帯電話が大きく鳴った。「ドクター・パタースン」交換手の声がした。「人口調査局から至急の呼び出しがかかっています」

「繋いでくれ」パタースンは答えた。

人口調査局の事務員の声がキンキン響いた。「ドクター・パタースン。ご依頼の情報です」

「それでどうだった？」パタースンは訊いた。しかしもうその答を知っていた。

「得られた結果を確かめるためにクロスチェックをしてみました。ご依頼の人物は存在しません。ご説明のあった、確認できる特徴を備えたディヴィド・L・アンガーなる人物の記録は、現在も過去も存在しません。頭脳、歯、指紋も、現存するファイル中に該当するものはありません。お望みの――」

「いや」パタースンはいった。「予想したとおりの答だ。それでいい」彼は電話のスイッチを切った。

ガネットはぼんやりと聞いていた。「これは全くわしの頭では無理だ、パタースン。説明してくれ」

パタースンは彼を無視した。うずくまるとディヴィド・アンガーだった灰燼を突いた。そしてすぐにまた電話のスイッチを入れた。「この灰燼を階上の分析室に運んでくれ」彼は静かに命じた。「ここに一チームすぐ寄越してくれ」ゆっくりと立ち上がると、優しくつけ加えた。「それからぼくはスティヴンスを捜しに行く――見つかればだが」

「彼はもう金星に向かっているところよ」イヴリン・カッターは苦々しくいった。「さて、これで一件落着。すべては後の祭りよ」

「戦争への道を歩んでいるわけだ」ガネットは認めた。彼はゆっくりと現実に戻ってきた。懸命の努力で周囲の人々に焦点を据えた。白い長髪を梳かし、上着を整える。威厳ある風格が、昔の印象的な外見に戻ってきた。「われわれは人間らしく戦争と対決するのがいい。それから逃げようとしても無駄だ」

病院ロボットのチームが焼け焦げた残骸に近づき、堆積物の中から慎重にサンプルを集めはじめた。パタースンは脇に避けた。「完全な分析をしてくれ」彼は業務を担当している技師にいった。「基礎細胞組織を分析するんだ。特に神経器官をな。わかったことをできるだけ早く報告してくれ」

ほぼ一時間かかった。

「自分の眼で見てください」分析室の技師がいった。「これです。素材はいくつかわかりました。信じられません」

パタースンは乾いた脆い有機成分を受け取った。何か海洋生物の燻製の皮みたいだった。それは手の中で簡単に崩れた。試験器具の中に落とすと、ポロポロと粉末状になった。「そうか」彼はゆっくりといった。

「かなり良質のものです。しかしもろくなっています。おそらくあと二日は保たなかったでしょう。急速に身体は衰えていました。太陽、空気、あらゆるものが生体組織を分解させたんです。先天的修復組織が体内にありません。われわれの細胞は絶えず再処理、清浄化され、維持されています。これは組み立てられ、それから活動をはじめたものです。この生命合成体は明らかに先人の長い努力の結晶です。これは傑作です」

「そうとも、いい作品だ」パタースンは認めた。彼はディヴィド・アンガーの肉体成分のサンプルをもうひとつかみ取ると、考えながら細かく乾いた粉末に砕いた。「われわれは完全に欺かれたな」

「あなたは知らなかったんですか？」

「最初はな」

「ご存じのとおり、われわれは全体像を再現しようとしており、この灰を元の物質に戻そうとしています。パーツは当然失われていますが、それでも全体像はつかめます。製作者たちにぜひ会いたいものです。これは実際よく働いた。ただの機械ではありません」

パタースンはアンドロイドの顔を再現できる焦げた灰を捜し当てた。萎びて黒ずんだ紙みたいな薄い皮膚だった。死んだ眼は輝きを失い虚ろに見つめていた。人口調査局は正しかった。ディヴィド・アンガーは存在しなかった。そのような人間は地球上にも、他の星にも生存していなかったのだ。ディヴィド・アンガーと呼ばれたものは、まさに人工合成体だったのだ。

「みんないっぱい喰わされたんだ」パタースンは認めた。「どのくらいの人間が真相を知っているかね、われわれ二人以外に？」

「他には誰もいません」分析室の技師はロボットの一団に指示を与えた。「わたしが詳細を知る唯一の人間です」

「秘密を守れるか？」

「もちろん。ボスはあなたですから」

「ありがとう」パタースンはいった。「だが必要とあらば、この情報をいつでも他のボスにも伝えてくれ」

「ガネットさんですか？」技師は笑った。「あの人のために働きたいとは思いません」

「きみに充分酬いてくれるよ」

「そうですか。しかし近いうちに前線に行きますよ。この病院にいるより好きなんです」パタースンはドアに向かった。「他の者に訊かれたら、まだ分析が充分済んでいないといってくれ。この残骸を処分してくれるか？」

「気が進みませんがやります」技師は彼を興味深げに見つめた。「これを作り上げた連中に心当たりはありませんか？　かれらと握手したいですね」

「こちらもいま唯一の興味あることなんだ」パタースンは遠回しにいった。「スティヴンスなら分かるだろう」


鈍い夕方の陽射しが脳裏に差し込んできたので、ラマールはまばたきした。彼は姿勢を立て直そうとし、車のダッシュボードに激しく頭をぶつけた。痛みでくらくらし、しばらく苦悶の闇に沈み込んでいた。やがてゆっくりと起き上がってあたりを見回した。

彼の車は小さな荒れ果てた公共駐車場の裏に停まっていた。五時三十分頃だった。狭い道を通って駐車場になだれ込む車で混み合っている。ラマールは手を伸ばすと慎重に頭のまわりを探った。銀貨ぐらいの大きさの箇所が麻痺し、全く感覚がなかった。その箇所はまるで宇宙の結び目とぶつかっているかのように、熱が全くなく冷気を発散していた。

彼は正気を取り戻そうと努めており、意識を失う前のできごとを思い出そうとした。その時ドクター・スティヴンスが素早い身のこなしで現われた。

スティヴンスは片手を上着のポケットに入れ、眼を油断なく動かしながら、駐車している車の間をしなやかに走ってくる。彼の身辺には何か異質なものがあった。混乱状態のラマールが身動きできないのとは大違いだった。ラマールがなんだか分からないうちに、スティヴンスはもう車のそばにやって来ていた――そして同時に記憶がどっと戻ってきた。彼はできるだけぐったりとして屈み込むと、ドアにもたれかかった。思わず車を出そうとすると、スティヴンスはドアをぐいと開け、運転席に滑り込んできた。

スティヴンスはもはや緑色をしていなかった。

この金星人はドアをパタンと閉めると、車のキーをロックに差し込み、エンジンを回転させる。煙草に火をつけ厚い手袋を改め、ラマールにちらっと目をやってから、駐車場を出て夕方の往来に入って行った。しばらく手袋をした片手でハンドルを握り、片手は上着のポケットに突っ込んでいる。それからフルスピードを出すと、冷凍光線銃を取り出しちょっと握り、そばのシートに置いた。

ラマールはそれに飛びついた。眼の隅でスティヴンスは、ラマールのぐったりしていた身体が急に元気を取り戻すのを見た。彼は急ブレーキを踏み、ハンドル操作が留守になる。二人は無言のまま懸命に取っ組み合った。車は軋んで停まると、すぐに他の車の怒りの警笛が殺到する。二人の男はすてばちな激しさで息も継がず闘い、一時は互角の力でどちらも動けなかった。

やがてラマールがぐいと身体を起こし、冷凍光線銃をスティヴンスの青白い顔に向ける。

「何があったんだ?」彼は嗄れ声でいった。「五時間も気を失っていた。その間おまえは何をしたんだ?」

スティヴンスは何もいわなかった。彼はブレーキを緩めると、ゆっくりと車の渦の中に入って行った。灰色の煙草の煙が唇の間からもれる。半ば開いた眼は霞んで不透明だった。

「おまえは地球人だな」ラマールは訝しげにいった。「水かき肢ではなかったのか」

「わたしは金星人だよ」スティヴンスは無頓着に答えた。彼は水かきのついた指を見せ、それからまた厚い運転用手袋をはめた。

「しかしどうして――」

「必要に応じて色を消すことが出来るのを知らなかったのか?」スティヴンスは肩をすくめた。「染色と化学ホルモンと僅かな外科手術だ。トイレで三十分あれば皮下注射と軟膏で……ここは緑色の皮膚をした人間の星じゃない」

通りには急拵えのバリケードが立っていた。不機嫌な顔をした男たちの一群が銃や粗末なこん棒を手に立ち、幾人かは国防義勇兵の帽子を被っていた。かれらは通りかかる車に一台ずつ合図して検問している。肥満顔の男がスティヴンスに停まるよう手を振った。彼はのんびり歩いてくると、車の窓を開けるように合図した。

「何をしているんだ?」ラマールが不審げに尋ねた。

「水かき肢を捜しているんだ」男は吼えた。にんにくと汗の強烈な臭いがその厚いキャンヴァス・シャツから漂う。すばやく疑い深い視線を車内に投げかけた。「その辺で見かけなかったか?」

「いや」スティヴンスは答えた。

男は車のトランクを開け覗き込んだ。「数分前にひとり捕まえた」彼は親指で合図した。「やつはそこだ。見るか？」

金星人は街灯に吊るされていた。緑色の身体は夕方の風にぶらぶら揺れている。その顔は苦痛で醜くまだらになっていた。街灯の周囲には残忍で卑しい容貌の群衆がたむろし、待機している。

「まだ増える」トランクを叩きながら男はいった。「沢山な」

「何が起こったんだ？」ラマールはやっと尋ねた。彼は吐き気と恐怖に囚われた。その声はほとんど聞き取れなかった。「なぜこんなことを？」

「水かき肢が人間を殺したんだ。地球人をな」男は後退して車を叩いた。「オーケー、行ってもいい」

スティヴンスは車を動かした。うろついている人間の幾人かは、国防義勇兵の灰色と地球の青とのコンビネーションの制服を着て、ブーツ、重いベルト・バックル、帽子、ピストル、腕章をつけている。腕章には赤い生地にくっきりと黒で、D.C.と読める。

「あれは何だ？」ラマールは小声で訊いた。

「防衛委員会（ディフェンス・コミティー）だ」スティヴンスが答えた。「ガネットの前衛隊だ。水かき肢やカラスから地球を守るためのな」

「しかし――」ラマールは処置なしという身ぶりをした。「地球が攻撃されているのか？」

「知らないな」

「車を回して病院に戻せ」

スティヴンスはためらい、それからいうとおりにした。すぐに車はスピードを上げ、ニューヨークの中心へ戻った。「何のためだ？」スティヴンスは尋ねた。「なぜ戻る気になった？」

ラマールは耳を貸さなかった。彼は恐怖から抜けきれず街路にいる連中に、じっと目を注いでいる。何か殺すものを捜している獣同然に徘徊する男女。「やつらは狂っている」ラマールは呟いた。「けだものだ」

「いや」スティヴンスは否定した。「これはまもなく鎮まるよ。委員会の資金援助で引っ張り出された連中さ。まだ爆発寸前だが、すぐに風向きが変わり、大きな歯車は逆に回り出す」

「どうして？」

「ガネットがもう戦争をしたくないからだ。新しいラインが徐々に動きだすにはしばらくかかる。ガネットはおそらくP．C．と呼ぶ運動に資金提供するだろう。平和委員会（ピース・コミティー）だ」

病院は戦車、トラック、重砲車の壁に取り巻かれている。スティヴンスはゆっくり車を停めると、煙草をもみ消した。車は一台も通れない。グリースでピカピカ光る頑丈な兵器を装備した戦車の間を兵士たちが動いていた。

「さて、これからどうするか？　きみは銃を持っていたな。そいつは危険な問題だぞ」スティヴンスはいった。

ラマールはダッシュボードに据えつけられたヴィデオ・フォーンにコインを入れた。病院の番号を押し交換手が現われると、嗄れ声でヴェイシェル・パタースンを頼んだ。

「どこにいるんだ?」画面に現われたパタースンは訊いた。彼はラマールの手の冷凍光線銃を見て、それから視線をスティヴンスに移した。「彼を捕まえたのか」

「そうだ」ラマールは頷いた。「しかし何が起こったのか理解できない」彼はパタースンの小さな映像にやるせなく訴えた。「どうしたらいいんだ? この事態は何だ?」

「きみのいる場所を教えてくれ」パタースンは緊張していった。

ラマールは教えた。「彼を病院に連れていって欲しいんだな? おそらくぼくは――」

「その冷凍光線銃をしっかり握っていればいい。すぐそこに行く」パタースンは接続を切り画面は消えた。

ラマールは当惑して頭を振った。「ぼくはきみを逃がそうとした」彼はスティヴンスにいった。「その時きみは冷凍光線銃でぼくを撃った。どうしてだ?」いきなりラマールは激しく震えだした。彼はすっかり理解したのだ。「ディヴィド・アンガーを殺したのはきみだな!」

「そのとおりだ」スティヴンスは答えた。

冷凍光線銃はラマールの手中で揺れた。「直ちにきみを殺すべきなのだろう。窓を開け、あの狂人どもにきみを捕まえるよう叫ぶのが当然かもしれない。ぼくには分からない」

「自分の最善だと思うことをしろよ」スティヴンスはいった。

パタースンが車のそばに現われた時、ラマールはまだ決心しかねていた。パタースンは窓を叩きラマールはドアを開けた。パタースンは急いで車に乗り込むと、背後のドアをバタンと閉めた。

「車を出せ」彼はスティヴンスにいった。「ダウンタウンから離れて走らせ続けろ」

スティヴンスは一瞥し、それからゆっくりと走らせた。「ここで片づけた方がいい」彼はパタースンにいった。「誰にも邪魔されないだろう」

「町の外に出たいんだ」パタースンは答え説明をつけ加えた。「ぼくのスタッフはディヴィド・アンガーの遺骸を分析した。あの合成体の大部分は再現できた」

スティヴンスの顔には激情の高まりが認められた。「ええっ?」

パタースンは手を差し伸べた。「握手しよう」彼は冷たくいった。

「どうして?」スティヴンスは怪訝な顔で尋ねた。

「こうしろといわれたんだ。きみたち金星人はあのアンドロイドを作って見事な仕事を成し遂げたと評価する人間にね」

車は夕闇の中をハイウェイに沿って唸りを上げた。「デンヴァーは残された最後の場所だ」スティヴンスは二人の地球人に説明した。「あそこは金星人でいっぱいだ。カラー・アドによれば、少数の委員会メンバーがわれわれのオフィスを砲撃しはじめたそうだ。しかし幹部会はそれに突然ストップをかけた。おそらくガネットの圧力だろう」

「それで」パタースンは促した。「ガネットのことは知らない。その立場は分かっている。きみらがやろうとしていることを知りたい」

「カラー・アドが合成体を設計したんだ」スティヴンスは認めた。「きみたちよりも未来についてはよく知らない——それは全くの無だ。ディヴィド・アンガーは存在しなかった。われわれは身分証を偽造し、全く偽りの人物像、ありもしない戦争の歴史——すべてをでっちあげたんだ」

「どうしてだ？」ラマールは尋ねた。

「ガネットに戦争を止めさせる脅しのためだ。金星と火星を独立させるために恐怖を与えたのだ。経済的締めつけから守るため、戦争を煽ることを邪魔するためだ。アンガーの心に作り上げた偽の歴史は、ガネットの九つの世界帝国を崩壊させた。ガネットは現実家だ。勝ち目のある時だけ危険を冒す——しかしわれわれの歴史は彼に対して一〇〇パーセント勝ち目のあるものだった」

「それでガネットが手を引いたのか」パタースンはおもむろにいった。「そしてきみも」

「こちらからは常に戦争を仕掛けたことはない」スティヴンスは静かにいった。「この戦争ゲームにも関係ない。われわれの望みは自由と独立だ。戦争が実際どのようなものか知らないが推測はできる。あまり楽しいものじゃない。どちらにとっても価値はない。しかし事態の進行につれ、戦争が起こる危険はあった」

「いくつかの点を率直に聞きたい」パタースンはいった。「きみはカラー・アドのスパイか？」

「そうだ」

「ラフィアも？」

「いかにも。実際に金星人や火星人は地球に着くと、カラー・アドのスパイになった。ラフィアを病院に送り込んで、わたしを救い出そうとした。わたしが適当な時に合成体を破壊するのを妨害される可能性があった。もしわたしができなかったらラフィアがやったろう。しかしガネットが彼女を殺してしまった」

「どうしてアンガーに冷凍光線を撃ち込まなかったんだ?」

「まず第一に合成体を完全に破壊したかった。それはもちろん不可能だ。灰に分解してしまうことが次善の策だった。充分細かく分解してしまえば、通り一遍の検査では何も見つからないだろう」彼はパタースンを見上げた。「どうしてこんな徹底的検査を命じたんだ?」

「アンガーの身分証番号が出てきたんだ。アンガーはその請求に現われなかった」

「そうか」スティヴンスはぎこちなくいった。「そいつはまずかった。番号が出てきたら言い訳に窮したんだ。数か月前にしかるべき番号を拾い出そうとしたんだ――しかし兵役登録の問題が、いきなりこの二週間に持ち上がったんだ」

「万一アンガーを破壊できなかったら?」

「合成体の破壊に成功しなかった場合に備えて爆破装置を持っていた。それはアンガーの身体に向けてあった。わたしの役目はアンガーを人前で活動させることだった。わたしが殺されたか、そのメカニズムを作動できなかったら、合成体はガネットが望む情報を得る前に当然死んでいたろう。むしろガネットとその部下の面前で破壊すべきだった。その戦争についてはわれわれが熟知していると、かれらに考えさせることが重要だった。アンガー殺害を目撃させる心理的ショックの方が、自分の逮捕される危険に勝るものがある」

「次に何が起こる?」パタースンはしばらくして訊いた。

「わたしはカラー・アドに加わることになっている。元々ニューヨークのオフィスでロケットに乗るはずだった。ところがガネットの暴徒がそれを監視していた。もちろんこれはきみらがわたしを足止めしないことを想定してだが」

ラマールは汗をかきはじめていた。「ガネットが騙されていることに気づいたら? ディヴィド・アンガーなど存在しないのを発見したら——」

「われわれがそれを収拾することになっている」スティヴンスはいった。「ガネットが調査するころには、ディヴィド・アンガーは存在しているはずだ。その間——」彼は肩をすくめた。

「それはきみたち二人次第だ。銃を持っていたな」

「勝手にしろ」ラマールは激しくいった。

「それはあまり愛国的ではないな」パタースンは指摘した。「水かき肢が何かするのを助けることになる。あの委員会のメンバーの一人に電話すべきだ」

「くそくらえだ」ラマールは癇に障った。「おれならあのリンチ狂どもに誰も渡さない。一人だって——」

「水かき肢でさえもか?」スティヴンスは尋ねた。

パタースンは暗く星が点々とした空を仰いだ。「とどのつまり何が起ころうとしているんだ?」彼はスティヴンスに尋ねた。「このくだらん騒動も終わりだと思うのか?」

「そうだ」スティヴンスは急いでいった。「近いうちにわれわれは他の星に去る。別の星系にな。そこで他種族とぶつかることになるだろう——それは全くの異種族だ。言葉の真の意味で非人類だ。その時人類はわれわれを含めてみんなが同根だと分かるだろう。それはわれわれが自分たちと比較するものに出会った時、明らかになるはずだ」

「分かった」パタースンはいった。彼は冷凍光線銃を取るとスティヴンスに手渡した。「それだけが心配だった。こんな騒動が繰り返されると思うとうんざりする」

「それはないだろう」スティヴンスは静かに答えた。「非人類の種族のあるものはかなりおぞましいはずだ。それらを見た後で地球人は、自分たちの娘が緑色の皮膚の男と結婚したことを喜ぶだろう」彼は少しにやりとした。「非人類のあるものは全く皮膚など持っていないかも知れないからね……」

解説

仁賀克雄

フィリップ・K・ディックには日本では三通りの愛読者がいる。（1）は普通小説や評論も含め全作品のファン。（2）は初期作品（処女作から一九六〇年前後まで）を好む読者。（3）はそれ以降の、特に後期作品に興味をもつマニア。作風変化に伴う読者の好悪のためである。

ディックは他のアメリカSF作家とは異なり、作風が中途から純文学志向に転じて変化している。その点で作風は違うがイギリスのSF作家J・G・バラードに似ている。バラードはそちらの分野でもある程度の成功を収めたが、ディックはそうではなかった。彼はSFでは一流作家だったが、純文学では三流作家に終わったのは、上昇志向はともかく才能の違いによる。

自分ではあくまでも歴史小説家であるとの強い自負をもち、探偵小説作家として評価されるのを嫌ったのはアーサー・コナン・ドイルだった。しかしその歴史小説は現在ほとんど姿を消し、すでに当時から人気が高かった名探偵シャーロック・ホームズが、世界中のファンに愛されて、その探偵物語はいまでも一般に読み継がれている。自分が生み出した作品であっても、必ずしも作家自身の自負や願望と、一般読者の人気や評価とは一致しないものである。一時のディックの異常人気もそのようなものではなかったか。

わたしがディック作品に惹かれたのは、もう半世紀以上も前の高校生時代である。そのころに買った元々社の最新科学小説全集の中に、SFアンソロジー『宇宙恐怖物語』（グルフ・コンクリン選）があり、ディックの短編「にせ者」が収録されていた。ディックの作品中で当時数多いSFアンソロジーに選抜されたのはこの作品だけだった。この全集では他にレイ・ブラッドベリ『火星人記録』と、ロバート・シェクレイ『人間の手がまだ触れない』が面白かった。「にせ者」は外宇宙から地球への侵入者と思われた男が、爆破処理班に追われて地球から月へ、また地球を逃げまわるSFスリラーだが、結末の意外性とラストシーンでカメラが引いて地球爆発をまざまざと見せる映画的描写は深く印象に残るものだった。しかし、当時はSFよりもミステリに興味があったのでディックのことは忘れていた。大学四年生のときに「SFマガジン」が発刊され、創刊号に翻訳されたディックの「探検隊還る」を読んで「にせ者」を思い出し感慨を新たにした。しかしその後に訳された短編はまったく記憶に残っていない。むしろ、SFシリーズの一冊として訳された長編『宇宙の眼』に魅了された。原子炉の溶解で他人の思考世界に巻き込まれて人々を描くアイデアが興味深かった。その後、古いSF誌に掲載されたディックの短編を集めて訳すようになったいきさつは、以前にも書いたので省略する。ともかくまだ短編集もないので、収録誌ではじめて読む作品群は宝の山だった。

ここで最初の話に戻るが、わたしはファン分類からすれば（2）に属する。それは一九六〇年代以降に作風が変わり、作品に異和感を覚えるようになったからである。それまでのアイデアやストーリーの面白さは乏しくなり、作者の主義主張ばかり前面に出て辟易した。特に晩年の作品は独自の観念や理論を読まされているようで、小説としての楽しさに欠け関心を失った。SFやディックのマニアではなく、普通のディック・ファンとしては当然のことであると思う。わたしは当時マイナーSF作家だったディックの発想や切り口の斬新さ、展開のサスペンスやブラック・ユーモア、結末の意外性などの独自性を愛し、このまま雑誌に埋もれてしまうのを惜しんで、自ら楽しみながら同好のファンのために訳してきただけである。ディックが亡くなり、映画『ブレードランナー』のヒットでブームが起こるとは予想だにしなかった。

わたしの好きなディック作品は、中短編ベスト3を挙げれば「地図にない町」「人間狩り」「偽者」。長編では『宇宙の眼（虚空の眼）』、『宇宙の操り人形』である。一九五〇年代中心の中短編は『地図にない町』（ハヤカワ文庫）、『人間狩り』（論創社）、『ウォー・ゲーム』（ちくま文庫）、と本書『髑髏』に主要作品をほとんど収録してあり、現在もすべて入手可能である。本書でディック初期作品に興味をもたれた方は、それらを読まれれば充分に楽しめ満足されることだろう。

本書は絶版になった『ウォー・ヴェテラン』（現代教養文庫）を中心にして、わたしが既訳した短編を加えて一冊にしたものである。

なお、これでダーク・ファンタジー・コレクション全十冊は完了した。企画当初から全巻終結まで、ひとかたならぬお世話になった新鋭編集者の今井佑氏に深くお礼を申し上げる。

二〇〇九年一月

フィリップ・K・ディック（Philip K. Dick）
フィリップ・キンドレッド・ディック。1928年シカゴ生まれ。カリフォルニア大学に入学するも兵役忌避のため退学。52年に短編「輪廻の豚」でデビュー。代表作に、ヒューゴー賞を受賞した『高い城の男』（62）、『ヴァリス』（81）などがある。また、『ブレードランナー』などのＳＦ映画の原作者としても知られている。82年没。

仁賀克雄（じんか・かつお）
1936年横浜生まれ。早稲田大学商学部卒。評論家、翻訳家。著書に『リジー・ボーデン事件の真相』、訳書にＪ・Ｄ・カー『死が二人をわかつまで』、Ｒ・ブロック『ポオ収集家』、Ｆ・グルーバー『フランス鍵の秘密』他多数。

ダーク・ファンタジー・コレクション　10
髑　髏

2009年 2月15日　初版第 1 刷印刷
2009年 2月25日　初版第 1 刷発行

著　者　フィリップ・Ｋ・ディック
訳　者　仁賀克雄
装　丁　野村 浩
発行者　森下紀夫
発行所　論創社
東京都千代田区神田神保町 2-23　北井ビル
tel. 03（3264）5254　fax. 03（3264）5232
振替口座　00160-1-155266
印刷・製本　中央精版印刷
ISBN978-4-8460-0769-0

Dark Fantasy Collection 初めての奇妙な味、懐かしの奇妙な味。

人間狩り
●フィリップ・K・ディック……………………仁賀克雄　訳

不思議の森のアリス
●リチャード・マシスン……………………仁賀克雄　訳

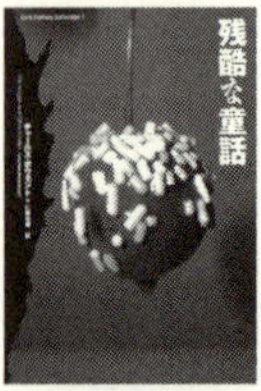

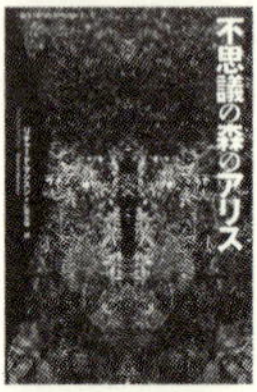

タイムマシンの殺人
●アントニー・バウチャー……………………白須清美　訳

グランダンの怪奇事件簿
●シーバリー・クイン……………………熊井ひろ美　訳

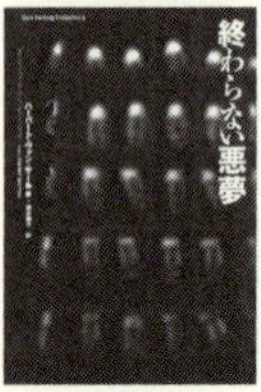

漆黒の霊魂
●オーガスト・ダーレス 編……………………三浦玲子　訳

最期の言葉
●ヘンリー・スレッサー……………………森沢くみ子　訳

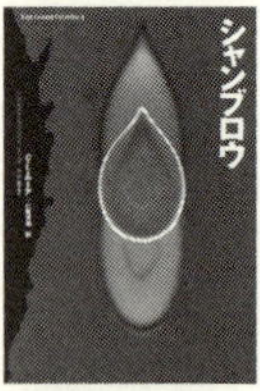

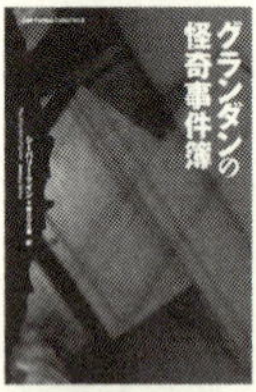

残酷な童話
●チャールズ・ボウモント……………………仁賀克雄　訳

終わらない悪夢
●ハーバート・ヴァン・サール 編……………………金井美子　訳

シャンブロウ
●C・L・ムーア……………………仁賀克雄　訳

髑髏
●フィリップ・K・ディック……………………仁賀克雄　訳

ダーク・ファンタジー・コレクション　仁賀克雄 監修・解説　各巻 定価◎本体2000円+税　9巻のみ本体2200円+税